Knaur

Über die Autorin:

Die gebürtige Engländerin Tobsha Learner, eine seit Jahren erfolgreiche Romanautorin und Dramatikerin, lebte 16 Jahre in Australien, bevor sie nach Los Angeles zog. Anfang 1998 veröffentlichte sie ihren ersten Roman *Madonna Mars,* einen erotischen Thriller, der in Australien die Bestsellerlisten anführte.

TOBSHA LEARNER

Quiver
Erotische Phantasien

Aus dem Englischen von
Kerstin Winter

Knaur

Die australische Originalausgabe erschien unter dem Titel
»Quiver. A book of erotic tales«
bei Penguin Books Australia Ltd.

Besuchen Sie uns im Internet:
www.droemer-knaur.de

Vollständige Taschenbuchausgabe Januar 2000
Droemersche Verlagsanstalt Th. Knaur Nachf., München.

Umschlaggestaltung: Agentur ZERO, München
Druck und Bindung: Ebner Ulm
Printed in Germany
ISBN 3-426-61481-2

2 4 5 3 1

Inhalt

Die Frau, die gefesselt und vergessen wurde

Sandra und Brian sind ein Ehepaar mittleren Alters. Sandra ist eine attraktive Blondine mit energischer Ausstrahlung. Sie arbeitet schon seit langem als Architektin, und wie viele Menschen, die früh ihren Traumjob gefunden haben, ist sie heute, dank gesicherter Auftragslage und kluger Immobilieninvestitionen, mehr als wohlhabend.

Brian verdient sein Geld mit Kieferorthopädie und hat seinen Platz zwischen Zahnfüllungen, Metalldrähten und Kunststoffkronen gefunden. Seine Kunden sind die reichen Matronen aus Double Bay, die in seinem Wartezimmer die Hände ihrer hasenzahnigen Sprößlinge halten und den Anblick von Brians Zahnarztkittel seltsam tröstlich finden.

Sandras und Brians Liebesspiel folgt einer gewissen Routine. Es beginnt mit einer Reihe von Signalen. Das erste kommt von Sandra, die sich nach einem ausgedehnten Hautpflegeprogramm ihr Flanellnachthemd anzieht. Das Nachthemd erinnert sie an vergangene Internatszeiten; es gibt ihr das Gefühl, ungezogen zu sein. Dann läßt sie sich auf dem Bett nieder und schaltet die Nachttischlampe aus. Brian, der seine Baumwollshorts trägt, folgt gehorsam ihrem Beispiel und macht dasselbe.

Das zweite Signal besteht darin, daß Sandra unvermittelt ihr Bein über Brians Körper legt, wobei sie wie beiläufig seine Penisspitze berührt. In der nachfolgenden Stille schwingt sich Sandra auf den willigen Brian und bewegt sich solange mit energischen rhythmischen Bewegungen hin und her, bis sie ihren Höhepunkt erreicht. Brians Orgasmus, der sich durch ein hohes Wimmern bemerkbar macht, folgt gewöhnlich eine Sekunde danach. Anschließend steht sie auf, um sich die Zähne zu putzen.

Sandra ist größer als Brian und gefällt sich in der dominanten Rolle. Brian gefällt sich darin, zu glauben, daß er gerne beherrscht wird. Darin besteht das Gleichgewicht ihrer Beziehung.

• • •

Sandra hat an einer Ausschreibung des Sydney City Councils für die Gestaltung eines Museums teilgenommen, in dem die Geschichte der australischen Feuerwehr seit der Kolonialzeit nachgezeichnet werden soll. Monatelang hat sie an ihrem Entwurf gearbeitet. Heute abend wird der Stadtrat seine Entscheidung verkünden.

Sandra und Brian haben sich für die Oper angezogen: Brian trägt einen leichten Sommeranzug in unvorteilhaftem Beige, Sandra hat sich in rosafarbenen Organza gehüllt. Sandra sitzt wartend am Telefon. Die Hitze läßt ihre Haut glänzen. Ein Ventilator weht ihr das Haar aus dem Gesicht. Ihre Mappe liegt aufgeschlagen auf dem Schreibtisch. Ihr Museumsentwurf zeigt eine Komposition aus üppigen, geschwungenen roten Bögen und kargen Schornsteinen, die vor einem düsteren Himmel in die Höhe ragen. Die Zeichnung erinnert an Feuer – als kämpfe das Gebäude selbst mit den Elementen.

Das Telefon klingelt. Sie springt auf und reißt den Hörer hoch. Brian geht zur Hausbar, um seiner Frau einen Scotch zu holen, den sie – wie auch immer die Entscheidung ausgefallen ist – brauchen wird. Er beobachtet sie, während er einschenkt. Ihr Gesichtsausdruck ist unbewegt, maskenhaft, nur ein leichter Schweißfilm auf ihrer Haut verrät sie. Sie antwortet dem Mann am anderen Ende der Leitung mit kurzen, höflichen, bestätigenden Worten. Gerade diese kühle Selbstbeherrschung ist es, die Brian so unglaublich erotisch findet. Er sieht zu, wie die Eiswürfel in den Scotch plumpsen und darin herumschwimmen.

Er reicht ihr das Glas. Sie legt den Hörer langsam nieder und kippt den Drink in einem Zug hinunter. Anschließend schleudert sie das Glas gegen die weiße Wand, nur knapp an Brians Kopf vorbei.

»Ich hab' ihn!« In einer Wolke aus rosafarbenem Organza tanzt sie um den Ventilator herum. »Ich hab' ihn!« Brian erinnert sie behutsam daran, daß sie ursprünglich in die Oper gehen wollten.

Als sie dort eintreffen, hat die Vorstellung gerade begonnen. Es handelt sich um eine Aufführung von Humperdincks *Hänsel und Gretel*. Der Regisseur hat bedauerlicherweise einen schaurigen Alptraum großen Ausmaßes geschaffen. Von ihrem Platz aus betrachtet Sandra den Tenor, der auf einem gigantischen Stuhl sitzt; seine Füße baumeln zwanzig Zentimeter über dem Boden, seine blonden Locken und die pink angemalten Lippen wirken lächerlich. Die Hexe trällert schrill vor sich hin, während sie seine Fuß- und Handgelenke an die hölzernen Streben des Stuhles bindet. Als der letzte Knoten festgezurrt wird, spürt Sandra, wie sich eine merkwürdige Hitze in ihrem Unterleib ausbreitet. Sie schaut zu Brian hinüber, der sich mit gerötetem Gesicht vorbeugt, während seine Zunge in der Lücke zwischen seinen Schneidezähnen herumnestelt. Sie wendet sich wieder dem Geschehen auf der Bühne zu. Die Beine des Opernsängers sind gespreizt und mit pinkfarbenen Bändern an den Stuhl gefesselt. Vielleicht ist es die eben erhaltene Zusage, die Sandra so ungewöhnlich aufwühlt. Vielleicht ist es die Feuchtigkeit, die wie Dunst über dem Publikum hängt. Sandra empfindet die Szene auf der Bühne plötzlich als ungeheuer erregend.

In der Dunkelheit nimmt Brian ihre Hand und legt sie auf seine beginnende Erektion. Die Hexe wirft den Kopf zurück und fängt an zu singen, den angemalten Mund weit aufgerissen. Brian erreicht unter Sandras geschickten Fingern einen pulsierenden Höhepunkt.

Am nächsten Abend bringt er pinkfarbenes Band mit nach Hause.

Später liegt Sandra mit schmerzenden Hand- und Fußgelenken da und läßt die Wärme abklingen, die ein Orgasmus, dessen Heftigkeit für sie selbst überraschend war, in ihrem Körper erzeugt hat. Plötzlich erkennt sie, daß sie eine Grenze überschritten haben, daß etwas passiert ist, was das Gleichgewicht ihrer Beziehung durcheinandergebracht hat. Sie wirft Brian, der ihr den Rücken zugekehrt hat, einen Blick zu. Seine Haut glitzert schweißnaß.

• • •

Sandras Auftrag beginnt allmählich, ihrer beider Leben zu bestimmen. Wie besessen arbeitet sie. Je mehr Einzelheiten ihres Entwurfs auf dem Papier entstehen, desto intensiver spürt sie jede Faser ihres Körpers, ihre Muskeln, spürt, wie ihre Säfte vor Erwartung zäher fließen. Der schwere Stift, mit dem sie die Umrisse des Gebäudes nachzeichnet, erinnert plötzlich an einen Penis, ein gezirkelter Kreis läßt sie an ihre Brüste denken. Jede ihrer Körperöffnungen sehnt sich danach, gefüllt zu werden. Sie möchte die Kontrolle verlieren. Verantwortung abgeben.

Jeden Abend, nach stundenlangem Entwerfen und ermüdenden Diskussionen, gibt sie sich Brians Fesselkünsten hin. Er hat die Kontrolle über ihren Körper – dehnt sie, öffnet sie –, bringt sie zum Schreien, während die Nachtluft durch die offene Balkontür dringt und gedämpfte Rufe und die Sirenen der Feuerwehrwagen zu ihnen hereinträgt.

Sandra besucht Brian während seiner Mittagspause. Atemlos taucht sie bei ihm in der Praxis auf. Brian, der das Klackern ihrer Stilettos auf den Betonstufen der Feuertreppe erkennt, schickt seine Assistentin fort. Immer noch in seinem Zahnarztkittel führt er Sandra zum Behandlungsstuhl. Er fesselt ihre Hände und Füße an den metallenen Rahmen und drückt ihr vorsichtig einen Knebel in den Mund. Er nimmt das Skalpell und durchtrennt den Zwickel ihrer Nylonstrumpfhose. Kniend läßt er den Stuhl hochfahren, bis ihr Schritt beinahe auf seiner Augenhöhe ist, dann zerschneidet er vorsichtig ihre weiße Unterwäsche. Mit zitternden Fingern schiebt er den Stoff zur Seite, um ihr Gold, wie er die dichte Matte aus blondem Schamhaar und ihre Möse nennt, freizulegen. Zu den Klängen Strawinskys spreizt er ihre Schamlippen und beginnt sehr langsam mit einer winzigen Schere die Locken um ihre Öffnung wegzuschneiden, bis die rosafarbenen Lippen unter der Hitze der Dentistenlampe leuchten. Brian hält inne. Sandra ist verändert. Sie bebt leicht unter seinen Fingern. Ihre Augen sind weit aufgerissen. Das einzig sichtbare Fleisch ist ihre Vulva. Brian streicht leicht über ihre Klitoris. Sie schwillt dunkelrot an. Sandra genießt ihre Hilflosigkeit. Brian, der diese stumme, gefügige Sandra nicht gewohnt ist, steckt eine kleine Bürste auf den Bohrer. Er bückt sich, hält mit einer Hand die Schamlippen auseinander und liebkost die Spitze ihrer Klitoris mit der surrenden Bürste, bis Sandra, noch immer gefesselt und geknebelt, sich windet, um Gnade wimmert und schließlich kommt.

Brians Sperma trocknet an der Innenseite seines Oberschenkels. Sandra nimmt eine neue Strumpfhose aus ihrer Handtasche und zieht sie vorsichtig über ihre vollen, festen Beine. Sie benutzt die spiegelnde Oberfläche der Overhead-Lampe, um ihre Lippen nachzuziehen und ihre Frisur zu richten, die unversehrt ist, bis auf ein paar Locken, die schweißnaß an ihrer Stirn kleben. Sie streicht sich das konservative graue Kostüm glatt, klemmt die Mappe unter den Arm und macht sich auf den Weg zu ihrer Besprechung mit dem Sydney City Council.

Brian steht am Fenster und schaut ihr hinterher. Er spürt, wie er erneut Lust bekommt. Wer würde schon auf die Idee kommen, daß diese Frau, diese dynamische, extrem beherrschte Frau, ihm gehört? Diese Frau, die noch vor einer Minute vollkommen in seiner Gewalt war?

• • •

Die Zeit wird knapp. Sandra kommt meistens erst nach elf Uhr nach Hause. Sie streift ihre Kleider ab und bricht, noch in Unterwäsche, erschöpft auf der Bettdecke zusammen. Brian liegt mit offenen Augen neben ihr und spürt ihren Atem. Er möchte sie anfassen, doch das ist nun verboten. Ein Teil von ihm beginnt, sie dafür zu hassen, daß sie ihn ausschließt.

Je näher der Termin zur Fertigstellung des Gebäudes rückt, desto geistesabwesender und besessener wird Sandra. Konversation findet so gut wie nicht mehr statt. Sandra kann nur noch über Arbeit, Betongießen und Fundamente reden. Brian hat das Gefühl, als wäre er unsichtbar geworden, zu vollkommener Bedeutungslosigkeit verblaßt.

Bald reduziert sich der einzig echte Kontakt zwischen ihnen auf ihre Besuche in seiner Mittagspause, dann ist sie Sklavin und er Meister.

Ihre Begierde verzehrt sie. Ihre Orgasmen sind der Antrieb für ihre Arbeit. Ihre Arbeit weckt neues Verlangen in ihr. Um Zeit zu sparen, verzichtet sie nun auf Unterwäsche und trägt Strapse. Außerdem hat sie sich die Schamhaare abrasiert. Alles ist nun intensiver, direkter, körperbetonter. Wenn sie auf ihren hohen Pumps und in dem langen Rock durch die Ratskammern geht, spürt sie, wie sich ihre Schenkel an ihrem Geschlecht reiben. Bei den Meetings genießt sie – als einzige Frau in einem Team aus Männern – ihre heimliche Nacktheit. Alles ist darauf abgestimmt, aus jeder Situation das Maximum herauszuholen. Das hektische Leben, das sie nun führt, hat einen Rhythmus bekommen. Dies ist ihr neues Gleichgewicht.

• • •

Ein Mann hockt auf einem Gerüst, direkt unterhalb einer Neonreklame, die verkündet: »Beryls Biskuits sind die besten.« Er beobachtet eine Frau um die vierzig, wunderschön. Sie geht zu einem Zahnarzt im Gebäude gegenüber. Irgend etwas in ihrer Haltung – allein ihr Gang! – strahlt Sex aus. Einen Moment lang stellt er sich vor, er könne ihren Geruch wahrnehmen, den satten, pikanten Duft ihres Geschlechts riechen. Er betätigt die Automatik und läßt die Plattform so weit herab, bis er sich dem Fenster des Zahnarztes direkt gegenüber befindet. Verborgen hinter einer windschiefen Schutzwand des Gerüsts, beobachtet er die Frau in aller Ruhe. Er sieht, wie sie bis zur Mitte des Raumes geht und dort den Saum ihres Rocks hochhebt. Der Zahnarzt tritt zu ihr und schiebt ihr grob die Hand zwischen die Beine. Der Mann hat das Gefühl, den feuchten Abdruck ihres Geschlechts auf seinem eigenen Handgelenk spüren zu können, als der Zahnarzt die Frau in Richtung Behandlungsstuhl drängt.

Sie läßt sich langsam in den Stuhl sinken; träge, wie in Zeitlupe. Der Zahnarzt – er trägt Gummihandschuhe – schiebt ihre Schenkel auseinander und bindet ihre Fußgelenke an den Stuhl. Sie wehrt sich nicht, schaut nur mit weit aufgerissenen Augen zu. Der Beobachter glaubt erkennen zu können, wie sich ihre Brüste vor Erregung heben und senken. Er tritt näher an die Streben des Gerüsts und preßt sich dagegen. In der engen weißen Baumwollbluse der Frau stecken große Brüste. Ihr Äußeres strahlt solide Bürgerlichkeit aus, und gerade das gefällt dem Mann ausgesprochen gut. Er stellt sich vor, daß sich unter der Bluse große dunkle Brustwarzen verbergen, die zwischen seinen Zähnen hart werden.

Der Zahnarzt nimmt die Arme der Frau und bindet sie an das Kopfteil des Stuhls. Der Beobachter würde jetzt ihre Bluse aufknöpfen und die vollen Brüste entblößen. Genau das würde er tun! Er würde sie nachdenklich in seinen Händen wiegen und dann mit seinen Daumen langsam über die sich verhärtenden Spitzen streichen, bis sie sich steif aufrichten. Dann würde er sie fest zusammendrücken und erst an der einen und dann an der anderen saugen, bis er das Stöhnen der Frau hören könnte. Das würde er tun, wenn er jetzt dort in diesem Zimmer wäre. Der Zahnarzt hingegen scheint nur daran interessiert, das *andere* zu berühren. Das Beste. Das Stück, das er sich bis zuletzt aufsparen würde. Der Beobachter läßt die schwielige Hand sinken und greift sich in die Hose, während er sich vorstellt, wie die Frau mit Lippen und Zunge am Schaft seines Penis auf- und abfährt, mit kleinen, kreisenden Bewegungen die Spitze liebkost und ihn dann ganz in den Mund nimmt. Er spart sich das Beste immer am liebsten bis zuletzt auf.

Nun vergräbt der Zahnarzt seinen Kopf zwischen den Schenkeln der Frau. Der Beobachter betrachtet ihr Gesicht. Die Wangen sind gerötet. Ihre Arme bewegen sich, zerren an den Stricken, die sie an den Stuhl fesseln. Der Beobachter schließt die Augen und erschauert unter seinem Orgasmus. Tag für Tag nimmt er von nun an sein Mittagessen auf dem Gerüst ein, gegenüber dem Fenster der Praxis.

• • •

Es ist Mitte Dezember, und Sandra arbeitet unter immensem Druck. Es kommt ihr so vor, als drehe sich ihr ganzes Leben um einen einzigen winzigen Punkt, um ihren Auftrag. Alles andere verblaßt und erlangt nur noch Bedeutung, wenn es in irgendeinem Bezug zur Ausführung ihrer architektonischen Pläne steht.

Je besessener sie wird, desto heftiger gärt Brians Zorn. Er haßt diesen Auftrag. Er haßt die Art und Weise, wie seine Frau vor Schönheit glüht, wenn sie wie beiläufig vier Telefonate erledigt, während zwei Bauarbeiter und ein Landschaftsgärtner auf Anweisungen warten. Er haßt die Art und Weise, wie sie inzwischen durch Menschen hindurchsieht, außer sie verwenden Wörter wie Fassadenverkleidung, Kachelung oder Lichtschächte. Er versucht, seine Wut zu unterdrücken, doch wie ein Geschwür beginnt sie zu eitern. Er beschließt, seine Frau zur Rede zu stellen. Er wird sie zwingen, sich einen Tag freizunehmen. Doch als er ihr Büro anruft, ist die Leitung besetzt, als er ihre Handynummer wählt, landet er in der Mailbox.

Er ertappt sich dabei, wie er ungeduldig auf die Mittagspause wartet. Er stellt fest, daß es ihn mehr erregt, sie festzubinden, als sie zu vögeln. Das Gleichgewicht verlagert sich.

• • •

Der Sommer geht zu Ende, und die Arbeit des Mannes auf dem Gerüst ist fast erledigt. Unten auf der Straße sieht er einen blauen BMW auf eine Rampe fahren und dann auf einem Parkplatz verschwinden. Er lächelt vor sich hin und beginnt den Countdown.

Zwanzig. Er weiß, daß sie im gegenüberliegenden Gebäude eintreffen und im Zahnarztstuhl Platz nehmen wird, noch bevor er von zwanzig rückwärts gezählt hat.

Fünfzehn. Er sieht, wie sie mit raschen Schritten über die Straße läuft, ihr blondes Haar leuchtet in der Sonne. Die Tatsache, daß er genau weiß, wo sie hingeht und was sie dort macht, erregt ihn. Er hockt sich auf den eisernen Gitterboden des Gerüsts und blickt in das Behandlungszimmer. Der Raum ist leer, die Lampe beleuchtet den freien Zahnarztstuhl. Das Grün des Leders, trostlos und kalt, glänzt. Er haßt Zahnärzte.

Fünf. Sie steht an der Tür und zieht ihren Mantel aus. Sie hängt ihn sorgfältig an den Haken auf der Rückseite der Tür. Der Zahnarzt kommt herein. Ohne Umschweife tritt er auf die Frau zu und stößt sie auf den Behandlungsstuhl. Sie fällt bäuchlings über den Sitz. Er schiebt sein Knie zwischen ihre Beine. Während er sie so auf dem Stuhl festhält, packt er ihre Handgelenke und bindet sie mit einem Handtuch zusammen.

Drei. Der Zahnarzt hebt eines ihrer Beine an, schiebt es über die Armlehne und fesselt ihren Knöchel an den äußeren

Rahmen. Dann schiebt er den rechten Schenkel über die andere Lehne und bindet das Fußgelenk fest. Sandra hängt nun mit gespreizten Beinen über dem Sitz, ihr Gesäß ragt hoch in die Luft. Brian schiebt ihr Kleid hoch.

Zwei. Darunter trägt sie nichts außer Strümpfen.

Eins. Er findet, daß sie in dieser Position ausgesprochen schön aussieht. Ausgeliefert. Er sieht, wie sie ihre schlanken Hände fast wie im Gebet zusammenpreßt. Ihre Wange liegt auf dem grünen Leder. Der Mann, der auf dem Gerüst hockt, weiß, daß andere Frauen, derart festgebunden, ihre Würde verlieren würden. Sie jedoch nicht. Er liebt sie dafür. Für ihre Gelassenheit, die bestehen bleibt, auch wenn sie gefesselt ist.

Brian tritt einen Schritt von dem Behandlungsstuhl zurück. Sein Herz hämmert unangenehm heftig in seiner Kehle. Der Hintern seiner Frau liegt offen dargeboten vor seinen Augen, ein Hauch feiner blonder Härchen umrahmt Anus und Möse. Wunderschön. Er hört Sandra atmen. Ihre Augen sind geschlossen. Er kniet sich hin und legt seinen Finger einen Millimeter über ihre Klitoris. Er sieht zu, wie sie anschwillt. Er will, daß sie das Wort sagt, will sie betteln hören. Er zieht ihre Lippen noch weiter auseinander und bläst fest über die Spitze ihrer Klitoris. Er kann sehen, wie sich die Nässe in den dunklen Falten sammelt. Aber sie sagt nichts. Ihr Schweigen weckt in ihm den Wunsch, ihr einen festen Schlag auf den Hintern zu verpassen. Doch er fürchtet, daß es ihr gefallen wird, daß es sie zum Höhepunkt bringt. Er würde gerne seinen Schwanz aus der Hose holen und ihn spielerisch gegen ihr Arschloch drücken. Dann tief in sie hineinstoßen und spüren, wie sie sich unter dem plötzlichen Schmerz krümmt. Er tut es nicht. Statt dessen formt er in der Luft über ihrem Körper ihre Umrisse mit den Handflächen nach, ohne sie auch nur einmal zu berühren. Sie stöhnt mittlerweile. Er tritt zurück und geht um den Stuhl herum. Sie blickt zu ihm auf. Ihre Augen sind wie die eines Tieres. Er steckt ihr einen Finger in den Mund und drückt gegen ihren weichen, nassen Gaumen. Sie beginnt, gierig an seinem Finger zu saugen.

»Du willst mich, nicht wahr? Du brauchst mich, nicht wahr?« Sie sagt nichts. Er zieht seinen Finger aus ihrem Mund und tritt fest gegen den Stuhl, der sich zu drehen beginnt. Ihr Körper rotiert wie auf einem Karussell. Sie schreit nicht, sondern akzeptiert das plötzliche Chaos, als sei es ihre Buße. Der Stuhl dreht sich nicht mehr. Brian vergräbt sein Gesicht in ihrer Möse. Er saugt und leckt, bis sie kurz davor steht zu platzen.

Plötzlich richtet er sich auf. Er zieht seinen weißen Kittel aus, hängt ihn über ihren Ledermantel und verläßt das Zimmer. Die Tür fällt krachend ins Schloß.

• • •

Der Mann auf dem Gerüst beobachtet, wie der Zahnarzt das Zimmer verläßt. Die Frau ist immer noch an den Stuhl gefesselt. Er schaut hinunter. Der Zahnarzt überquert die Straße und verschwindet dann auf dem Parkplatz. Das Herz des Bobachters beginnt, heftig zu pochen. Er blickt wieder hinüber in das Behandlungszimmer. Die Verletzbarkeit der Frau zieht in seinen Lenden, sein Schwanz drängt sich hart an den Stoff seiner Shorts.

Sandra liegt regungslos da. Sie spürt die Hitze der Lampe auf ihrem Rücken. Angestrengt lauscht sie auf die Schritte ihres Mannes. Sie hofft, daß er sich im Nebenraum befindet, obwohl sie gehört hat, wie er den Korridor entlanggegangen und im Aufzug verschwunden ist. Die Hoffnung, er sei nebenan, ist unsinnig, aber sie klammert sich daran, um nicht laut zu schreien. Sie zerrt an den Stricken, doch er hat sehr feste Knoten gemacht. Es ist unmöglich zu entkommen. Sie liegt da, offen für die Welt. In diesem Moment hört sie das Klicken der Tür.

»Brian?« Sandra, das Gesicht noch immer gegen das Leder des Stuhls gepreßt, kann ihn nicht sehen. Die Schritte sind schwer. Er tritt hinter sie. Seine Hände berühren sie. Sie streichen über ihren Hintern, hin zu ihrer Möse. Er öffnet ihre Lippen, sein Daumen legt sich auf ihre Klitoris. Fremde Hände, schwerer als Brians, die Haut rauh wie die Zunge einer Katze. Er reibt sie sanft. Die Fremdheit des Mannes erregt sie. Sein Geruch ist anders, er riecht nach einem dunklen Typ, als hätte er einen starken Haarwuchs. Wie Erde, durchzogen mit einem Hauch Maschinenöl. Sein Schwanz drückt gegen ihren Oberschenkel. Er dringt langsam in sie ein. Er ist kräftiger gebaut als Brian, und sie dehnt sich für seine Größe. Sie keucht auf, als er sein Tempo beschleunigt. Seine starken Hände schieben sich unter ihren Rock, befreien ihre Brüste, zupfen an den Warzen. Er streckt sich und löst den Knoten um ihre Handgelenke. Dann richtet er sie auf, zieht sie auf seinen Schoß, umfaßt ihre Brüste, während sie sich gierig an ihm reibt, und beißt ihr in den Nacken. Sie spürt den Mund, den sie noch immer nicht gesehen hat – voll, kräftig, die Unterlippe vorgeschoben. Als sie sich windet, um ihn anzusehen, hält er sie fest.

Der Zahnarztstuhl kippt zurück. Er drückt sie nach unten, so daß sich ihr Gesicht in der Nähe seiner Knie befindet. Dann plaziert er ihre Beine so, daß sie sich von seinen Hüften bis zu den Schultern strecken. Sein Schwanz ist noch in ihr, drückt hart gegen ihr Geschlecht. Sie bewegen sich langsam. Aus seiner Position kann er genau sehen, wie er in sie eindringt. Er zieht ihre Hinterbacken auseinander und steckt ihr behutsam zwei Finger in den Anus. Sie stöhnt und krallt sich in seine Beine, während sie sich dem Höhepunkt nähert. Plötzlich greift sie nach hinten und zerrt an seinen Kleidern, ihre Finger ertasten ein eingesticktes Firmenzeichen: McGillis. Dann stößt er tief in sie hinein. Sie kann sich nicht länger zurückhalten und kommt. Sie schreit auf, als sie spürt, wie er sich in sie ergießt.

Mit dem Kopf stößt sie an den Schalter des Röntgenapparats. Er stellt sich automatisch ein, nimmt bereits das nächste Bild auf.

• • •

Am nächsten Tag steuert Sandra ihren blauen BMW über einen Highway in den westlichen Außenbezirken. Es ist ein feuchter Tag, der Verkehr ist dicht. Ihre Mappe liegt auf dem Sitz neben ihr. Als sie an einer roten Ampel warten muß, wirft sie einen Blick darauf. Die Zeichnungen sind beeindruckend; in blauer und pinkfarbener Tinte ist ein dreidimensionales Abbild des Museums, ein Gewirr aus Gittermustern und detaillierten Linien zu sehen. Sie fährt in die Garage des Lagerhauses. Ein Schild hängt über dem Tor: McGillis Building Corporation, gegründet 1972. Sie ist am Ziel.

• • •

Brian beugt sich über Elsa, eine attraktive Patientin Anfang Dreißig. Während Brian ihre Zähne abklopft, zuckt sie immer wieder vor Schmerz zusammen. Seine Assistentin betritt den Raum und tippt ihm leicht auf die Schulter. Sie hat, ganz wie gewünscht, die Röntgenbilder von Elsas Kiefer entwickelt, doch da ist noch etwas anderes. Brian entschuldigt sich und läßt Elsa mit weit geöffnetem Mund einfach sitzen. Er folgt seiner Assistentin in den Nebenraum. Schweigend klemmt sie die Röntgenbilder vor die Lampe. Zwei Becken, ein männliches und ein weibliches, sind zu erkennen. Die letzten Wirbel der beiden Rückgrate und die Schambeine drücken sich fest aneinander.

»Ein Fick«, murmelt er kaum hörbar.

»Bitte?« fragt die Sprechstundenhilfe, die ihren Ohren nicht traut.

»Ein Fick. Das ist die Röntgenaufnahme von zweien, die vögeln«, sagt Brian nun sehr deutlich, während er instinktiv seinen Ehering am Finger zu drehen beginnt.

• • •

Sandra breitet die Zeichnungen auf dem Schreibtisch des Ingenieurs aus. Er ist Abteilungsleiter der Baufirma. Über hundert Leute arbeiten für ihn. Als sie sich vorbeugt, betrachtet er bewundernd die Weichheit ihrer Haare und den Einblick, den ihr tiefer Ausschnitt ihm gestattet.

»Ich werde Robert rufen, er kümmert sich um solche Dinge.« Er spricht in sein Intercom. Sie blickt sich im Büro um. An der Wand ein Kalender mit dem Pornostar Candy Perkins, die für Beton wirbt; ein Foto von Frau und Tochter auf dem Schreibtisch. Durch die Glastüre sieht Sandra, wie einige Arbeiter riesige Holzwände durch das Lagerhaus tragen.

»Robert ist der Beste im Geschäft, bei ihm sind Sie in guten Händen.«

Bevor sie ihn sieht, nimmt sie seinen Duft wahr, eine würzige Mischung aus Schweiß, Haar und einem Hauch von After-shave. Derselbe Duft. Ihr Herz rast, sie spürt, wie sie auf den Geruch reagiert.

Sie blickt auf. Sein Gesicht verrät nichts, als er ihr die Hand entgegenstreckt. Er drückt die ihre leicht zur Begrüßung. Er ist jünger, als sie dachte. Seine Augen haben ein intensives Blau. Das Haar auf seiner Brust lockt sich über dem weißen Trägerhemd, das er unter dem Overall trägt. Er ertappt sie dabei, wie sie seinen Körper anstarrt.

Während sie ihm ihre Zeichnungen erläutert, hört er schweigend zu. Seine Hände, große Arbeiterhände, scheinen zärtlich über die Umrisse des Museums zu streicheln, tasten sich über diesen zu Papier gebrachten Aufeinanderprall von weiblich und männlich, von Vertikalem und Geschwungenem.

Draußen bietet er ihr an, sie zur Baustelle zu fahren.

»Nur, wenn ich bestimme, wo's langgeht«, sagt sie und lächelt leicht.

Mann der Seufzer

Ich habe nie viel von Rache gehalten. Die Moralistin in mir hat Rache stets für zu berechnend und entwürdigend gehalten. Bis ich mich in Humphrey verliebte. Damals verwandelte ich mich über Nacht zugleich in Medea, Jezebel und die Böse Hexe.

Ich hatte sechs Monate enthaltsam gelebt – eine Reaktion auf eine gescheiterte Affäre, eine dieser schmutzigen kleinen Dreiecksgeschichten, die durch Unerreichbarkeit den richtigen Kick bekommen. Logischerweise ließ meine Anziehungskraft nach, als die Freundin schwanger wurde. Plötzlich wieder bindungslos, fühlte ich mich alleingelassen und verletzt. So hielt ich mich zurück und beschränkte mich auf lockere Freundschaften zu zwei Männern, die ich beim Kaffee kennengelernt hatte. Ich spielte mit dem Gedanken, mit ihnen zu schlafen, kam dann aber zu dem Schluß, daß man die emotionalen Folgen sexueller Aktivität nicht unterschätzen darf. Wie recht ich damit hatte!

Einer der Männer war Journalist – ein lakonischer, zurückhaltender Typ mit beißendem Humor. Mit ihm Kaffee trinken zu gehen, war wie der Besuch bei einem Therapeuten und erforderte eine gewisse Geringschätzung der eigenen Person; unsere gemeinsame Basis bestand unter anderem in unserer beider Verzweiflung über das Leben und die Leute in Sydney. Seine misanthropische Geisteshaltung wirkte auf mich sexuell wenig anregend.

Der andere war Humphrey. Kaffee trinken mit ihm lief gewöhnlich in absolutem Schweigen ab. Ich, trotzig aufgemacht und den Single herauskehrend, wartete stets in einer Bar am Taylor Square auf ihn, während Kellner – schön und homosexuell – um mich herumschwirrten wie Schmetterlinge, die ganz auf ihre eigene Welt konzentriert sind.

Dann erschien Humphrey, der irgendeine selbstgemachte Neuheit wie Sandalen aus Reifengummi trug, mit Farbflecken im Gesicht, Sägemehl in den Haaren, die großen, rauhen Hände mit Öl beschmiert. Er stellte sich schweigend an die Bar und beobachtete mich, die ich herumsaß und auf ihn wartete. Sein Geruch verriet ihn jedesmal. Das beißende, leicht ölige Aroma zog zu mir herüber, und ich wirbelte herum, um in sein bereits alterndes, pockennarbiges, doch immer noch attraktives Gesicht mit dem sardonischen Grinsen zu sehen. Humphrey war ein Original.

Sein Ruf als notorischer Womanizer machte mich neugierig. Ich fand ihn nicht eigentlich attraktiv, aber der Gedanke daran, daß dieser in vielerlei Hinsicht scheue Mann so viele Frauen in seinen Bann zog, war faszinierend. Auf ähnliche Art fand ich auch viele Insekten faszinierend. Es kursierte sogar ein Gerücht, das besagte, ihn umgebe der Laut aller Orgasmen, die er je einer Frau verschafft habe, wie ein schwacher Nachhall – ganz so, wie man in einer Muschel Meeresrauschen hören kann. Im übrigen fand er mich attraktiv. Das gefiel mir, es reparierte mein angeschlagenes Selbstbewußtsein.

Humphrey war ein Künstler. In erster Linie ein Bildhauer. Man kann Bildhauer in zwei Kategorien einteilen: Die einen subtrahieren, um eine Gestalt zu erhalten, die anderen formen, um die Gestalt zu erschaffen. Humphrey war ein Subtraktor, als kenne er instinktiv die Gestalt, die im Stein, im Tonklumpen gefangen, die unter knorrigem Holz versteckt war. Ich hatte ihn einmal in seinem Atelier besucht und zugesehen, wie er eine Form befreite; dünn und sexy, als eine Frau, die ihr Haar im Sonnenlicht ausschüttelt, tauchte sie aus dem rosafarbenen Marmor auf. Ich sah zu, wie er an dem Stück arbeitete, wie er den Marmor polierte, als sei er Haut, wie er die Formen herausarbeitete, als würde er an seinem eigenen Fleisch modellieren. Seine großen, schweren Hände verrieten einen Instinkt, der Intellekt vollkommen ausließ. Ich denke, dies – diese Kommunikation über das Fleisch – war einer der Faktoren, die mich schließlich zu ihm hinzogen.

Humphrey war kein großer Redner. *Wenn* er etwas sagte, dann handelte es sich entweder um kurze, kryptische Bemerkungen oder – ganz selten – um längere Monologe über Beobachtungen, die in gewisser Weise geistreich waren. In jüngeren Jahren hatte er schlimm gestottert, war mit dreißig praktisch nicht mehr zu verstehen gewesen. Eigenartigerweise fand ich das unwiderstehlich.

• • •

Es war am Ende des Sommers in einer jener heißen Nächte, in denen ganz Darlinghurst auf der Suche nach einer Party ist. Die Feuchtigkeit dringt unter die Haut und erzeugt Reibung, die erregt, und bevor man sich versieht, sind die Straßen voll mit Leuten, die irgendeine Art von Kontakt suchen – eine beiläufige Berührung, einen Kuß, irgendetwas. Ich war in Jagdstimmung, aufgemacht, um mir irgendeinen Kerl aufzureißen, gekleidet in ein hautenges blaues Teil, das sich über meine Brüste spannte und meine Schultern freiließ. Ich fühlte mich geil. Nun, seien wir ehrlich, ich *war* geil, und mein Schwur, enthaltsam zu bleiben, schwand jedesmal, wenn ich die Strapse an meinen Schenkeln spürte, ein bißchen mehr.

Die Party fand in einer umgebauten Garage statt, verborgen hinter hohen Bürogebäuden und trostlosen Häuserreihen, die von den Stadtplanern offensichtlich vergessen worden waren. Das Untergeschoß war in eine Art Disco verwandelt worden – mit farbigen Lichtern, Stroboskop und einer Musikanlage, die die Wände erzittern ließ. Etwa dreihundert Leute quetschten sich in dieses winzige Gebäude, in dem es drückend heiß war. Ich bahnte mir meinen Weg durch die übliche Ansammlung von Gestalten – Studenten, Journalisten, Models, arbeitslose Schauspieler, Junkies und »Möchtegern«-Regisseure – bis hin zur Tanzfläche.

Von den Wänden perlte die Hitze ab, während die Leute sich umeinander bewegten wie Fische in einem Aquarium. Links neben mir tanzte ein lesbisches Paar. Eine der Frauen – roter Bürstenschnitt, Wikingerhelm und Kettenhemd – ließ sich am verschwitzt glänzenden Körper ihrer Partnerin abwärts gleiten. Hinter mir wiegte ein junger Typ in Schlaghosen seine vierzehnjährige Freundin in den Armen. Daneben tanzte ein Mann um die Fünfzig, versunken in seiner ganz eigenen Welt. Im ganzen Raum herrschte eine Atmosphäre von kindlichem Übermut.

Ich spürte die Blicke der Männer. Die Begierde in ihren Gesichtern ließ mich feucht werden. Ohne mich um sie zu kümmern, tanzte ich weiterhin allein. Die Musik strömte durch mein Blut und in meinen Unterleib. Es war, als tanze ich in zähem Honig.

Da war wieder dieser Geruch. Schwach, aber unverkennbar, zog er an meiner Nase vorbei. Ich schlug die Augen auf und sah Humphrey vor mir. Er, der gewöhnlich etwas unbeholfen wirkte, besaß plötzlich wahre Anmut. Er tanzte, als würde er Liebe machen – jede Bewegung instinktiv und selbstsicher. Stundenlang tanzte er mich an, liebkoste die Luft zwischen uns.

Draußen färbte die Dämmerung den Himmel in ein blasses Grau. Humphrey, der nicht wagte, irgend etwas vorauszusetzen, bot an, mich nach Hause zu bringen. Wie wir alle wissen, beginnen bedeutende Ereignisse immer auf überaus banale Art und Weise, das Schicksal läßt uns nicht wirklich eine Wahl. Es ist ein Streich, den Gott uns spielt. Und an jenem Morgen begann es mit meiner zum Platzen vollen Blase. Als ich, randvoll mit Bier, auf meinen hohen Absätzen eine Weile über die Straße gestöckelt war, begriff ich, daß ich in Humphreys Wohnung einen Zwischenstop einlegen mußte.

Seine Wohnung befand sich in einem alten, trostlosen viktorianischen Ziegelbau. Ich hatte bisher immer vermieden, ihn dort zu besuchen, weil ich die Befürchtung hatte, daß die Nähe zu meiner Unterkunft etwas Unausweichliches an sich haben könnte. Eine Art sexuelles Verhängnis sozusagen.

Das Zimmer war dunkel, ein paar kaputte Möbelstücke standen darin. Das Modell eines Herzens, eine dieser dreidimensionalen Plastikrepliken des Organs, lehnte auf einem Bilderrahmen. Ich weiß noch, daß ich es herunternahm und öffnete. Er erzählte mir, daß es sich um ein Geschenk seiner letzten Geliebten handelte, die die Woche zuvor nach England geflüchtet war. Er schien das Plastikorgan als passende Metapher für ihre Beziehung zu sehen. Ich machte mir nicht die Mühe nachzuhaken, aber heute wünschte ich, ich hätte es doch getan. In der Mitte des Zimmers stand das wunderschöne Holzmodell einer Segeljacht. Es war bestimmt anderthalb Meter hoch, besaß eine detailgetreue Miniaturtakelage, und um das Deck lief eine Messingreling. Das Boot war offenbar der einzige Gegenstand im Raum, der wirklich geschätzt wurde. Humphrey beobachtete mich, wie ich, magisch angezogen, darauf zusteuerte. Als ich mich über das polierte Heck beugte, spürte ich seine Begierde quer durch den Raum. Mir gefiel das, dieses Ausreizen des Augenblicks, bevor wir uns das erste Mal berührten.

Lautlos trat er hinter mich. Ich stand da wie gebannt, fühlte mich wie ein im Aufblendlicht gefangenes Reh. Er hob mein langes Haar an und biß mir in den Nacken. Ich spürte seine Zähne, als er den Geruch meines Haars, meines Körpers einatmete. Wir standen dort eine Ewigkeit, unentschlossen auf dem gefährlich schmalen Grat zwischen Freundschaft und Lust. Ich spürte seinen harten Schwanz an meinem Lendenwirbel. Mein Kopf fiel zurück auf seine Schulter und blieb an seinem Hals liegen. Und ich schwöre, in dem Schweigen, das folgte, hörte ich ein schwaches Keuchen, eine Frau, die vor Wonne nach Luft schnappt. Mann der Seufzer, dachte ich. Er *ist* ein Mann der Seufzer.

Es gibt zwei Typen von Männern: Die, die Mösen scheuen, und die, die es nicht tun. Letztere sind Kenner, die genau wissen, wo eine Frau liebkost werden möchte. Und Humphrey war der ultimative Kenner, ein Sexkünstler, einer jener seltenen Exemplare, die sich vollkommen konzentrieren, wenn sie eine Frau lieben. Als er seinen nackten Körper um mich schlang, wußte er intuitiv, was ich wollte. Es war, als wäre er in der Lage, meine geheimen sexuellen Phantasien zu lesen.

Er hockte sich über mich, schob seinen Schwanz zwischen meine Beine und bewegte sich langsam in mir. Er warf den Kopf zurück, und ich war mir auf einmal definitiv sicher, daß er in direkter Verbindung mit dem großen Gott Pan stand. Seinem Liebesspiel fehlte es vollkommen an Verstandeselementen, als würde er eine höhere ekstatische Macht anzapfen. Ich war trunken von seiner Zunge, seinem Schwanz, seinen Lippen, dem Haar in seinem Nacken, seinen Händen, der Gefahr, die in allem lag. Was sollte ich schon tun? Wie die Frauen vor mir verliebte ich mich Hals über Kopf. Liebe ist wie ein Schwindelgefühl. Ich muß es wissen, denn ich habe immer unter Höhenangst gelitten – als Kind konnte ich nicht einmal Brücken überqueren. Sich in einen Freund zu verlieben ist eine Katastrophe; es ist, als würde man im vollen Bewußtsein, sich zu verbrennen, unter eine heiße Dusche treten.

Keinesfalls konnte ich mich damit herausreden, daß ich es ja nicht ahnen konnte; Ich hatte genug Geschichten über seine vorherigen Eroberungen gehört, war mehrfach gewarnt worden, daß er dazu neige, sich in Luft aufzulösen, falls es ernster wurde. War nicht schließlich ich es gewesen, der er sich bei all den vielen Kaffees anvertraut hatte?

• • •

Unsere Affäre dauerte drei Monate. In dieser Zeit arbeitete ich für das Umweltministerium als Beraterin im Bereich Bodenversalzung. Nach langen Tagen, in denen ich durch die kargen Gebiete von New South Wales reiste, weiße Salzkrusten fotografierte und in den Gemeindesälen vor mißtrauisch dreinblickenden, bierseligen Männern, die zwanzig Jahre älter waren als ich, Vorträge über die Gefahren von einseitigem Ackerbau, chemischen Insektiziden und Blaualgen hielt, stolperte ich regelmäßig, noch in mein Nadelstreifenkostüm gekleidet, durch die Oxford Street auf Humphreys Wohnung zu.

Humphrey öffnete mir die Tür stets, ohne mein plötzliches

Eintreffen zu hinterfragen. Er nahm mir die Tasche ab, nötigte mich, mich vor den Fernseher zu setzen, und servierte mir einen Teller Spaghetti oder Paella, die einzigen beiden Gerichte, die er zubereiten konnte. Anschließend saß ich vor dem Fernseher, kauend, verlor mich in irgendeine osteuropäische Katastrophe oder einen spektakulären Verkehrsunfall in Newcastle und war mir doch seiner Gegenwart überaus deutlich bewußt. Sogar der Abstand zwischen uns war erotisch. Einmal hob ich nach dem Essen meine Hand zu meinem Haar im Nacken und stellte fest, daß er seinen erigierten Penis in die Strähnen geschoben hatte. Humphrey liebte mein Haar. Er nannte es Haar der Eva, genoß den Duft, das Gewicht, das es hatte.

Ich glaube, daß er nicht in Worten, sondern in Bildern dachte, die er wie auf einem irrwitzigen surrealistischen Gemälde miteinander verband. Von ihm ging eine Elektrizität aus, die die Geradlinigkeit der Natur störte: Teller fielen klirrend zu Boden, wenn er in der Nähe war.

Er nahm mich gern auf den nackten Holzbohlen, schob meinen Rock hoch, spreizte meine Schamlippen und huldigte meiner Vulva. Seine Zunge, seine Lippen und Zähne kannten alle möglichen Liebkosungen, mit denen er mich stundenlang kurz vor dem Explodieren hielt, bis er endlich mit seinem harten Schwanz in mich eindrang. Danach lagen wir satt, erschöpft und in vollkommen unmöglichen Stellungen da: mein Kopf an seinem Fuß, mein Unterkörper hochkant an einer Wand, sein Knie in meinem Mund. Wenn das Schweigen unangenehm zu werden drohte, pulte er sich meine Schamhaare aus seinen Zähnen und begann, mir von seinen sexuellen Abenteuern zu erzählen.

Einmal – sehr früh morgens, zu jener Zeit, in der die Straßen noch verlassen oder nur von Partygängern bevölkert sind, die an Zuhältern, Obdachlosen und Verzweifelten vorbeiziehen – wurde Humphrey, der gerade von einer Geliebten kam, von einem Touristen angesprochen. Der Mann fragte nach dem Weg zum Hauptbahnhof. Humphrey war so nett und zeichnete eine Wegbeschreibung in den Staub der Straße. Plötzlich bemerkte er, daß der Mann ihn auf seltsame Art und Weise anstarrte. Humphrey, der daran gewöhnt ist, angestarrt zu werden, kümmerte sich nicht weiter darum, sondern erzählte weiter. Schließlich stammelte der Mann eine Entschuldigung und rannte davon. Ein etwas verdutzter Humphrey machte sich wieder auf den Heimweg, vergaß aber in dem leicht benebelten Dämmerzustand des frühen Morgens rasch die Furcht des anderen.

Wieder zu Hause, zog er sich um und wollte gerade wieder gehen, als er noch einen Blick in den Spiegel warf, um zu sehen, ob er sich rasieren mußte. Entsetzt entdeckte er einen breiten Schmierstreifen Blut über Mund und Wange. Einen Moment lang versuchte er sich zu erinnern, wo er sich geschnitten haben könnte, dann fiel ihm ein, daß es sich um das Menstruationsblut von der Frau handelte, bei der er eben gewesen war. Mit einem Mal ergab das entsetzte Gesicht des Touristen Sinn.

Ich liebte diese Geschichte und stellte immer wieder romantische Zusammenhänge her zwischen dem Blutfleck als Mal einer Frau und Humphrey, der dieses offen zur Schau trug – die Prägung einer Frau auf einem Mann, der Frauen liebte.

Sogar während meiner Arbeit nahm ich Humphreys Geruch war; wenn zum Beispiel während eines Diavortrages über Bewässerungsmöglichkeiten der Duft von frisch gemähtem Gras durch ein offenes Fenster hereinwehte. Der Effekt war, daß ich vor einer Gruppe zynischer Weizenfarmer weiche Knie bekam, weil der Bewässerungsgraben auf dem Dia zu einem Streifen schwarzen Haars wurde, das sich von einem erigierten Penis bis zum Nabel hinaufzog. Ich kam mir vor, als stünde ich im Bann eines wahnsinnigen Alchimisten der Sexualwissenschaft. Je mehr ich von ihm bekam, desto mehr wollte ich. Es dauerte nicht lange, bis ich jede Nacht in seine Wohnung kam. Manchmal schlief er schon, murmelte benebelt nein, nein, wenn ich ihn in den Mund nahm und ihn mit meiner Zunge langsam, aber sicher überredete. Manchmal war ich es, die sich, den roten Staub der Erde noch im Haar, einfach auf sein unordentliches Bett fallen ließ. Er bearbeitete meinen Körper dann auf die gleiche Art und Weise, wie er auch aus Stein eine Form herausarbeitete.

• • •

Meine Faszination bezüglich seines Vorlebens verließ bald den Bereich des Objektiven. Ich konnte mir die Geschichten über sexuelle Zweigleisigkeit und Seitensprünge nicht mehr anhören, ohne mich mit der weiblichen Leidtragenden zu identifizieren. Zum ersten Mal in meinem Leben glaubte ich, den Spruch »Du machst mich fertig« in der Liebe nachvollziehen zu können. Humphrey hatte das auf ganz simple Art und Weise – ohne Worte, ohne psychologische Tricks – erreicht: Ich hatte den fatalen Fehler begangen, an seine Liebkosungen zu glauben, hatte gedacht, daß die Intelligenz seiner Hände, unsere Orgasmen, die Art und Weise, wie er in mich eingedrungen war, ihn so sehr berührt hatte, wie es mich berührt hatte. Vielleicht ist dies schlicht das Motto der Egoisten: Ich liebe, daher muß auch ich geliebt werden. Vielleicht ist es die Achillessehne meines Geschlechts.

Ich wurde besitzergreifend. Das beste Mittel, das Interesse

des Wolfes wachzuhalten, besteht, wie jeder weiß, darin, vollkommene Gleichgültigkeit vorzutäuschen, sich eine Aura der Würde, der Unabhängigkeit zu bewahren. Für mich haben meine Persönlichkeit und meine Autonomie stets oberste Priorität gehabt. Auf diese Art und Weise habe ich all die plötzlichen Trennungen, Tode, Betrügereien und emotionalen Berg- und Talfahrten überlebt. Bis Humphrey kam.

Wie alle Eroberungsjunkies hatte Humphrey begonnen, den abgestandenen Geruch des Sieges wahrzunehmen. Bald hörte er damit auf, meine Anrufe zu erwidern. Manchmal kam ich schwitzend und vollkommen aufgelöst bei seiner Wohnung an, in Panik, weil ich mir auf dem Weg von mir zu ihm alle möglichen schrecklichen Szenarien ausgedacht hatte. Ich hämmerte dann an die Tür, wohl wissend, daß das Licht an war, aber er blieb reglos im Inneren sitzen und weigerte sich, mir aufzumachen. Wütend rief ich ihn von einer Telefonzelle in der Nähe an und ließ stundenlang klingeln, während sich der Straßenreinigungswagen träge über die leeren Straßen bewegte. Er schnitt mich säuberlich aus seinem Leben heraus wie ein Stück Marmor, das der Form weichen muß. In Humphreys Vorstellung waren Zeit und Ort etwas Endliches. Frauen gehörten zu gewissen Perioden der Geschichte, die, einmal erfahren und konsumiert, ad acta gelegt werden konnten.

Anfangs weigerte ich mich zu glauben, daß ihm unsere Intimitäten nichts bedeutet hatten. Mein Ego erlaubte es nicht; mein Instinkt hatte keine annehmbare Erklärung dafür. Dann setzte ein furchtbarer Zorn ein. Ich fühlte mich wie vergiftet. Ich wollte, daß er so leiden mußte, wie ich litt. Ich wollte Rache.

• • •

Ich traf Elsa das erste Mal in einer Cocktailbar, die sich oberhalb eines Homoclubs am Rande des Taylor Squares befand – einer der Ecken von Sydney, in der sich in einer einzigen Freitagnacht die ganze Skala sexueller Vorlieben entfaltet. Die Parties begannen nachmittags um fünf mit der Happy Hour, wenn Drinks zum halben Preis heterosexuelle Büroangestellte in kurzärmeligen Hemden anlockten, die dann zwei Stunden später von der ansässigen Homogemeinde verdrängt wurden. Viele Lesben waren nur durch die Brüste, die sich unter den T-Shirts abzeichneten, als Frauen zu erkennen; ihr Bürstenhaarschnitt spiegelte ihre Vorliebe für einen »männlichen« Stil wider. Damals begann gerade die Ära der »Lippenstift-Lesben«, jene Zeit, in der die mutige Haltung der älteren Vorkämpferinnen, gegen jedes gängige Schönheitsideal verstoßen zu wollen, langsam durch eine ganze Generation hochmodischer homosexueller Frauen außer Kraft gesetzt wurde, die die unverhohlene Sexualität ihrer rotbemalten Münder in vollen Zügen genossen.

Ich fühlte mich dort etwas verloren, während ich auf Humphrey wartete. Die Happy Hour kam und ging, und die Tische füllten sich langsam mit Jungs und ihren Männern und Mädels und ihren Frauen. Automatisch starrte ich in meinen Wodka und versuchte, Nonchalance auszustrahlen, während meine Normalität erkennbar war wie ein Neonschild, das über meinem Kopf blinkte.

Dann trat Elsa ein. Sie hatte diese bestimmte Art von Grazie, die die Köpfe herumfahren läßt, so als habe man im Augenwinkel irgendeinen exotischen Vogel vorbeifliegen sehen. Sie war groß, hatte schwarze Haare, die ihr bis an die Schultern reichten, hohe Wangenknochen, dichte Augenbrauen und Augen von einem Grün, wie ich es noch nie gesehen hatte. Es war, als hätten sie keine Iris. Ihre großen Brüste bewegten sich frei unter dem lockeren T-Shirt aus weißer Seide, zu dem sie lederne Reiterhosen trug. Sie bahnte sich ihren Weg an den Tischen vorbei und kniff dem Transvestitenkellner in den Hintern, bevor sie sich auf den Stuhl neben mir fallen ließ.

»Werd' nicht gleich paranoid«, sagte sie. »Ich weiß, daß du eine Hetera bist.«

Ich spürte, wie sie mich anstarrte, wie ihr Blick heimlich über meinen Körper glitt, wie sie sich vorbeugte und Gründe fand, meinen Schenkel zu berühren oder mit ihrem nackten Arm zufällig an meinem vorbeizustreichen. Ihr Moschusduft legte sich über mich wie ein hypnotisierender Dunst. Ich wußte, daß sie mich wollte. Mehr noch – Elsa war genau der Typ Frau, der es gewohnt ist zu bekommen, was er haben will. Von begehrenswerten Menschen begehrt zu werden ist ein ziemlich starkes Aphrodisiakum. Unwillkürlich stellte ich mir vor, wie einfach es wäre, eine Hand unter die Seide zu schieben, das Gewicht ihrer Brüste zu fühlen, plötzlich in dieses verführerische Fleisch zu beißen.

Als Humphrey schließlich eintraf, waren wir betrunken und Verbündete. Humphrey bemerkte sie augenblicklich, nahm ihre Jugend, ihren Körper, ihre Schönheit mit einem einzigen Kennerblick in sich auf. Die aufgesetzte Gleichgültigkeit erlaubte es ihm kaum, ihr in die Augen zu sehen, aber ich kannte diesen Blick, kannte dieses Leuchten, als er sie heimlich betrachtete. Ich sah zu, wie er sich die Lippen leckte, während er sein Schweigen berechnend einsetzte, um jenes grüblerische Image zu entfalten, das so fatal sein konnte. Er zog eine Show für Elsa ab, Elsa zog eine Show für mich ab. Es war perfekt.

Besessenheit ist eine interessante Sache: Das Objekt der Obsession zu sein macht stark, selbst besessen zu sein ganz genau das Gegenteil. Später am gleichen Abend rief Elsa mich an, um sich mit mir zum Kaffee zu verabreden. Danach rief Humphrey mich an, um nach ihrer Telefonnummer zu fragen. Ein Plan nahm in meinem Kopf Gestalt an. Elsas Auftauchen war so etwas ... so ein seltener Moment wundervoller Übereinstimmung, der mich ernsthaft über meine atheistische Haltung nachdenken ließ.

• • •

Eines Tages lud Elsa mich in ihre Wohnung ein, eine elegante Behausung, die zur Woolloomooloo Bay hinausging. An den Wänden hingen drei erotische Drucke aus China. Auf dem ersten war ein älterer Buddha-ähnlicher Mann zu sehen, der hinter einem schönen, rundlichen Mädchen mit kindlichen Gesichtszügen saß. Er spreizte ihre Beine weit, als wolle er sie der Welt darbieten. Ihr gerötetes Geschlecht war mit feinen Pinselstrichen detailliert herausgearbeitet, die inneren Schamlippen kräuselten sich wie eine knospende Pfingstrose. Beide Figuren lächelten das unschuldige Lächeln intensiver Wonne.

Der zweite Druck zeigte dasselbe Paar, doch diesmal war sein Körper über ihrem; die Wangen seines noch immer lächelnden Gesichts wiesen rote Flecken auf. Sie hatte seinen Penis in den Mund genommen, während er seine Zunge behutsam in sie schob. Seine Miene war die einer Person, die eine seltene Delikatesse kostet. Während ich das Bild studierte, war ich plötzlich sicher, die vollen Schenkel der Frau, die auf ihren Orgasmus zusteuerte, leicht beben zu sehen.

»Ich sammle Erotika.« Elsa lächelte. »Hetero oder Homo, es vermindert den Wert der Drucke nicht. Ich habe mit dem Kauf und Wiederverkauf eine ganze Menge Geld verdient.

Ich verkaufe an jeden: Gallerien, private Sammler, Konzerthallen –«

Sie reichte mir einen Drink und ließ sich auf die Couch nieder. »Und jetzt erzähl mir mal ... wie lange ist Humphrey schon dein Lover?«

Ich lächelte leicht. Wenn Elsa mich nicht bekommen konnte, dann wollte sie mich wenigstens stellvertretend haben. Sie wollte wissen, wie wir uns liebten, wie oft und in welchen Stellungen. Es war, als wollte sie eine Palette meiner sexuellen Präferenzen zusammenstellen. Also erzählte ich ihr von unserem Ausflug aufs Land.

Wir waren an jenem Tag mit ein paar Freunden im Meer schwimmen gewesen. Ich weiß noch, wie ich auf der Heimfahrt im Auto gegen Humphrey gepreßt wurde. Die Hitze der Sonne drang durchs Autofenster, und die Wärme meiner verbrannten Haut prickelte unter meinem T-Shirt. Das Gefühl seines Oberschenkels an meinem und die Heimlichkeit unserer Affäre erregte mich sehr, aber er hielt sich absichtlich zurück und saß nur schweigend neben mir. Plötzlich befahl er dem Fahrer, anzuhalten und uns hier, mitten im Busch, hinauszulassen. Der Wagen kam quietschend zum Stehen. Unsere Freunde waren an Humphreys Exzentrik gewöhnt. Lächelnd, aber ohne weiteren Kommentar, ließen sie uns am Straßenrand stehen und fuhren davon. Die Spannung ließ mein Herz wild hämmern.

»Geh.« Humphreys Tonfall war anders als sonst, herrisch. Ich hatte ihn noch nie so aggressiv klingen hören. Es erregte mich, doch ich hatte auch beinahe ein wenig Angst. Ich setzte mich in Bewegung und ging vor ihm durch den Busch. Ich spürte, wie seine Augen mich berührten, sich ihren Weg zu meinem Geschlecht bahnten. Alles um mich herum schien meine Lust auf ihn, meine Nässe widerzuspiegeln. Der schwache, klebrige Duft der Akazien, die Bienen, die die Blüten anzapften, das stete Brummen der Insekten ... alles schien in meinen Körper zu strömen und ihn vorzubereiten. Ich stolperte und drehte mich halb um.

»Sieh mich nicht an.« Seine Stimme riß mich wieder in die Wirklichkeit zurück. Wir erreichten eine kleine Lichtung. Ein Wasserturm ragte zwischen den Bäumen auf, sein silbriger Tank glitzerte in der Sonne.

»Los, an den Turm«, befahl Humphrey. Ich gehorchte und lehnte mich bäuchlings gegen die gewellte Oberfläche.

Er trat hinter mich und zwang mir mit einem Knie die Schenkel auseinander. Er zog meine Jeans herunter und ließ sich ins Gras sinken. Ich spürte, wie er mich öffnete und seine nasse Zunge in mich eindrang, während seine Fingernägel sich in meine Hinterbacken krallten. Der Kontrast zwischen der Zärtlichkeit seiner Zunge und dem scharfen Schmerz, den seine Nägel verursachten, war intensiv. Plötzlich stand er auf, schob seinen Schwanz zwischen meine Beine, rieb ihn an meiner Klitoris und stieß ihn dann gegen mein Arschloch. Seine Hand wanderte herum, ein Finger glitt in meine Möse, dann berührte er meinen Kitzler. Plötzlich stieß er in mich hinein. Ich dachte, er würde mich aufreißen. Mein Gesicht wurde an das heiße Blech gedrückt, während er mich ausfüllte und wieder und wieder in mich hineinstieß. Wir kamen zusammen, laustark, während über uns ein Kookaburra in hysterisches Gelächter ausbrach.

»Ein bißchen Schmerz bei all dem Vergnügen kann nie schaden.« Elsa grinste, tauchte ihren Finger in den Wodka und nuckelte nachdenklich daran.

• • •

Humphrey hatte damit begonnen, Elsa mit seinem alten weißen Bus zu verfolgen. Er rief sie mitten in der Nacht an, lauschte eine Sekunde lang ihrer Stimme und hängte dann wieder auf. Sie konnte an den Atemgeräuschen erkennen, daß er es war, und sie war sicher, daß er masturbierte. Sie erzählte mir in einer Mischung aus Verachtung und Mitleid, daß man ihn stundenlang in dem Buchladen, in dem sie arbeitete, Magazine hatte durchblättern sehen.

Elsa beobachtete mich aufmerksam. Sie suchte, wie ich wußte, nach einem Hinweis darauf, daß ich noch an dieser Beziehung hing. Ich mimte Gleichgültigkeit, hielt meine Stimme und meinen Gesichtsausdruck neutral, obwohl allein die Nennung seines Namens Schockwellen durch meinen Körper jagte und mein Herzschlag sich so beschleunigte, daß mir übel zu werden drohte. Je länger sie ihn zurückwies, desto dringender wollte er sie haben. Für einen Mann, der jede Frau, die er begehrte, haben konnte, war Zurückweisung der größte Anreiz überhaupt.

Inzwischen wußte ich zwar, daß ich ihn vollkommen verloren hatte, seinen Geruch jedoch wurde ich noch immer nicht los. Wenn ich masturbierte, hatte ich nachher seinen Geruch an den Fingern. Ich konnte andere Männer nicht einmal ansehen. Ich begann ihn zu hassen, und mein Wunsch nach Rache wurde zu einer Manie.

Elsa beschloß, Humphrey einen Auftrag zu geben, und bestand darauf, daß ich als Vermittler agierte. Sie sagte, sie würde ihm, was Material und Thematik betraf, freie Hand lassen, wollte aber sich selbst als Modell. Humphreys Gesicht erhellte sich in freudiger Erwartung. Er sabberte beinahe. Es war ein mitleiderregender Anblick.

• • •

Wir treffen uns vor dem wuchtigen viktorianischen Lagerhaus, in dem sich das Atelier befindet. Humphrey besitzt die obere Etage, die er in einen einzigen, weitläufigen weißen Raum umgewandelt hat. Weiße Seide hängt vor den Fenstern und verleiht dem Licht, das hindurchscheint, ein besonderes Strahlen. Er hat sein Studio zu einem heiligen Ort durchgestylt.

Elsa drückt den Summer. Humphreys Stimme kommt zögernd über die Sprechanlage. Ich habe ihn noch nie so verunsichert klingen hören. Ich fange an, mich ein wenig zuversichtlicher zu fühlen. Als wir uns im Aufzug befinden, drückt Elsa mich an sich und sagt mir, ich solle locker bleiben.

Aber Humphrey verzieht das Gesicht, als er mich hinter Elsa sieht. Er führt uns in den Hauptteil seines Ateliers. Eine Leinwand steht auf einer Staffelei, in der Mitte des Raumes ein altes Bett, ganz in Laken gehüllt.

»Ich möchte etwas machen, das körperlichen Verfall repräsentiert. Der Tod und das Mädchen – weißt du, was ich meine, Elsa?« Er dreht sich zu ihr um, weicht meinem Blick vollkommen aus. Elsa lächelt rätselhaft wie eine Sphinx.

»Ich weiß genau, was du meinst.« Sie nimmt ein Stück weiße Kreide und zieht einen großen Kreis um die Staffelei und seine Palette.

»Geh da hinein.«

»Was?«

»Ich stelle die Bedingungen, und ich will, daß du dich da hineinstellst.«

Humphrey tritt in den Kreis.

»Du darfst ihn nicht verlassen, hast du verstanden?« Er nickt zögernd und nimmt seinen Pinsel in die Hand. Elsa führt mich zum Bett.

»Zieh dich aus.« Ich bewege mich auf das Badezimmer zu, doch sie packt meinen Arm – fest.

»Hier. Zieh dich hier aus.« Sie öffnet den obersten Knopf meines Hemdes und setzt sich aufs Bett, um zuzusehen. Ich beginne, mich auszuziehen, zunächst schüchtern. Doch unter den Augen meiner beiden Zuschauer werde ich immer mehr zur Darstellerin, knöpfe mein Hemd langsam auf, ziehe den Rock aus, schließlich streife ich die Strumpfhose ab. Ich höre auf, als ich nur noch in BH und Slip dastehe. Elsa drückt die Zigarette aus.

»Das auch.«

»Nein.«

Eine kühle Hand legt sich um meine Taille. »Tu es.«

Langsam hake ich den BH auf. Als ich mich umdrehe, sehe ich Humphrey, der auf dem Hocker an seiner Staffelei sitzt. Er starrt meinen Körper an, als hätte er ihn nie zuvor gesehen. Elsa steht hinter mir und dreht mich zur Ansicht zu ihm um. Sie berührt meine Brustspitzen, bis sie hart hervorstehen. Ich kann hören, wie Humphreys Atem schwerer wird. Ich schließe meine Augen. Ich spüre Elsas Hände, die über die Konturen meines Körpers zu meinem Slip hinabgleiten.

»Spreize die Beine.« Wie eine Schlafwandlerin gehorche ich. Sie schiebt grob einen Arm zwischen meine Schenkel und zerrt die Unterhose nach unten. Ich bin feucht. Humphrey macht innerhalb seines Kreises einen Satz nach vorne, doch Elsa wirbelt wütend zu ihm herum. »Beweg dich noch einmal, und es ist vorbei!« schreit sie.

Sie steht zwischen mir und dem Mann im Kreidekreis und kostet die Macht, die sie über ihre beiden Zuschauer hat, aus. Langsam, sehr langsam schält sie sich aus ihren Kleidern. Ich blicke in Humphreys bleiches Gesicht, sehe, wie sein Mund ein wenig zuckt, als der leise, dumpfe Laut einer Jeans, die zu Boden fällt, ertönt. Sie wirft ihr T-Shirt achtlos auf den Boden, schleudert den BH über das Bett und zieht schließlich ihren

Slip aus, um ihn mit gezierter Geste an dem Kreidekreis zu plazieren. Einen Moment lang steht sie splitternackt da, dann hebt sie die Arme über den Kopf und dreht sich in einer Ballerinaparodie um die eigene Achse. Ihre langen, festen Beine gehen in zwei volle Hinterbacken über. Ihr Arsch ist klein, aber fest, ihre Taille schmal, ihre Rippen sichtbar. Das Weiblichste an ihr sind ihre vollen, mütterlichen Brüste; sie haben rein gar nichts Androgynes.

Humphrey sieht aus, als wolle er losstürzen, bleibt aber in seinem Kreidekreis. Elsa streckt ihm die Zunge heraus und lockt ihn dann provozierend damit. Er tritt an den Rand des Kreises, und sein ganzer Körper streckt sich ihr entgegen.

»Einen Schritt weiter, und du bist ein toter Mann«, schreit Elsa. Er hält inne, seine Erektion ist in seiner locker geschnittenen Hose deutlich sichtbar. »Willst du mich? Riechst du mich? Willst du uns beide? Leide ein bißchen, Junge ...«

Humphrey streckt den Arm aus und taucht den Pinsel in eine der Farben auf der Palette. Als er ihn wieder herauszieht, tropft es scharlachrot. Er steht abwartend vor der Staffelei, bereit, den ersten Strich über die jungfräuliche Leinwand zu machen. Elsa kommt mit raschen Schritten über den Holzboden auf mich zu, ihre nackten Füße verursachen weiche, dumpfe Laute. Sie hebt mich mühelos von den Füßen. Ich sehe, wie ihre Muskeln hervortreten, als sie mich in den Armen hält. Sie trägt mich zum Bett und legt mich darauf nieder. Ich bleibe abwartend und passiv auf der Seite liegen.

»Pose Nummer eins« Sie klettert aufs Bett. Dort kniet sie sich hinter mich und richtet mich auf, so daß Humphrey mich sehen kann. Dann schlingt sie ihre Beine um meine Hüften. Ich spüre den Pelz ihres Geschlechts an meinem Lendenwirbel, ihre Klitoris ist ein fleischiger Knubbel, der an meiner Haut klebt. Sie öffnet mich mit den Füßen. Weit. So weit, daß ich gezwungen bin, mich zurückzulehnen und meinen Kopf an ihren Busen zu legen. Sie läßt ihre Hände über meinen Rücken nach vorne gleiten und umfaßt meine Brüste mit Daumen und Zeigefinger. Jetzt erkenne ich die Stellung als eine der Szenen von den chinesischen Drucken wieder, Pose Nummer eins. Elsa stellt ihr Lieblingsbild nach. Wir sitzen fünf Minuten so da. Eine Ewigkeit vergeht, und ich spüre, daß ich von beiden genommen werden will.

Humphrey führt den Pinsel in forschen roten Bögen über die Leinwand: Der Schwung der beiden Rücken, die offene Spalte meiner Möse zwischen Elsas Fersen. Indem sie ihre Füße weiter auseinanderzieht, spreizt sie meine Schamlippen. Ich fühle, wie meine Klitoris anschwillt und sich aufrichtet, sich nach Berührung sehnt. Humphrey lockt. Er krümmt sich, nur mühsam beherrscht, mitleiderregend, nimmt mit weit aufgerissenen Augen jede Einzelheit in sich auf.

Behutsam beginnt sie, mich mit ihren Zehen zu berühren, zupft zart an mir, so daß ich zwischen ihren Füßen naß werde. Sie hält mich fest. Ich will nicht, daß Humphrey sieht, wie nah ich daran bin, zu kommen, also drehe ich meinen Kopf zur Seite, nehme eine von Elsas Brustspitzen in den Mund und spüre, wie sie zwischen meinen neckenden Zähnen hart wird.

Humphrey kauert über der Staffelei und klatscht wie verrückt Farbe auf die Leinwand. Er nestelt seinen Schwanz aus dem Hosenschlitz; es sieht absurd aus, wie er aus dem Baumwollstoff hervorragt. Er nimmt ihn in seine linke Hand und bewegt sie auf und nieder, gleitet über die Spitze und wieder zurück. Der Pinsel in seiner rechten Hand produziert im Rhythmus mit seiner Linken große Farbflecken auf der Leinwand.

Elsa löst ihre Beine von mir und legt sich auf den Boden, das Gesicht zur Decke gewandt. Ich rutsche vorwärts, bis ich über ihr bin. Sie dreht mich um, so daß Humphrey meine Geschlechtsteile sehen kann.

»Pose Nummer zwei.« Sie inszeniert nun das zweite chinesische Bild; ihre Bewegungen, mit denen sie die Szene nachstellt, sind ausgesprochen präzise. Ihre Hände gleiten über meine Arschbacken und spreizen sie, so daß meine intimen Körperteile zu einem Fest für die Augen werden. Ich sitze über ihrem Gesicht und spüre ihren Atem an meinen Schenkeln. Ein Finger gleitet in meinen Arsch, während zwei weitere in meine Möse eindringen, dann zieht sie mich auf ihre Lippen hinab. Ihre Zunge berührt die Spitze meiner Klitoris, leckt sie, neckt sie. Humphrey stöhnt, greint fast vor Frustration. Ich sehe seine zitternden Hände, die Schweißperlen, die sich auf seinem Gesicht bilden.

Elsa liegt ausgestreckt unter mir. Zögernd streiche ich mit einer Hand über ihre Beine. Seide. So junge Haut. Ihr tiefschwarzes Schamhaar ist spärlich, fast asiatisch in seiner Kargheit. Ich kann die Lippen durch das Haar erkennen. Vorsichtig spreize ich sie und spüre, wie sie feucht wird. Ihre Klitoris ist wie eine Kirsche.

Im Raum ist nur noch unser Stöhnen zu hören. Humphrey kniet mit runtergelassener Hose am Rand des Kreidekreises, sein Rücken ist durchgebogen, sein Schwanz ragt hart und glänzend aus seiner Faust. Er beugt sich vor, versucht, so nah wie möglich, an unsere Körper heranzukommen, ohne die Kreidegrenze zu überschreiten. Ich spüre seinen Atem an meinem Rücken. Elsa schiebt zwei weitere Finger in meinen Arsch und nimmt meine Möse ganz in den Mund. Sie leckt die Schamlippen, nimmt dann den Kopf zurück und saugt an meiner Klitoris.

Langsam bringe ich mein Gesicht an ihr Geschlecht und koste es mit meiner Zunge. Salzig. Sauber. Ich will ihr Vergnügen bereiten. Ich nehme die Klitoris in den Mund und spiele mit meiner Zunge daran. Ich spüre, wie sie sich versteift. Mehr. Ich grabe meine Nägel in ihre Arschbacken und beginne, fester zu saugen.

Humphrey steht kurz davor zu kommen, sein Schwanz ist riesig. Ein gewaltiger roter Pfahl zwischen seinen Händen. Am Rand des Kreises kniend, schleudert er plötzlich seinen Pinsel durch die Luft. Gelbe Farbe klatscht zwischen unsere Körper. Elsa schmiert die Farbe über meine Brüste, dann reibt sie ihre eigenen Brüste über meinen Bauch. Die Farbe ist naß und klebrig.

Humphrey sieht zornig zu. Machtlos schleudert er den nächste Farbflatschen zu uns herüber. Blau rinnt zwischen meine Hinterbacken und über Elsas Stirn. Sie reibt es über meinen Arsch und meine Schenkel. Der Streifen Blau in ihrem Gesicht hat sie in eine Amazone auf Kriegspfad verwandelt.

Sie massiert das Blau ins Gelb, macht mich unkenntlich. Ich spüre, wie die Farbe trocknet und meine Haut zusammenzieht. Sie hat mir eine Maske gegeben. Sie hat mir die Lizenz zum Anderssein geschenkt.

Wir rollen uns übereinander, bis wir in einer Pfütze grüner Farbe landen. Jetzt ist sie oben, ihre Möse gespreizt. Sie saugt an meiner Klitoris, so daß ich automatisch in der Farbe auf- und abrutsche. Die Farbe dringt in jede Falte, überall hinein, zwischen meine Finger, meine Zehen, zwischen meine Beine.

Humphrey, der inzwischen auch nackt und mit Farbe bekleckert ist, zerrt wild an sich herum. Er wirft den Kopf zurück, zeigt sich auf die Art und Weise, die ich so gut kenne – eins mit dem Gott Pan. Aber ich will nicht, daß er kommt, ich will nicht, daß er mit uns gemeinsam kommt.

Ich schiebe meine Finger in Elsa und nehme ihre Klitoris zwischen die Zähne. Wir beide kommen jetzt, und ich bin kaum noch in der Lage, sie zwischen meinen Lippen zu halten, als Humphrey plötzlich sein Sperma über die Kreidemarkierung und quer durch den Raum spritzt. Als dünner, heißer Strahl trifft es auf meine Haut.

In der nachfolgenden Stille fangen wir plötzlich alle gleichzeitig an zu lachen. Rache war noch nie mein Ding!

Der Mann, der die Musik liebte

Zwei Männer. Der eine, untersetzt, nicht mehr ganz jung, lehnt an einem offenen Fenster und raucht. Draußen rauscht der Nachmittagsverkehr vorbei und wirbelt Staub auf, der in der Sonne, die in den schäbigen Salon scheint, tanzt. Er ascht auf den Teppich.

Der zweite Mann – er ist dünn – hockt neben einem Plattenspieler, die Arme um die Knie geschlungen. Er schaukelt auf dem abgetretenen Teppich vor und zurück, in dem verzweifelten Versuch, die Tränen zurückzuhalten.

Der Dicke beugt sich vor und klopft dem anderen auf die knochige Schulter.

Der Mann in schwarzem Denim steht langsam und schwankend auf.

• • •

QUIN

Mein Name ist Quin, für manche bin ich »der Wolf«. Man nennt mich wegen meines Haares so. Ich habe es seit Jahren nicht mehr gekämmt. Was nicht heißt, daß es nicht sauber ist.

Ich halte es allein schon für die Ladies sauber. Sie fahren gerne mit den Fingern hindurch und zerren daran, besonders, wenn sie kommen. Ich trage es verfilzt, wie das Fell eines Tieres. Eines wilden, ungezähmten Tieres. Deswegen nennt man mich »den Wolf«.

Ich rede nicht viel. Das habe ich nicht nötig. Wenn ich bei irgendeinem Gig im Hintergrund stehe und die Musik mich umströmt, bin ich im Paradies. Und die Frauen spüren es, sie kommen zu mir, ohne daß ich auch nur eine Regung zeigen muß. Instinkt – das ist es, was sie lieben. Einen Mann, der weiß, was ihm Spaß macht.

• • •

MACK

Zum ersten Mal sah ich Quin bei einer Aufnahmesession. Das war Ende der Siebziger, und ich war sechsundzwanzig, also noch jung genug, um mich von Erregung packen zu lassen, wenn durch das Studiofenster heiße Gitarrenriffs hämmerten. An die Band kann ich mich heute nicht mehr erinnern, wohl aber an Quin. Er kauerte zusammengesunken auf dem Boden, den Rücken an die Wand gelehnt. Seine Augen waren geschlossen, und dieses grausige Haar ringelte sich über seine große Nase, die fettige Haut, die Fledermausohren. Rhythmisch zur Musik vor- und zurückzuckend, wirkte er vollständig weggetreten. Ich weiß noch, wie ich mich vorbeugte und dem Sänger ins Ohr brüllte: »Schmeißt den verdammten Junkie raus!« Doch der Sänger lächelte nur.

»Quin, was für ein Akkord war das eben?«

Quin machte sich nicht die Mühe, die Augen zu öffnen. »A, E, B und Fis.«

Das genau ist Quin – das schärfste Gehör in der gesamten Industrie, verpackt in den Körper einer Spinne.

• • •

QUIN

Ich rede deshalb nicht viel, weil mir etwas entgehen könnte. Ich lausche gerne – jeder Nuance, jeder tonalen Abstufung. Ich lebe durch meine Ohren. Das erste Geräusch, an das ich mich erinnern kann, ist das Ratschen des Blechverschlusses, den mein irischer Vater zur Feier meiner Geburt von der Bierdose riß. Im Hintergrund machte ich das jiddische Rat-tat-tat meine Mutter Esther aus, die mit meinem Großvater meine Beschneidung durchsprach. Manche Leute haben unglaublich scharfe Augen, andere nehmen Gefühle über die Fingerspitzen wahr. Ich, ich höre alles! Manchmal glaube ich, sogar die Ameisen in der Erde hören zu können. Mack hält es für eine Gabe. Ich halte es für eine Behinderung: Ich höre zu viel!

Musik ist etwas anderes. Es ist Farbe. Blau mit Silber durchzogen. Blitze in einem Gewitter. Ein Orgasmus durch alle Blutbahnen. Wenn ich Musik höre, schließe ich die Augen und stelle mir vor, mein Körper sei als Fell über eine Trommel gespannt. In solchen Augenblicken bin ich nichts als pure Vibration. In solchen Augenblicken vergesse ich zu denken.

Das ist der Grund, weshalb ich mein Leben der Musik verschrieben habe, der Aufnahme und Konservierung akustischer Schönheit. Das habe ich in meinen Lebenslauf geschrieben, als ich mich bei Macks Studio bewarb. Deswegen hat er mich eingestellt – um mich Musikern, die bei ihm zu Gast sind, vorzustellen und zu sagen: »Das ist Quin. Sag in seiner

Nähe etwas über digitale Audiotechnik, und er schneidet dir die Eier ab, aber wenn du auf Akustik stehst, ist er der Beste, den du in Australien finden kannst.«

Mack ist ein Opfer seiner Geschichte. Er hat eigentlich schon vor Jahren aufgehört wirklich zu leben, aber er respektiert mich. Das gefällt mir. Es gibt mir einen gewissen Rückhalt.

MACK

Digitale Audiotechnik. Tja, gibt es schon 'ne Weile und wird immer wichtiger. Quin haßte sie mit Leidenschaft. Er behauptete, sie würde den Sound einsaugen, reduzieren, abflachen und zu guter Letzt auf eine Scheibe spucken. Er gab den Medienmogulen die Schuld und strickte sich seine eigene Verschwörungstheorie zurecht. Aber was kann ich schon dagegen tun? Ich bin Geschäftsmann, und die Kunden wollen immer die neuste Technik. Also rüstete ich alle Studios auf DAT um – bis auf Quins. Vielleicht bin ich insgeheim ein wenig nostalgisch. Andererseits ist Aberglaube schon immer eine Schwäche von mir gewesen. Mein alter Herr hat immer gesagt, daß ein bißchen aus der Vergangenheit die Zukunft voranbringen kann. Mein Dad verkaufte unter dem Hauptbahnhof so eine Art »Wringautomaten«. Dann wurden die Waschmaschinen eingeführt, und Dad war bankrott. Wie auch immer – Quin war für meine Studios so etwas wie ein Talisman, und Glücksbringer haben immer eine Daseinsberechtigung.

QUIN

Mein selbstgebauter Plattenspieler hat zwölf Röhren, die alle im Dunkeln leuchten. Kleine, rote, pulsierende Leuchtfeuer. Es dauert eine halbe Stunde, bevor sie warmgelaufen sind und ich die Nadel auf eine sich drehende schwarze Scheibe setzen kann. Ich höre nur Platten. Damals wußte man wirklich noch, wie man Musik aufnehmen muß. Heute werden die Töne von Computern reproduziert – der Klang hat keine Seele, zwischen den Musikern ist kein Raum mehr.

Frauen? Leicht zu beantworten: Ich hatte niemals Probleme mit Frauen.

Jede sexuelle Begegnung ist volltönend. Auf der Haut, den Lippen, dem Schwanz. Der Klang baut sich schichtweise auf, und die Frauen wittern es. Natürlich ist es hilfreich, in der Rock'n'Roll-Branche zu arbeiten. Zum Beispiel produziert man eine ganze Woche lang mit einer Band, Tag und Nacht, und die Freundinnen der Musiker, na ja, sie fangen an, sich vernachlässigt zu fühlen. Also spule ich in meinem Kopf folgendes Liedchen ab: Du-armes-kleines-Ding-du-brauchst-ein-bißchen-Liebe-und-ich-bin-für-dich-da-ich-bin-da-um-jedes-Fleckchen-deines-appetitlichen-Körpers-zu-bedienen-o-ja-das-werde-ich-tun.

Ich wiederhole es wieder und wieder, wie ein Mantra. Und die Frauen beginnen zu beben. Ihre Antennen drehen sich wie verrückt und richten sich letztendlich auf mich aus. Bevor sie wissen, wie ihnen geschieht, beugen sie sich über das Mischpult, angelockt von diesen tiefen, unhörbaren Frequenzen, die sie wie magisch anziehen. Der Freund, der Sänger, verschwindet auf dem Klo, um sich eine Line Koks zu ziehen. Ich blende den Sound aus, während die Freundin mir ihre Telefonnummer mit Lippenstift auf ein Streichholzbriefchen schreibt und zuschiebt.

Später, bei mir zu Hause, lege ich sie auf den Boden meines Wohnzimmers zwischen die Lautsprecher und ziehe sie aus. Das ist mein Ritual. In der Wiederholung liegt eine wundervolle Symmetrie. Falls ich selbst ein musikalisches Talent besitze, dann ist es dies – durch die Haut Lust hervorzulocken. Eine Tätowierung aus Rhythmus. Aus Klangfarbe.

Nach dem Crescendo liegt die Frau dort wie ein Kunstwerk, beleuchtet durch das Glühen meines Plattenspielers. Oktaven treiben ihre Hinterbacken hinauf. Die Musik hat sie aufgespießt, wie einen sterbenden Schmetterling, der zu seinem letzten, tödlichen Flug in einer Orgie von Farben explodiert ist, ihre Flügel schlagen matt gegen den Baß.

MACK

Quin hatte diese Vorliebe für weibliche Stimmen, für die Altstimme, um es genau zu sagen. Shirley Bassey, Nancy Wilson, Barbra Streisand – sie alle bedeuteten für Quin tonale Wonnen. Ganz wie manche Männer eben auf Titten stehen, stand Quin auf Stimmen.

Er hatte die merkwürdigste Plattenkollektion, die ich je gesehen habe, außerdem dieses alte Plattenspielersystem mit *Röhren*, um Himmels willen! Aber seine Lautsprecher, die waren erste Sahne. Selbst die Randbereiche kamen rasiermesserscharf rüber, besonders bei klassischer Musik. Man wußte genau, wo der Mensch mit der Baßgeige saß; es war zu hören, wenn sich der vierte Violinist an seinem Dreitagebart kratzte. Ich sage Ihnen, man hörte den Dirigenten Luft holen, bevor sein Taktstock durch die Luft zischte.

Ich liebte es, mit einem Bier in der einen und einem Joint in der anderen Hand, in seiner Bude einfach nur dazusitzen und Musik zu hören. Keine Frauen, keine Babies, keine bellenden Hunde, nur Quin und seine muffigen Möbel – der ultimative Junggeselle.

QUIN

Ich verlasse meine Arbeitsstelle immer gegen fünf Uhr morgens. Auf diese Art und Weise vermeide ich das weiße Rauschen der Stadt. Mißtönend, von Menschenhand gemacht, zehrt es die Natur auf, verschlingt Vogelstimmen, Wind, das Schlagzeug des Regens.

Ich habe mein Auto mit Dämmaterial ausgestattet und die Fenster versiegelt. Dies ist mein Kokon der Ruhe. Mein Schweigen. Morgende. Ich und mein Auto, wir heben uns schwarz von der Dämmerung ab. Ich fahre über die Brücke von Rozelle, an dem neuen Feuerwehrmuseum vorbei, das dort wie ein riesiger roter Geist hockt. Jedes Mal, wenn mein Auto über diese Brücke jagt, fliege ich.

Es gibt kurz vor Sonnenaufgang einen Moment, in dem die Vögel aufhören zu singen, nur für eine Sekunde. Ein Frieden, wie er vor dem Wort Gottes gewesen sein muß. Ich, Quin, nenne diesen Augenblick die »blaue Note«. Es ist ein B, ein zarter Klarinettenton. Ich weiß es, ich spüre ihn in meinem Innersten vibrieren.

Also, es war im vorletzten Winter. Ich schuftete wie ein Tier, zwei Wochen lang sechzehn Stunden am Tag, mit den *Taunting Tongues*, einer A-cappella-Gruppe: Zwei Bässe, drei Tenöre, zehn Sopranisten. Ich nehme gerade den Baß auf, als das Studiotelefon klingelt.

»Hallo?«

»Hallo, Adrian?«

Die Stimme schwillt an und bebt auf der letzten Silbe, ein eingestrichenes C, eingezwängt zwischen Diaphragma und Brustkorb. Alt? Mezzosopran? Sie ist Sirup, der die Kehle hinabrinnt, und ich muß mehr hören.

»Nein, aber red ruhig weiter.«

»Wer ist dran?« Ich halte den Atem an, ich muß mich zusammennehmen. Das ist die perfekteste Altstimme, die ich je gehört habe. Nicht aufhängen, nicht aufhängen. Ich will deinen Mund sehen, deine Lippen, dein Gaumensegel, das Bändchen unter deiner Zunge. Mein Schwanz vibriert bei jeder Klangnuance. Baby, bitte.

»Du hast eine wundervolle Stimme.«

»Adrian? Bist du das, du Schuft?«

»Du hast die schönste Stimme, die ich je gehört habe.«

»Okay, ich leg' jetzt auf!«

»Nein, tust du nicht, nicht, bevor du noch etwas anderes gesagt hast. Na komm, Baby, sag noch was.«

»Wie heißt du?«

»Quin.«

»Qu-in.«

»Und du?«

»Felicity.«

»Fe-li-city ... von *felicitas* für Glück.«

Eine Stimme wie Finger, geölte, umschließende, sich bewegende Finger. Sie trifft die Note mit jedem Vokal. »Bist du noch dran, Quin?«

Es ist zu spät, ich pulsiere im Rhythmus ihrer Konsonanten.

»Ja«, flüstere ich, aus Angst, daß mein Atem mich verrät.

»Ich würde dich gerne kennenlernen, Quin.«

MACK

Yeah, Juli, ein echter Scheißmonat. Ich meine, in diesem Jahr war er tatsächlich wie ein richtiger Winter. Sogar die japanischen Touristen haben gejammert. Ich erinnere mich noch lebhaft an diesen Tag. Ich saß da im Konferenzraum und rauchte ein paar Tüten mit diesem Soundso von *Virgin*, als Quin reingestürmt kam. Das allein reichte schon aus, um mich zusammenzucken zu lassen. Quin rennt nie, er gleitet wie eine Fledermaus, während seine großen roten Ohren pulsieren.

»Mack«, rief er, »ich hab' da eine Frau kennengelernt.« Ich werfe dem Plattenboß, der gegenüber sitzt, einen Blick zu. Seine Londoner Blässe und der Oxfordakzent zerstören die Wirkung seiner Schlangenlederstiefel. Aus seiner Miene entnehme ich, daß er Quin für verrückt hält, vielleicht sogar für gefährlich. Aber schließlich war es ja auch verdammt gutes Dope.

»Quin, siehst du nicht, daß wir hier Geschäfte machen?«

»Doch.«

Quin wirft sich auf die Kunstfell-Couch. Er zieht kräftig am Joint und pustet dem Engländer den Rauch ins Gesicht. Da geht Studiozeit im Wert von vierzigtausend Dollar in Rauch auf, denke ich noch.

»Und? Ist sie Sopran, Mezzosopran oder Alt?« Es interessiert mich nicht wirklich – aber Quin hat diesen gefährlichen Blick drauf, als sei er tatsächlich inspiriert. Red einem Besessenen stets nach dem Mund, das lernt man in dieser Branche.

»Mezzosopran, der bei jeder Silbe, die mit F beginnt, in die Altstimme übergeht. Scharf. Absolut scharf.«

Das hätte mir alles sagen müssen.

QUIN

Am nächsten Morgen bin ich zum ersten Mal seit vier Jahren um zehn Uhr morgens auf. In beiden Zweigen meiner Familie herrscht starker Haarwuchs. Ich brauche eine Rasur. Normalerweise würde ich mir nichts draus machen, aber heute möchte ich mich glatt anfühlen, nur für den Fall der Fälle. Ich schäume mir das Kinn ein und fange an.

Ein Sonnenstrahl gleitet über das Waschbecken, dann über meine Hände und wird vom Wasser reflektiert. Ich muß unwillkürlich an Gott, den Kosmos und die Harmonien zwischen C und Cis denken. Eine hohe elektronische Frequenz bringt mich dazu, den Kopf zu schütteln. Vielleicht ist dies eine neue Frequenz, eine aus dem Limbus, bestehend aus all jenen Seelen, die zwischen der materiellen und spirituellen Welt gefangen sind. Selbst der Name meines Rasierschaums kommt mir mystisch vor. Ich vergesse, was ich tue, und schneide mich. Das Hervorquellen des Blutes erinnert mich an meine Sterblichkeit. Nicht, daß ich religiös wäre. Welche Hoffnung kann es schon für einen geben, der mit einem katholischen Vater und einer jüdischen Mutter aufgewachsen ist? Ich glaube nur an Impulse. An Macht, ans Fleisch. Das einzige, was ich aus der Bibel noch weiß, ist dies: »Im Anfang war das Wort, und das Wort war bei Gott, und Gott war das Wort.«

Meine persönliche Philosophie lautet so: Alles Sein begann erst zu existieren, als der Klang entstand. Ihm wohnten bereits die Grundzüge der Kultur inne. *Ich werde gehört, also bin ich!*

MACK

Er erzählte mir, daß sie ihr erstes Treffen in der Staatsbibliothek haben würden. Krank. Ich meine, was willst du denn in einem riesigen steinernen Mausoleum anstellen? Aber schließlich auch irgendwie schrill. Dieses ganze Geflüstere, man muß sich benehmen. Ich meine, was immer jemanden anturnt, oder? Ich kenne einen, der in einem Kühlhaus 'ne Orgie gefeiert hat. Also, *das* find' ich pervers.

QUIN

Mir gefällt es hier drin, besonders im Sommer, wenn du aus der Sonne kommst und dich die kalte Luft im Inneren trifft wie ein Schlag.

Ich warte an einem Tisch, auf dem Zeitungen ausgebreitet sind. Ich bin furchtbar nervös. Zum ersten Mal in meinem Leben fühle ich mich, na ja, verletzlich. Ich habe sie gebeten, meinen Namen laut auszusprechen. Ich würde diese Stimme überall heraushören.

Wenn ich meine Augen schließe und mir diesen Moment vorstelle, dann sehe ich mich dort in meinem guten blauen Hemd und meiner schwarzen Jeans sitzen. Ich bin klein, als wäre ich unter meiner Haut geschrumpft. Die Angst ist daran schuld. Ich fürchte mich vor Zurückweisung. Um mich herum schwirren aufgeschnappte geflüsterte Sätze wie »Sarah macht nächstes Jahr ihren Abschluß. Sie ist schwanger, wußtest du das nicht?« – »Wir müssen die Hypothek abbezahlen, und Tom hat nicht mal einen Job« durch die Luft.

Heimtückische, leere Laute.

Ich trommle mit den Fingern auf den Tisch. Eine Frau in einem maßgeschneiderten Kostüm nähert sich. Groß, brünett, Brüste, die sich unter dem Blazer deutlich abzeichnen; das Klackern ihrer hohen Absätze hallt durch den Raum. »Sprich mit mir«, trommeln meine Finger auf Holz. Sie kommt näher, wobei ihre Finger über ein Regal mit Enzyklopädien gleiten.

Ich kann ihr Parfüm wahrnehmen, fruchtig, mit einer würzigen Note. Sprich mit mir, sprich mit mir. Sie geht an mir vorbei, ohne mich zu sehen. Ich sinke noch mehr in mich zusammen. Ich bin eine schattenhafte Geistergestalt, deren Umrisse verschwimmen.

»Quin?«

Musik. Das Schlagen von Engelsflügeln, der Klang eines Springbrunnens, Heißes durch die Kehle. Ich wirble herum. Direkt hinter mir steht eine Frau. Untersetzt, mittleres Alter, weiße Haut, ein Wust aus tiefschwarzen Haaren, der alles unter sich begräbt. Alles, bis auf ihre Augen. Und die sind unbestritten schön.

»Quin?«

Auf den Klang ihrer Stimme hin beginne ich zu nicken wie ein Schlafwandler. Sie kommt näher. Ich bemerke, daß ihre Hände Überbleibsel vergangener Schönheit sind.

»Ich bin Felicity.«

Ich, der ich im letzten Ton ertrinke, packe ihr Handgelenk mit der ganzen Verzweiflung eines um sein Leben kämpfenden Mannes.

FELICITY

Er brachte mich zu seinem Haus. Ich weiß noch, wie ich versuchte, nicht enttäuscht zu sein, als wir draußen anhielten. Er wohnte in einem heruntergekommenen Terrassenhaus, vor dessen Fenstern ausgeblichene Vorhänge hingen. Wir sagten nichts. Es war nicht nötig. Es gibt sie, diese seltenen Momente, in denen man einfach Bescheid weiß.

Plötzlich habe ich Angst. Hier stehe ich also in dem schäbigen Zimmer mit der Ledercouch und dem Secondhand-Teppich vor diesem großen, dunklen jungen Mann. Ein absoluter Fremder. Vielleicht ist die Menopause daran schuld, ein Aufflackern hormonell bedingten Wahnsinns. Schlagartig erwachen all meine Überlebensinstinkte. Ich wende mich zum Gehen, doch da macht er eine kurze Bewegung, und nichts zählt mehr.

Er legt eine Shirley Bassey-Platte auf und bittet mich zu singen. Ich bin so nervös, daß ich glaube, mich übergeben zu müssen.

Ich habe seit Jahren nicht mehr gesungen. Mit Anfang zwanzig habe ich es regelmäßig in einem Jazzclub getan. Und da habe ich auch Adrian, meinen Mann, kennengelernt. Sicher, gediegen, berechenbar. Er ist so ... trocken. Er erregt mich einfach nicht mehr. Im Grunde genommen frage ich mich, ob er mich je erregt hat.

Sing, sagt Quin mir immer wieder. Was habe ich denn zu verlieren? Meine Ehe? Meine Würde? Adrian würde mich umbringen, wenn er mich jetzt sehen könnte.

Ich öffne den Mund und überrasche mich selbst mit einem perfekten C. Es füllt den Raum aus wie Licht. Der Mann schließt die Augen. Eine Aura der Ekstase umgibt ihn, während er die Musik durch seine Haut, durch jede einzelne Pore einatmet.

QUIN

Sie singt mein Leben, *in tempo,* unterlegt es mit der Trauer, der Einsamkeit, der großartigen, unausgesprochenen Epik. Ich kann nicht aufhören zu schweben. Ich werde über das Weltliche hinausgetragen. Sie singt alle meine Träume. All meine vergessenen Erinnerungen. Selbst mit geschlossenen Augen sehe ich die Farbe einer jeden Note: Rot dringt durch Gelb, Schwarz kracht in Purpur. Ich muß sie nicht berühren, ich könnte so kommen, allein durch den Klang ihrer Stimme, die durch die Oktaven rinnt.

»Sing weiter«, flüstere ich, »sing weiter.« Ich trete hinter sie. Meine Hände gleiten um ihren Körper nach vorne und beginnen, ihre hochgeschlossene Bluse aufzuknöpfen. Ihre Brüste quellen hervor, durch den BH hochgedrückte, eingebundene Weiblichkeit. Meine langen Finger tasten nach den Brustwarzen. Sie wird etwas kurzatmig, aber sie singt weiter.

Ich knie mich vor sie, als ihre Brüste befreit sind, während ihr restlicher Körper noch durch ihren langen Samtrock verhüllt ist. Ich umfasse ihre Brüste und drücke sie zusammen. Ich bin ein Meister. Keine Spur von Unsicherheit, als ich eine Brustwarze in den Mund nehme, fest sauge, beiße, bis das Blut nach oben drängt.

Wir fallen zu Boden. Sie hält ihr Gesicht abgewandt, während sie weitersingt. Mein Mund liebkost ihren ganzen Körper. Sie sieht mich nicht an. Sie wirkt sehr weit weg, davongetragen durch ihre prächtige Stimme. Mir kommt es vor, als verschmelze Reichweite und Resonanz ihrer Stimme mit ihren außergewöhnlichen Brüsten. Durch ihre Haut spüre ich die Vibration ihrer Stimme. Ihr Tonumfang ist opernhaft, ihr Geschmack salzig und wagnerisch, ihr Geruch, ihr Schweiß, die Beschaffenheit ihrer Haut ein unermeßlicher Reichtum an Instrumentation.

»Quin, nimm mich, nimm mich ...«

Ich ziehe meine Hand, die zwischen ihren Schenkeln liegt, fort. Ihr Profil ist durch ihr dichtes schwarzes Haar kaum zu erkennen.

»Sing weiter.«

Ich spüre, wie sie unter meiner Zunge anschwillt, sich rhythmisch gegen mich drückt, außer Kontrolle wie ein Vogel, der panisch in seinem zu engen Käfig herumflattert. Ich halte sie mit meiner Zunge fest, spiele sie wie ein Instrument. Sie krümmt sich, ihre Haut glänzt im Glimmen der Röhren meines Plattenspielers, sie ist eine majestätische Kreatur, eine Sphinx, eine olivfarbene Madonna. Sie verfügt über einen beeindrukkenden Stimmumfang. Sie schreit beinahe, doch ihr Atem bringt perfekte Töne hervor – ein gestrichenes C, D, E, Fis. Der

Teppich knirscht unter ihren Füßen, als sie in einem finalen konvulsivischen Zucken den Rücken durchbiegt. Mit einem einzigen schrillen Schrei umspannt sie zwei volle Oktaven.

Der Klang ihres Höhepunkts schießt in Strömen aus reiner Farbe durch mein Innerstes, als ich auf den Teppich ejakuliere. Es ist wie John Cage im Gewitter, wie Wind, der durch den Wald fegt. Ich habe noch nie einen ähnlichen Orgasmus gehört. All meine Ängste, meine Zweifel sind für drei phantastische Minuten null und nichtig. Und ich, Quin, weiß endlich, weshalb ich in die Welt gesetzt wurde.

In dieser Nacht liebte ich sie viermal. Beim dritten Mal wußte ich, daß ich diese Noten unbedingt festhalten muß, bevor sie für immer verpuffen. Ich habe stets ein Tonbandgerät hinter der Couch, falls ich irgendeinen inspirierten Moment aufnehmen will.

Ich werde es nie vergessen. Felicity lag auf dem Bauch, die Lippen wie schmollend aufgeworfen. Ihr Atem kam stoßweise. Ein Kissen unter ihrem Bauch hob ihren Hintern an, die Backen waren gespreizt, ihre Muschi glänzte unter dem schwarzen Haar. Wir beide waren nur noch wie Tiere. Wir existierten über unsere Haut hinaus. Es lief keine Platte mehr, es gab nichts, was uns in unsere Identität hätte zurückzerren können. Nur Hitze, Geruch und Sex.

Ich warf einen Blick über meine Schulter und drückte den Aufnahmeknopf mit dem linken Zeh. Sie merkte nichts davon.

MACK

Ich kann es nicht fassen. Da verbringt diese Tucke, diese Hausfrau, eine Nacht mit »dem Wolf«, und das war's – bang! Ihr ganzes Universum, so winzig es auch sein mag, ist plötzlich auf den Kopf gestellt. Sie geht nach Hause, packt zwei Koffer und eine Tasche mit Stofftieren, ruft ein Taxi und kritzelt dem Mann, mit dem sie seit zehn Jahren verheiratet ist, eine letzte Nachricht auf einen Zettel. Sie hatte sich etwas vorgenommen, ich sag's Ihnen! Ich kenne diese Frauen. Die Persönlichkeit eines Mannes ist letztendlich doch sein ganz intimer Besitz. Und was macht diese Hexe? Sie walzt Quin platt und drängt sich in sein Innerstes hinein.

Zuerst waren es die Schuhe. Zehn Jahre lang hatte Quin ein Paar Tennisschuhe getragen. Schuhe, so meinte er, sollten in erster Linie ihren Zweck erfüllen, nicht dekorativ sein. Eine bewundernswerte Haltung, wenn auch etwas überholt, aber ich respektierte sie so oder so.

Zwei Monate nach ihrem Einzug brachte diese Schlampe ihn dazu, derbe Straßenschuhe zu tragen. Ich erwischte ihn, wie er mit den Schuhen in der Hand und die Füße voller Blasen auf Zehenspitzen durch den Flur schlich. Ich dachte, daß sie schon etwas ganz Besonderes sein müsse, ich meine, Models, Tänzerinnen, die üblichen Bandtussies – dieser Kerl hatte doch die Besten gehabt! Wenn Quin schon normale Schuhe anzog, mußte sie eine absolute Sensation sein.

»Quin, was hat diese Tucke mit dir angestellt?«

Er nickte langsam auf seine typische, reptilienhafte Art und antwortete: »Musik.«

Das war alles. Wie ein Guru oder irgendein Erleuchteter. Er hielt uns alle zum Narren. Als alter Narr weiß ich Bescheid.

Als nächstes kam er im Anzug zur Arbeit. Wirklich, jedem das, was ihm gefällt. Aber Anzüge gehören meiner Meinung nach in Konferenzräume, nicht in Studios. Ein Schlips um zwei Uhr nachts macht die Band nervös.

Im übrigen sah Quin darin aus wie eine exotische Spinne der giftigen Art – nicht gerade toll also. Ich sagte ihm, er solle das

Teil zu Hause lassen. Er fand das auch, erklärte mir aber, daß er so etwas nicht mehr entscheiden könne. Die Nadel spiele verrückt, sobald diese Frau den Mund öffne. Purer Sound, sagte er mir, er würd' nicht mal ihre Worte hören, bloß den Klang.

Toll, dachte ich. Jetzt ist er endlich durchgeknallt, und wir haben bis Dezember ein Album aufzunehmen. Ich sage Ihnen, in dem Momemt begannen meine Haare grau zu werden.

Wie ich es befürchtet hatte, verhexte sie ihn total. Sie zog bei ihm ein, wusch die Vorhänge, sortierte seine Klamotten aus und jätete sogar Unkraut im spärlichen Vorgarten. Lieber Himmel! Verschwunden waren die 70er-Relikte, die gesammelten Jointkippen, die zerschlissenen Sitzsäcke, die benutzten Gitarrenplektren.

Sie warf vierhundert Exemplare von *Stereosound, Audiophile* und *LA Ears* weg.

Sie zerlegte sein Arbeitspult und bestand darauf, daß er es in den Schuppen brachte.

Sie schrubbte sogar die Wände ab. Bald hatte die Wohnung ihr tröstliches Nikotingelb verloren. Es machte mich ganz nervös, dort nur einzutreten. Die Wohnung war so weiß, daß man das Bedürfnis hatte, eine Sonnenbrille aufzusetzen. Das war nicht mehr die Behausung eines nachtaktiven Wesens wie Quin. Es geht hier nicht um Luxus, es sei denn man bezeichnet es als Luxus, sich in eine abgewetzte Ledercouch fallen zu lassen, die durch die Hintern fetter, zugedröhnter Drummer behaglich vorgeformt worden ist.

Nicht einmal die Decke war der Grausamkeit ihrer Bürste entgangen. Edwardianisch, klärte Quin mich mit einem Blick auf die nun freigelegten Stuckbögen über ihm auf – als hätte ihn das je zuvor gekümmert. Edwardianisch! O Mann! Ehrlich, ich hätte mir am liebsten Knoblauch um den Hals gehängt, nur für den Fall, daß es ansteckend sein sollte.

Komisch war, daß ich sie nie im Haus antraf. Quin nahm mich nur mit, wenn sie nicht da war. Nicht, daß ich damit sagen will, daß er Angst vor ihr hatte oder so was. Er versuchte wohl nur, die unterschiedlichen Harmonien in seinem Leben aufeinander abzustimmen. Frauen können einem das Leben aber auch wirklich ziemlich durcheinanderwirbeln. Besonders dann, wenn man zu der Sorte der letzten ungewaschenen, unverheirateten Brüder gehörte. Ich glaube, insgeheim habe ich mir gewünscht, daß es hält zwischen ihnen. Es war so etwas wie Hoffnung für uns alle.

Dann tat sie etwas, das sogar ich schwer verzeihlich fand. Quin hatte ihr Zugang zum Salon gewährt. Seinem Heiligtum. Ein fataler Fehler. Ich meine, da stand er, der Schrein der Töne, auf vier Milchkisten, mit schimmernden Röhren und dem Plattenteller, der beinahe frei zu schweben schien. Quins Allerheiligstes. Sein Inneres Ohr. Sehen Sie, Frauen sind der Meinung, daß alles, was nichts mit ihnen zu tun hat oder kein Geld einbringt, nur Hobby sein kann. Sie verstehen die feineren Abstufungen der Besessenheit nicht, ganz zu schweigen davon, daß sie sie zu würdigen wüßten. Was besonders auf nicht-animierte Objekte wie Plattenspieler zutrifft. Quin erzählte mir, daß er sie mit krankhaft leuchtenden Augen und gezücktem Staubtuch vor seinem Plattenspieler ertappte. Er wäre fast ausgerastet, aber dann dreht sie sich um und sagt: »Woher hätte ich das wissen sollen?«, und ihre Stimme allein erzeugte in ihm einen Widerstreit zwischen Lust und Vergebung. Mann, es ging ihm wirklich dreckig.

QUIN

Wie lange? Sechs Monate. Von Sydneys Winter bis zum Anfang des Sommers. Sechs Monate tonales Paradies.

Am Tag wandelte ich wie in Trance herum und lauschte dem Nachhall ihres Orgasmus, der mir von der vergangenen Nacht noch in den Ohren klang. Dies kam all dem, was ich mir jemals unter Glück vorgestellt hatte, am nächsten. Ich spürte, wie ich unter dem kontinuierlichen Strom von Kadenzen, Harmonien, Arien und in die Länge gezogenen Einzeltönen immer sanfter wurde. Die Klänge zogen sich durchs Haus wie die glitzernden Fäden eines Spinnennetzes. Ich meine – Herr im Himmel! –, ich wurde poetisch! Sogar religiös.

Eines Morgens im Bad kam ich zu dem Schluß, daß der Klang Gottes, wenn es denn einen geben sollte, nur der von Felicitys Orgasmus sein konnte. Glauben Sie mir, ich hätte diese Frau geheiratet.

MACK

Zu Weihnachten wurde ein Besäufnis inszeniert, die übliche orgiastische Geschichte mit der einen oder anderen Überdosis auf dem Klo. Diese Party ist mir besonders gut im Gedächtnis geblieben, weil es das erste und einzige Mal war, daß ich Felicity zu sehen bekam.

Inzwischen hatte Quin tatsächlich zu rauchen aufgehört. Er war sogar so dreist, einen Kunden, der geflucht hatte, anzumachen – es handelte sich um einen Heavy-Metal-Sänger, der sich, wie allgemein bekannt war, auf seinen Penis die Worte »Tiger loves tail« eintätowiert hatte. Tiger war wenig entzückt.

Ich genausowenig. Ich meine, das hier war Busineß. Okay, Quin konnte ein perfektes A summen, aber das allein gab ihm kein Recht, meine Kunden zu vergraulen. Aber Nostalgie ist ein starkes Gefühl. Im übrigen gab es nicht viele Typen, mit denen ich Patti Smith hören konnte. Also beschloß ich, ihm noch eine sechsmonatige Chance zu geben, bevor ich ihn rauswerfen würde. So jedenfalls konnte ich es vor mir rechtfertigen.

Ich sitze also da, die Bierdose in der einen Hand, den Joint in der anderen, eine dralle Blondine auf dem Schoß und höre dieser süßen Country- und Westernsängerin zu, die uns eine feministische Version der Weihnachtsgeschichte vorliest, in der die Jungfrau Maria der wahre Messias ist, während sich Jesus als parasitärer männlicher Eindringling und der Heilige Geist als amorpher Todeswunsch entpuppt. Und ich freunde mich gerade mit dieser erhabenen Form der Mösenverehrung an. Die blonde Mieze zappelt recht nett, wann immer Christus erwähnt wird, und das Dope ist gut, wirklich gut. In diesem Moment kommt Quin mit seiner Mutter rein.

Zumindest dachte ich, daß es seine Mutter sei, ich meine, was soll man denn denken, wenn man seinen besten Freund mit einer kleinen, stämmigen Frau um die Fünfundvierzig sieht? Also springe ich auf, drücke den Joint aus, wische mir den Koks aus dem Bart und halte mich bereit, Mum ein Küßchen auf die Wange zu drücken, als Quin sagt: »Mack, das ist Felicity.«

Mack, das ist Felicity.

Ich bin für geschlagene fünf Minuten wie vom Donner gerührt, und dann öffnet diese alte Schraube, die das Leben meines besten Freundes zerstört hat, den Mund und sagt mit der süßesten, reinsten Stimme, die ich je gehört habe: »Mack. Ich hab' schon viel von dir gehört.«

Und ich stelle fest, daß ich auf eine große schwarzhaarige Sirene mit prallen Brüsten und einer Wespentaille starre, die nun mit honigsüßer Stimme hinzufügt: »Quin hat dir doch sicher schon von mir erzählt?«

Ihre magische Stimme hängt noch in der Luft, als mir

plötzlich klar wird, daß Quin ein Gezeichneter, vielleicht sogar ein neuer Messias ist. Er wird für seine Ohren sterben.

Wie ich schon sagte, es war wie bestes Kokain.

• • •

Drei Wochen später schließe ich gerade das Studio ab. Sie wissen schon – die Flure entlanggehen, Lichter ausknipsen, die Türen zuziehen.

Am Ende des Korridors, in Quins Studio, sehe ich noch Licht. Nachteule, denke ich, und ein kleiner Teil von mir beginnt zu hoffen, daß er sich vielleicht ja doch wieder langsam, aber sicher in den liebenswerten, neurotischen Schlaflosen mit den verfilzten Dreadlocks und der rissigen Lederjacke zurückverwandelt. Phoenix aus der Asche. Es kommen einem solche Gedanken spät nachts im Studio. Vielleicht liegt's auch am Alter – keine Ahnung.

Ich gehe also rein und sehe ihn; wie ein besessener Schamane mit Kopfhörern beugt er sich über das Mischpult.

»Wie läuft's?« frage ich, aber er ist weggetreten, zuckt nur leicht im Rhythmus eines kaum hörbaren Soundtracks. Es ist der endgültige Mix der *Taunting Tongues*. Ich werfe einen Blick auf die Nadeln der Anzeige; sie bewegen sich alle. Quin ist der ultimative Künstler, wenn es darum geht, Sound auszubalancieren. In diesem Moment bemerke ich die Kassette. Ich nehme sie in die Hand und versuche gerade, Quins krakelige Schrift darauf zu entziffern, als er sie mir aus der Hand reißt. Schnell, verdammt schnell – und ich hatte geglaubt, er sei in die Musik versunken.

»Komm schon«, sage ich, »was ist das? Ein unveröffentlichter letzter Song von Elvis? Michael, der mit seinem Affen schläft?«

Quin antwortet nicht. Er setzt sich einfach auf die Kassette, rammt sich die Kopfhörer wieder über die Ohren und deutet unmißverständlich in Richtung Tür. Sechs Monate, denke ich bei mir. Irgendwie bin ich's ihm schuldig.

QUIN

Trotz der Kopfhörer bekomme ich undeutlich mit, wie Macks Schritte verklingen. Weg. Allein. Endlich. Ich wende mich dem Mischpult zu. Es leuchtet im Dunkeln. Es ist mein Steuerpult. Mein Cockpit. Hier bin ich agil und mächtig, lasse mich trudeln, während meine Finger von einer Spur zur anderen sausen.

Ich liebe dieses Pult. Es ist das älteste im Studio, erdacht, lange bevor es digitale Aufnahmetechnik gab. Ich kann fühlen, wie irgendwo hinter dem schimmernden Paneel die Röhren glühen. Ich kann sie durch das Metall spüren. Tröstende Leuchtfeuer der Rationalität, die echten Sound versprechen, keinen computerisierten Abklatsch von Geräuschen produzieren. Mack glaubt, daß um dieses Pult herum der Geist eines Audiotechnikers spukt, der während einer Aufnahmesession mit irgendeiner Acidrock-Band Ende der Sechziger einen tödlichen Stromschlag erhielt. Mir ist es egal. Das war wahrscheinlich ein toller Typ. Er muß es gewesen sein, wenn er mein Pult geliebt hat.

Ich kontrolliere alles.

Hinein mit der Kassette. Schwarz und stromlinienförmig gleitet sie widerstandslos in die Öffnung. Maschinensex, Verkehr zwischen Mikrochip und Plastik. Das Geräusch von Felicitys Höhepunkt dringt schmetternd aus den Lautsprechern und wird von den gedämmten Wänden zurückgeworfen. Sie klingt wie eine Gruppe vibrierender Harfen. Ich halte das Band an, spule zurück und spiele es noch einmal.

Ich lege den Track auf Kanal eins, dann spiele ich ihn eine Oktave höher und in doppeltem Tempo. Das Ergebnis ist ein Rap, göttlich, aber erotisch.

Jetzt die Streicher. Behutsam schiebe ich die Regler hoch, langsam, noch langsamer, verwebe die Klangfarben, hole das Cello hervor. Es wird nach dem Klimax ertönen, so daß sich der tiefe, wimmernde Laut durch den Ausklang windet. Bei dieser Geschwindigkeit verwandeln sich die Geräusche der Lust zu denen der Furcht. Ich arbeite das Cello in den Originaltrack ein und schaffe so eine Mischung aus klagenden Streichern und menschlicher Stimme. Dann lege ich eine Variation, die temporeichere Version, darüber. Ich spreche lautlos ein kurzes Gebet, bevor ich zurückspule – ein Gebet an den Instinkt, an intuitives Gehör, das einzige Talent, das ich besitze. Es funktioniert. Es ist eine Kantate des Fleisches. Felicitys Orgasmus ist das Auge des Sturms, und die Tracks, die darüber und darunter liegen, dröhnen und brausen wie wütende Hurrikanes.

Ich werde hart. Ich bin ein Diktator. Dirigent über einen Chor aus berauschten, keuchenden Mezzosopranen, aggressiven Altstimmen und einem demütigen Falsett.

Ich schließe die Augen und taste nach der Drum-Mashine.

Nichts ist sakrosankt. Ich hatte eine Kassette, und ich konnte sie verändern. Vielleicht wollte ich Gott spielen. Irgendwann in seinem Leben muß das jeder einmal tun. Ich war unschuldig. Wie Einstein. Ich wollte nur die Natur verbessern.

MACK

Am nächsten Morgen komme ich so gegen sechs wieder dort vorbei. Irgendetwas an der Art, wie die Lautsprecher im Studio zwei geklungen haben, läßt mir keine Ruhe. Also torkel' ich barfuß und mit Mundgeruch, die Jeans über die Pyjamahose gezogen, durch den Korridor. In solchen Momenten wünsche ich mir, ich wäre verheiratet. Ich betrete das Studio zwei, knips' das Licht an und aktiviere das Pult. Nebenbei werfe ich einen Blick in die Richtung von Quins Studio.

Ich linse durch meine blutunterlaufenen Netzhäute, und was sehe ich? Quin – über der Steuerung des Mischpults zusammengesunken. Anscheinend leblos. Wissen Sie, wenn man es schon mit so vielen Leuten zu tun hatte, die an einer Überdosis krepiert sind, dann schaltet sich sofort der Autopilot ein. Blitzartig bin ich bei ihm, ziehe Quins Kopf an den Haaren hoch und schätze gerade die Risiken einer Mund-zu-Mund-Beatmung ab, als der Typ mit einem lauten Kreischen aufwacht. Vor Schreck falle ich fast in Ohnmacht.

»Mach' das ja nie wieder, hast du verstanden?«

»Was?«

»Totstellen, wie eben!«

»Ich habe geschlafen, um Himmels willen!«

Sehen Sie, es gibt Momente, die sind einfach Schicksal. In diesem Augenblick hatte ich das Gefühl, als befänden wir uns in irgendeinem bescheuerten Drogen-Flashback. Ich sagte ja schon, manchmal wünschte ich, ich wäre verheiratet.

Quin jedenfalls sah aus wie ein lebender Toter. Er nahm seine Kassette und taumelte, Sonnenbrille über den Augen, in den Morgen hinaus. Und irgendetwas in mir schrie lautlos *Halt ihn auf, halt ihn zurück*. Aber ich tu's nicht. Ich handel' nie aus dem Bauch heraus.

FELICITY

Er liegt da, das Gesicht nach unten, noch vollständig angekleidet. Ein Arm liegt unter dem Kopf, der andere baumelt über die Bettkante. Seine Hand zuckt unkontrolliert und gelegentlich ballt er sie im Schlaf zur Faust.

Ich hocke auf einem Stuhl und beobachte ihn. Es ist elf Uhr am Vormittag. Ich beobachte ihn nun schon seit vier Stunden. Mein Gesicht ist erstarrt, ich spüre, wie ich meine Lippen wütend aufeinanderpresse. Ich war die ganze Nacht wach.

Er hat mit einer jüngeren Frau geschlafen. Da war sie, die Frau, vor der ich mich immer gefürchtet hatte. Mit weicher, junger Haut. Das Mädchen, das ich für ihn nicht sein kann. Jünger, fremd, die, die wie er schweigt und Distanz hält. Der Betrug zieht mir das Herz zusammen. Er raubt mir den Atem.

Der Zorn hat mich aus meinem Körper gerissen und mich zu einer anderen Frau gemacht.

Ich bewege mich lautlos über den Boden. Ich habe das Recht, *alles* zu tun. Er lächelt im Schlaf.

Verräter, Schlange, Betrüger.

Ich lasse mich nicht so behandeln. Seine Miene ist weich und gelöst vom Sex, seine Lippen zucken, während er träumt.

QUIN

Auf eine merkwürdige Art und Weise kann ich nachempfinden, was sie gedacht haben muß, als sie dort saß. Liebe macht solche Dinge mit uns, macht zwei Personen zu einer, zu einem Geist. Ich sehe, wie sie das Kissen nimmt und auf mein Gesicht drückt. Mein Hals wird zuerst puterrot, läuft dann dunkel an. Meine Arme schlagen blindlings in die Luft, während ich verzweifelt um mein Leben kämpfe. Sie drückt das Kissen noch fester auf mein Gesicht, die Wut gibt ihr Kraft. Eine übernatürliche Kraft, die durch das kollektive Gift aller betrogenen Frauen gespeist wird. Felicity rächt sich. Für die

Angst. Für die Eifersucht. Für die Demütigung. Ich sehe, wie ich schlaff zurücksinke, die Faust öffnet sich, entspannt, ist leblos. In Felicitys Gedanken. Aber ich kann sie nicht erreichen, denn ich schlafe und kämpfe gegen meine Träume an. Ich spüre sie jenseits einer Wolke aus knisternder Statik. Ich drehe mich auf dem Bett um und glaube, daß ich in Sicherheit bin.

FELICITY

Während ich vor dem Bett stehe und ihn beobachte, seinen süßsauren Atem, Zigaretten und Hasch rieche, sehe, wie sich seine Brusthaare trotzig locken, ertappe ich mich dabei, daß ich scharf auf ihn bin. Jetzt, da er so fremd wirkt und eine andere begehrt, sogar noch mehr.

Ich möchte meine Hand unter die Decke schieben und nach seinem warmen Penis tasten. Er wird dann halbsteif sein, noch feucht, nach Fremdheit riechen. Ich stehe wie paralysiert da und überlege, was ich als nächstes tun soll. Mein Blick gleitet über seine derangierte Erscheinung. Seine Lederjacke liegt zu seinen Füßen. Die Kassette lugt ein Stück aus der rotgefütterten Tasche hervor. Ich nehme sie.

• • •

Die Röhren flackern eine Sekunde und beginnen dann langsam zu glühen. Die Nadel der Anzeige schlägt einen Moment lang heftig auf der Skala aus, pendelt sich dann aber in der Mitte ein, als ich die Lautstärke regle. Er schläft noch immer. Ich will ihn nicht wecken.

Ich lasse mich vorsichtig auf die abgeschabte Ledercouch nieder und setze die Kopfhörer auf. Das Kabel ringelt sich wie eine Nabelschnur über den Boden. Ich habe furchtbare Angst.

Angst, daß sich mein Verdacht zur Gewißheit erhärtet. Meine Hand zittert, als ich den Play-Knopf drücke. Der orchestrierte Klang eines weiblichen Orgasmus' durchdringt meinen Körper. Eine Flutwelle aus Stöhnen, Knurren und Atemstößen. Einen Moment lang werde ich von der majestätischen Pracht dieser menschlichen Kakophonie mitgerissen. Ich vergesse mich selbst. Ich wälze mich nackt in einer Landschaft aus Zungen, Lippen, straffer Haut, wälze mich an der Grenze zwischen Lust und Schmerz, während die Musik Schweißperlen der Ekstase ausdünstet. Ich werde feucht, ich kann nicht anders. Ich sehe Quin tanzend vor mir, einem wirbelnden Derwisch gleich, ein geschmeidiger, nackter Sukkubus klammert sich um seine verschwitzten Hüften. Beim ersten Crescendo ist er über ihr, dringt in sie ein, füllt sie aus. *Sotto voce*, und er vergräbt sein Gesicht zwischen ihren Beinen, um dieser Hexe die süßesten aller Laute zu entlocken. In einer Sekunde ist es rotes Haar, das sich über einen weißen Rücken ergießt, in der nächsten kurzes, blaßblondes, das sich gegen einen geschwollenen Mund preßt. Nirgendwo finde ich mich selbst. Diese Stimme ist nicht die meine, es ist nicht mein Körper, der sich in einer einzigen orgiastischen Oktave in die Höhe biegt.

• • •

Ich stehe am Herd. Blasen blubbern im kochenden Öl, steigen in der zähen Flüssigkeit auf, platzen an der Oberfläche. Ich bin hier, und ich bin auch nicht hier. Es ist nicht meine Hand, die das Öl in den Truthahn-Beschöpfer gießt, es sind nicht meine zitternden Finger, die sich mit der Tülle des Spritzbeutels abmühen.

• • •

Er schläft noch immer tief, sein Kopf rollt auf die Schulter, als ich ihn aufrichte. Behutsam neige ich seinen Kopf, um den Beschöpfer in sein linkes Ohr einzuführen. In meinem Inneren ist kein Zweifel zu finden, nur dieser Schrei des Höhepunkts, der Nachhall dieser Frau, die uns betrogen hat. Ich drücke zu.

QUIN

Die meisten Leute stellen sich Taubheit als ein Geräusch vor. Das ist es aber nicht. Es ist Schnee, statischer Schnee. Ein unaufhörlicher lautloser Sturm im Hinterkopf. Eine Eiszeit des Schweigens. Ich bin ein Eisbär, der durch Schollen und Frost stolpert.

Ich sehe Mack vom anderen Ufer eines zugefrorenen Sees winken. Er will mir sagen, daß er mich liebt, daß ich immer noch für ihn arbeiten soll, auch jetzt, wo ich taub bin. Ich schwinge meinen Körper herum und blicke auf das blendendweiße Terrain, das sich in die Unendlichkeit erstreckt. Eisbären sind einsame Kreaturen.

• • •

Zwei Männer. Der eine untersetzt, nicht mehr ganz jung, lehnt an einem offenen Fenster. Draußen rauscht der Nachmittagsverkehr vorbei und wirbelt Staub auf, der in der Sonne, die in den schäbigen Salon scheint, tanzt. Er streicht sich das ausgedünnte Haar zurück und zündet sich die nächste Zigarette an.

Der zweite Mann hockt neben einem Plattenspieler, die Arme um die Knie geschlungen. Er schaukelt im Rhythmus der Vibrationen, die die abgewetzten Holzbohlen wiedergeben, vor und zurück. Er weiß, daß der Raum mit dem Klang eines weiblichen

Orgasmus' erfüllt ist. Ihre Schreie verschmelzen mit den Violinen, prallen von der hohen Stuckdecke ab und ergießen sich auf die Straße hinaus.

Der Granatapfelbaum

Das Haus besitzt weiße griechische Säulen und einen kleinen Vorgarten, in dem ein Granatapfelbaum steht. Damals war es der Baum, der es für mich so attraktiv machte; mir war eingefallen, daß Granatäpfel ein Symbol für Fruchtbarkeit sind. Als Adrian das hörte, sagte er: »Liebling, dann müssen wir es haben!« Bevor wir umgezogen sind, hatten wir eine Wohnung in der Stadt, eine typische Dreißiger-Jahre-Behausung, weißer Stuck und geschwungene Balkone. Wunderschön, bis auf das stete Rauschen des Straßenverkehrs, das den ganzen Tag durchs Fenster drang. Ich lag dort im Bett und stellte mir vor, es sei das Rauschen der Brandung, aber es funktionierte nicht. Ich wurde immer angespannter, meine Kiefer waren aufeinandergepreßt, meine Muskeln schmerzten vor Erschöpfung. Adrian meinte, das sei der Grund, weshalb die Sache mit dem Baby nicht klappte. Er ist der Meinung, daß Eier und Samenzellen Sonne und Frieden brauchen. Oder aber wir würden einen Menschen zeugen, der unter Schlaflosigkeit litt, und das wäre noch schlimmer als gar kein Kind.

Adrian ist leitender Buchhalter. Ich habe einen Job in Belle's Schönheitssalon am Highway. Ich mache Gesichtsbehandlungen, Enthaarungen und dann und wann Pediküre.

Von dort, wo ich sitze, sehe ich den langgestreckten Garten mit den beiden Reihen Zitrusbäumen, die den hohen Zaun verbergen sollen. Wenn ich mich umdrehe, sehe ich die Verandatür und unsere renovierte offene Küche mit dem Eßbereich. Ich fühle mich geborgen hier und irgendwie reif, fast wie ein Granatapfel – wenn man die Schale aufschlitzt, kann man all die saftigen, prallen Kerne sehen, die ins Freie drängen. Als wir hier eingezogen sind, strich ich das kleinere Schlafzimmer rosa und malte eine Bordüre aus Comicfiguren auf. Adrian mochte das ganz und gar nicht. Er meint, daß man Kinder nicht verhätscheln soll. Aber Adrian ist auch in den 50ern in einem kleinen, engen Haus mit Linoleumboden und Gasherd aufgewachsen, während seine Mutter sich abrakkerte, um ihn in ein Internat schicken zu können. Das war lange, bevor ich zur Welt kam.

Ich habe das Haus vor sechs Monaten gestrichen, und ich bin noch immer nicht schwanger. Wir haben alles getan, was man in solchen Fällen tun soll. Ich habe den Plan meiner fruchtbaren Tage an den Kühlschrank geklebt: Rot für den Eisprung, rosa für kurz davor und orange, wenn es gar nichts bringt.

Das ist toll, bis auf die Tatsache, daß Adrian farbenblind ist und manchmal rot und orange verwechselt. Als wir damit anfingen, war es irgendwie sexy – wie Seiltanz ohne Netz. Adrian war richtig eingeschüchtert. Er meinte, es würde ihn an seine eigene Sterblichkeit erinnern. Er denkt überhaupt viel über den Tod nach. Ich nicht, ich denke viel darüber nach, ein Baby in die Welt zu setzen, und wie es ist, das Saugen von Babylippen an den Brüsten zu spüren. Manchmal, vor dem Einschlafen, stelle ich mir vor, daß ich ein Ei bin, fett und prall, frisch aus dem Eierstock entlassen. Ich schwimme den Eileiter entlang, pralle immer wieder von den weichen, schwammigen Wänden ab und fühle mich wunderbar entspannt und geil, als diese Samenzelle vorbeikommt und mit ihrem langen Schwanz peitscht. Sie hält an, nimmt Witterung auf und kommt dann mit einem überaus entschlossenen Gesichtsausdruck direkt auf mich zu. Ich taumle rückwärts, als sie sich in meine Seite bohrt. Gewöhnlich bekomme ich an diesem Punkt einen Orgasmus. Dumm ist nur, daß keine einzige Spermie wie Adrian aussieht. Sie sehen alle aus wie Filmstars, Rocksänger oder Ex-Freunde.

Wenn ich danach meine Augen öffne, habe ich immer ein etwas schlechtes Gewissen. Ich werfe einen Blick zu Adrian hinüber, dessen kantiges Kinn zur Decke weist, während seine leicht hervorstehenden Augäpfel unter den Lidern hin- und hergleiten, und ich denke, scheiß' drauf, es ist ja nicht so, als ob er Gedanken lesen könnte, nicht wahr?

Ich habe das Haus gründlich erforscht, nicht jedoch den Speicher. Als ich einmal die Leiter hinaufstieg, bekam ich plötzlich Angst. Als Kinder unternahmen wir immer großartige Expeditionen auf dem Dachboden. Mein Bruder, der den großen Forscher mimte, ging vor und bahnte sich vorsichtig seinen Weg über Dachbalken und an den großen Flächen Isoliermaterial vorbei. Dad hatte uns gesagt, wir könnten durch die Decke ins Haus zurückplumpsen, wenn wir zwischen die Balken treten würden. Dort oben lagerte die gesamte Geschichte der Ehe meiner Eltern: Fotos, ein schimmeliges Stück Hochzeitskuchen, eine alte Plastikmilchpumpe meiner Mutter, die wir für ein scheußliches Folterinstrument hielten. Ich klaute mir einmal ein Stückchen von dem Kuchen und versteckte es jahrelang als Glücksbringer in einem Kistchen. Es wurde grün.

Mein Vater verließ uns, als ich sieben war. Es hat meine Mutter vernichtet. Als gläubige Katholikin wäre eine Scheidung für sie eine zu große Schande gewesen. Ich habe ihn nie wiedergesehen. Ich glaube, sie sind immer noch verheiratet. Nachdem er fort war, wollte ich nicht mehr auf den Dachboden gehen.

Adrian dagegen war schon auf unserem Speicher. Er sagte, er sei eng und schmutzig. Er brachte einen kleinen, verwitterten Lederkoffer herunter, in dem sich ein altes Hochzeitskleid befand. Es sah aus, als stamme es aus den 20er Jahren; Perlen säumen den Ausschnitt, und es lag sogar ein Blumenkranz dabei, der um eine Straßtiara gewunden war. Adrian wollte es verkaufen. Aber ich bin abergläubisch, also ließ ich das Kleid reinigen, faltete es zusammen und legte es mitsamt Mottenkugeln ganz unten in einen Schrank.

Wir sind seit drei Jahren verheiratet. Seit ich einundzwanzig und Adrian neununddreißig war. Ich mußte alle möglichen Strategien entwickeln, um ihn dazu zu bringen, mich zu heiraten. Ich halte nichts davon, wenn zwei Menschen einfach nur zusammenleben – die Frau hat doch sonst gar keine Sicherheiten. Ich kann Ihnen sagen, es war nicht einfach – allein weil Adrian schon einmal verheiratet war –, aber schließlich habe ich ihn doch gekriegt.

Ich hatte eigentlich noch nicht viele Männer. Genau gesagt nur viereinhalb. Der erste war Robin. Wir taten es erst ganz am Ende der Beziehung; meistens küßten und betatschten wir uns nur sehr ausgiebig. Mum hat mich im Glauben erzogen, daß Sex ein spiritueller und heiliger Akt sei. Und ich zweifelte nicht daran, bis ich achtzehn war. Dann hatte ich meinen ersten Orgasmus und glaubte, Gott zu sehen.

Es war in den Bergen. Wir hatten gerade unsere Prüfungen zum Ende des Schuljahres hinter uns gebracht. Robin sagte seinem Vater, er fahre mit ein paar Kumpels an die Küste zum Surfen, und ich erzählte Mum, daß ich im Wochenendhaus der Eltern meiner besten Freundin übernachten wolle. Das war nicht einmal gelogen, denn ich war tatsächlich in Annes Haus. Nur daß ihre Eltern gerade eine Reise durch Europa machten und wir, Anne, ihr Freund, Robin und ich, allein waren.

Ich hatte Anne angelogen und ihr erzählt, daß Robin und ich schon seit Monaten vögelten. Also überließ sie uns ein Schlafzimmer. Es hatte deckenhohe Fenster ohne Vorhänge, die auf eine Schlucht hinausgingen. Annes Vater war Architekt, und er hatte das Haus so gebaut, daß man den Eindruck hatte, der Wald würde hereinwachsen – Laub rankte sich an den Fenstern hoch und um die bauchigen Balkone.

Robin und ich verbrachten die Nacht nackt, eng umschlungen und mit zahlreichen Liebkosungen und Berührungen. Dann dämmerte es. Ich weiß noch, wie ich den Mond durch das Fenster verblassen sah. Als die Vögel zu zwitschern begannen, schlief ich ein.

Eine köstliche Empfindung weckte mich. Auf dem Nachttisch hatte eine Tafel Schokolade gelegen, und Robin ließ gerade ein Stück davon in meinem Bauchnabel schmelzen. Es kitzelte, ich lachte, und Robin schaute auf. Sein Blick war überaus konzentriert. An meiner Seite kauernd, legte er mir eine Hand zwischen die Schenkel. Erst leistete ich Widerstand, dann erlaubte ich ihm schüchtern, meine Beine auseinanderzudrücken. Er setzte sich auf, kniete sich zwischen meine Beine und blickte staunend auf mich herab. Er zog den Riegel Schokolade über meinen Bauch und abwärts auf meine Muschi zu. Behutsam und zart strich er mit dem Riegel über meine Schamlippen, berührte mich kaum, nur ein Hauch einer Liebkosung an meiner Klitoris. Ich stöhnte und wollte ihm ausweichen, doch er hielt mich fest. Sanft schob er die Schokolade in mich hinein, sie schmolz und tropfte heraus. Er schob den Riegel vor und zurück, beschmierte mich damit. Schließlich zog er ihn heraus und begann, mit seiner Zunge die Schokoladenspur auf meinem Bauch nachzuzeichnen, um schließlich die Innenseiten meiner Schenkel abzulecken. Ich wand mich und stöhnte und warf den Kopf vor lauter Lust hin und her. Seine Zunge leckte überall, nur nicht da, wo ich sie haben wollte. Langsam näherte er sich meiner Klitoris. Erst berührte er sie zart mit der Zungenspitze, dann legte er die Lippen darüber und saugte fest daran. Ich begann, vor Erregung zu zittern. Ich war außer Kontrolle. Ich zerrte Robin an seinen Haaren zu mir hoch. Sein Geschlecht stubste mich leicht an, nur die Spitze drang ein. Dann glitt er ganz hinein, es tat nicht weh, ich war bereit, doch seine Größe und Form füllte mich auf eine Art und Weise aus, die ich mir nie hätte vorstellen können. Er rollte sich herum und zog mich mit sich, so daß ich auf ihm saß. Instinktiv fing ich an, mich auf seinem Schwanz auf und ab zu bewegen. Jedesmal, wenn er in mich glitt, fühlte ich mich wie gepfählt. Es tat ein bißchen weh, doch die Lust ließ mich den Schmerz vergessen.

Ich weiß noch, daß ich in die Dämmerung hinausstarrte, während ich ihn ritt. Das Bett stand direkt am Fenster, und ich kam mir vor wie irgendeine mystische Gestalt, die in den Sonnenaufgang hineingaloppiert. Die Sonne hatte begonnen, den Himmel in ein rosiges Licht zu färben. Meine Lust wuchs in der gleichen Intensität wie das Licht. Je heftiger ich mich bewegte, desto höher stieg die Sonne. Ich hatte das Gefühl, als besäße ich die Kontrolle über den Himmel, als würde die Sonne, wenn ich aufhörte, wieder untergehen, und alles wäre erneut in Dunkelheit getaucht. Bald spürte ich, wie kleine Wogen intensiver Lust in mir aufstiegen und meine Organe zusammenzogen. Und als ich in den Fängen meines ersten Orgasmus' aufschrie, glaubte ich, einen durchscheinenden bläulichen Schatten über die riesige rote Kugel der Sonne huschen zu sehen. Damals dachte ich, es müsse Gott sein. Ich weiß heute, daß ich tatsächlich etwas gesehen habe, denn inzwischen habe ich auch schon andere Dinge gesehen.

• • •

Die letzte Nacht war erstaunlich! Ich hätte nie gedacht, daß Adrian so sein kann. Nicht, daß er ein schlechter Liebhaber wäre oder so was – ganz bestimmt nicht. Im Gegenteil, für sein Alter ist er unglaublich. Er hat ab und an sogar eine zweite Erektion! Aber gestern nacht war er wirklich unfaßbar!

Ich kann's noch immer nicht glauben, also halte ich es schriftlich fest. Adrian kam nach einer Vorstandssitzung spät nach Hause. Ich hatte etwas Besonderes zubereitet, Spaghetti Marinara. Wir aßen schweigend. Ich versuchte, Konversation zu machen, aber Adrian war zu müde, um darauf einzugehen.

»Häschen, schmeckt dir das Essen?«

»Zuviel Tomate.« Er nimmt sich den Käse und streut gehörige Mengen davon über seinen Teller. Ich tue, als merke ich nichts. Ich wünschte, er würde etwas sagen, was mir verrät, wie sein Tag war. Er nimmt den Wirtschaftsteil der Zeitung.

»Der Dollar fällt wieder. Verdammter Wayne!«

»Was hat Wayne denn getan?«

»Mir geraten, Ampol zu kaufen! Sie sind um vier Punkte gefallen.«

»Faszinierend, Liebling.« Nebenan beginnt eine Party, und ich denke an all die Warnungen, die ich von meinen Freundinnen bezüglich der Ehe mit einem älteren Mann zu hören bekam.

»Ich geh' ins Bett.«

»Aber es ist erst neun Uhr. Weißt du, was wir für einen Tag haben?«

»Nein, Jodie, ich hatte noch keine Zeit, auf diesen verdammten Plan zu sehen!«

»Es ist ein roter Tag. Und es besteht kein Grund, so aggressiv zu werden.«

»Ich bin nicht aggressiv! Ich bin nur total erschöpft. Im übrigen muß ich morgen früh um halb acht im Büro sein. Der Vorstand hat ein dringendes Meeting angesetzt.«

»Willst du denn kein Kind haben?«

»Doch, aber heute nacht will ich nur noch schlafen.« Die Tränensäcke unter den Augen sind dick, und sein Haar scheint trotz Implantat noch mehr zurückgewichen zu sein. Ich küsse ihn, aber er schmeckt bitter. »Nacht, Schatz. Ich bleib' noch eine Weile auf.«

Er schlurft den Flur entlang, als ich den Fernseher einschalte. Die Geräusche der Party nebenan dringen wummernd durch die Wände. Ich bin seit Jahren nicht mehr auf einer Party gewesen. Die letzte war die Weihnachtsfeier von Adrians Kollegen, und da war ich mit mindestens zehn Jahren Abstand die Jüngste. Ich stehe auf und tanze ein paar Minuten ganz allein mitten im Raum. Ich stelle mir vor, daß ein dunkelhaariger junger Mann bei mir ist. Er schiebt sein Knie zwischen meine Beine, und wir tanzen wirklich sehr eng miteinander. Ich kann sein dichtes schwarzes Haar und sein After-shave riechen. Er packt mit beiden Händen meine Hinterbakken, während er mir in den Hals beißt. Sein schwarzes Haar ist zurückgekämmt, seine Gesichtszüge wirken südeuropäisch. Ich stolpere über die Fernbedienung, falle und stoße mir den Kopf an der Sofalehne. Einen Moment lang bleibe ich benommen liegen. Ich kann etwas riechen, das vage an After-shave erinnert. Wahrscheinlich strömt es von der Party nebenan durchs offene Fenster herein.

Später gehe ich ins Bett. Adrian liegt auf der Seite. Ich trage das seidene Nachthemd, daß er mir zu meinem vierundzwanzigsten Geburtstag geschenkt hat, in der Hoffnung, daß die Berührung der Seide ihn dazu anregt, mich inmitten der Dunkelheit zu nehmen.

Ich liege auf dem Rücken und starre an die Decke. Draußen weht der Wind das Gartentörchen mit einem lauten Knall zu. Ich schaudere und wälze mich auf die Seite. Wieder dringt der Duft von After-shave herein. Im Halbschlaf sehe ich eine Meeresbucht, winzig, unberührt von jeglicher Zivilisation. Klare blaue Wellen plätschern an den weißen Sand. Der Wind weht den Duft von Eukalyptus und Zypressen in mein Gesicht. Schlagartig öffne ich die Augen. Der Geruch von der Hitze und den Bäumen hängt noch immer in der Luft.

Im Raum ist es noch dunkler geworden, die Party nebenan ist vorbei. In der Ferne startet der letzte Gast seinen Wagen und braust davon.

Im Schlafzimmer ist es tintenschwarz. Ich spüre seine Hände unter der Seide. Sie streichen mir über den Rücken und gleiten herum zu meinen Brüsten. Ich warte auf das, was er üblicherweise tut, nämlich mich zu sich herumrollen. Statt dessen fährt er mit seiner Zunge mein Rückgrat entlang. Er spreizt meine Hinterbacken und arbeitet sich mit seinem Mund bis zu meiner Klitoris vor, die er mit seiner Zunge zu liebkosen beginnt. Dann hievt er sich durch meine gespreizten Beine nach oben, so daß er mir zugewandt daliegt.

Mein Geliebter ist vollkommen lautlos. Seine Hände fühlen sich anders an, fremd. Ich kann kaum sein Profil erkennen. Seine Augen sind geschlossen. Grob packt er meine Handgelenke mit einer Hand und hält sie über meinem Kopf fest. Mit der anderen Hand drückt er meine Brüste zusammen. Seine Haut fühlt sich merkwürdig rauh an. Er riecht anders, ich nehme Moschus an seinem Hals wahr. Ich ertappe mich dabei, wie ich mich zu erinnern versuche, mit was ich gestern sein Hemd gewaschen habe. Er hebt meine Beine an und legt sie sich über die Schultern, dann stößt er in mich hinein. Seine Grobheit ist erregend. Er packt meine Hinterbacken mit beiden Händen. Ich fühle mich wie aufgespießt. In der Dunkelheit ist mir, als steckten in jeder meiner Körperöffnungen tastende, forschende Finger, die mich spreizen. Wir kommen zusammen. Zum ersten Mal.

• • •

Heute morgen bereitete ich ein gewaltiges Frühstück mit all den Dingen zu, die Adrian am liebsten ißt – Schinken, Eier, amerikanische Flapjacks. Er setzte sich bloß und fragte, ob heute etwas Besonderes sei.

»Nimm mich nicht auf den Arm.« Ich küßte ihn aufs Ohr. Er schob mich weg und sagte: »Ernsthaft. Ich weiß es nicht.«

»Na, wegen gestern nacht.«

»Was war gestern nacht?«

»Du warst verdammt phantastisch, das war gestern nacht.«

»Tatsächlich?«

Manchmal ist er wirklich schrecklich süß, wenn er solche Spielchen mit mir treibt. Ich küßte ihn aufs andere Ohr.

Adrian wurde plötzlich ganz still und aß nicht einmal seine Flapjacks auf. Männliche Menopause. Sie sind dann so gräßlich unberechenbar. Aber gut, wenn er nicht darüber reden will, dann ist ohnehin nichts zu machen. Adrian spricht nicht gerne über seine Gefühle. Das liegt an seiner ersten

Frau, Felicity. Sie war eine gescheiterte Jazz-Sängerin und ehrenamtliche Sozialarbeiterin, und sie hat ihn immer gedrängt, über alles zu reden. Auch wenn es keinerlei Probleme gab. Er hat das gehaßt. Adrian meint, daß man immer das kriegt, was man sehen will. Er glaubt, daß die Menschen sich ihre Probleme selbst erfinden. Er ist ein sehr nüchterner Mensch, mein Adrian. Deswegen habe ich ihm auch von ein paar Dingen noch nichts erzählt – na ja, wie zum Beispiel die Sache mit meinem zweiten Gesicht. Er würde es nicht verstehen.

Am Nachmittag, als ich gerade dabei war, einer Kundin eine Packung aus Tonerde ins Gesicht zu streichen, schoß mir plötzlich ein Bild von gestern nacht durch den Kopf. Adrians Hand im Dunkeln. Ich hatte ganz entschieden den Eindruck, als hätte ich einen Siegelring an Adrians kleinem Finger gesehen. Und ich war sicher, daß der Stein ein Rubin gewesen war. Je länger mir die Vision im Kopf hängenblieb, desto überzeugter wurde ich. Ich ließ sogar versehentlich die Maske auf dem Gesicht der Kundin antrocknen. Das Komische ist nur, daß Adrian keinen Siegelring trägt und wir uns in totaler Dunkelheit geliebt haben. Vielleicht liegt es daran, daß ich heute ziemlich aufgewühlt und durcheinander bin. Ich hoffe, es ist hormonell bedingt. Ich hoffe, der Plan hat funktioniert, und ich bin schwanger.

• • •

Ich habe eine alte Medaille hinter der Kommode mit den Schubladen gefunden. Sie ist aus Kupfer und zeigt einen geprägten Wildschweinkopf. Adrian meint, sie stammt aus dem Zweiten Weltkrieg aus Sizilien. Mir ist wieder eingefallen, daß unser Nachbar mir erzählt hat, in dem Haus habe einmal ein alter Italiener gelebt, der auch hier gestorben sei. Wahrscheinlich hat die Medaille ihm gehört. Ich lege sie zu dem Hochzeitskleid.

Die letzte Nacht war wieder ganz merkwürdig: Ich mache mich gerade fertig, um ins Bett zu gehen, als er plötzlich hinter mich tritt. Das ist insofern eigenartig, als er eben noch im Arbeitszimmer vor dem Fernseher saß. Aber nun ist er da, so nah, daß ich seinen Atem auf meiner Schulter spüre, und er bittet mich mit tiefer Stimme, mein Korsett anzuziehen. Das Ding, daß wir am Anfang oft für kleine Spielchen benutzt haben. Er hat diesen seltsamen Blick drauf, der bedeutet, daß es ihm ernst ist. Also ziehe ich es an und streife mir, um das Ganze abzurunden, schwarze halterlose Strümpfe über, lasse aber den Slip weg. Er sagt mir, ich solle mich aufs Bett legen. Wieder habe ich das Gefühl, als hätte ich es mit einem Fremden zu tun. Als sei all die Vertrautheit – Geruch, Gestik, sogar die Art, wie er auf mich zukommt – nicht mehr vorhanden. Ich lege mich aufs Bett, und er dreht die Lampe so, daß sie auf meinen Unterleib scheint. Dann bückt er sich, greift unters Bett und holt eine kleine Schüssel mit heißem Wasser, einen altmodischen Rasierpinsel und einen Rasierer hervor.

»Was hast du vor?«

»Ich will dich wie ein junges Mädchen haben.«

An der Wand tanzen Schatten, und für einen Moment erkenne ich die schwarze Gestalt nicht, die sich über meinen schlanken Körper beugt. Er fängt an, mich einzuseifen. Schaum bedeckt meine Möse. Gewissenhaft und mit der Präzision eines Arztes beginnt er, meine Schamhaare abzuschaben. Krause Strähnchen blonden Schamhaares fallen auf das Bett. Ich sehe fasziniert zu und spüre die Luft kühl über meine ungewohnte Nacktheit streichen. Dann hebt er mich mit Hilfe eines Kissens an und beginnt, an den Schamlippen zu arbeiten, um sie in rosafarbene jungfräuliche Unschuld zu verwandeln. Die Konturen treten hervor wie die einer Muschel, meine Klitoris ragt unmißverständlich heraus. Die Hitze der Lampe verleiht meinen Schenkeln einen rosigen Schimmer.

Er steht nur ein paar Zentimeter von meinem Gesicht entfernt. Hypnotisiert starre ich in seine Augen. Wieder dieser Duft eines After-shaves. Er läßt sich zu Boden fallen, verbirgt sein Gesicht. Er fährt mit seiner Hand meine Beine entlang, schiebt sie zwischen meine Schamlippen. Ich fühle seinen Atem, als er sanft hineinbläst. Er schiebt meine Schenkel weiter auseinander. Seine Augen brennen Löcher durch meinen Körper, als er auf mich herabblickt. »Sieh hin«, sagt er und hält einen Spiegel hoch, damit ich mich anschauen kann. Rosa, unschuldig nackt, glitzere ich wie ein gespaltener Pfirsich. »Che bella bellissima Madonna«, sagt er.

Schockiert erstarre ich. Das ist nicht seine Stimme. Das ist nicht Adrian. »Auf die Knie«, befiehlt er. Ich knie mich über sein Gesicht. Meine Brüste fallen aus dem Korsett. Er nimmt mich in den Mund und leckt mich. Ich bin kurz davor zu kommen, als er sich aufsetzt, mich über seine Knie legt und mich zu schlagen beginnt. Das Klatschen hallt laut von den Wänden wider. Ich versuche, mich loszumachen, doch er hält mich fest. Nach jedem Schlag scheint sich die Hitze in meinem Inneren zu intensivieren.

»Du tust mir weh!«

»Che?«

»Adrian, du tust mir weh.« Meine Haut glüht. Langsam macht es mich an. Ich will ihn in mir spüren. Ich sage ihm, tu es, bitte. Tu es jetzt! Er hört auf und lauscht. Meine Stimme klingt in der plötzlichen Stille überlaut.

Langsam dringt er in mich ein. Er fühlt sich in mir größer, anders an als sonst. Wir kommen zum zweiten Mal zusammen.

• • •

Am nächsten Tag fand ich einen alten Brief, als ich hinter der Couch staubsaugte. Er war säuberlich gefaltet und mit einem roten Band versehen. Irgendwie roch er vertraut. Der Brief war in einer zierlichen weiblichen Schrift geschrieben. Zuerst dachte ich, er sei auf Französisch, doch dann erkannte ich einige italienische Wörter. Ich schob den Brief in meine Tasche, denn ich mußte zur Arbeit.

Erst später, als ich mit Gina Kaffee trank, fiel mir der Brief wieder ein. Sie konnte ihn für mich übersetzen.

16. Juli 1942

Mein lieber Alberto,

Du bist nun schon seit sechs Monaten fort, und langsam vergesse ich, wie deine Stimme klingt. Das Haus sieht wunderbar aus, insbesondere der Granatapfelbaum, den du vor die Veranda gepflanzt hast. Sie haben hier keinen Winter, und die Sonne ist wie bei uns im Süden – immer scheint sie einem in den Nacken. Gestern hat deine Mutter Pflaumen aus eigener Ernte vorbeigebracht. Sie sagte mir, ich solle nicht auf die Australier hören. Daß du als Italiener ein Recht darauf besitzt, für das zu kämpfen, was du für richtig hältst. Auf der Arbeit ist es nun erträglicher. Ich glaube, die Frauen haben vergessen, daß du existierst.

Harry, der Vorarbeiter gab mir ein Exemplar von Il Actione!, *das er in der Männerabteilung gefunden hat. Es roch sogar nach*

Sizilien! Ich habe es von vorne bis hinten gelesen. Ich vermisse dich, Alberto. Bitte komm bald heim.

In Liebe
Leonie

Ich faltete den Brief wieder zusammen und legte ihn zu dem Hochzeitskleid und der Medaille. Irgendwie hatte ich das Gefühl, als gehöre er dorthin.

• • •

Heute habe ich meine Periode bekommen. Wahrscheinlich hätte ich es voraussehen müssen, aber dieses Mal hatte ich mir wirklich selbst eingeredet, schwanger zu sein. Ich hatte alle Anzeichen: Meine Brüste waren geschwollen und schmerzten, ich hatte sogar leichten Ausfluß. Als ich dann das Blut auf dem Laken entdeckte, überkam mich eine tiefe Verzweiflung. Adrian machte es nicht besser. Er brüllte mich an, weil ich angeblich seinen Rasierer benutzt hatte. Ich war noch zu frustriert über das Blut an meinen Beinen, um ihm zu antworten. Aber wie auch immer – ich rasiere meine Beine nicht! Ich kann sie im Salon umsonst mit Wachs enthaaren lassen. Ich schob seine Laune auf den Arbeitsstreß – das Geschäftsjahr nähert sich dem Ende. Adrian dreht im Augenblick ein bißchen durch, er ist besessen von dem Gedanken, die Hypothek frühzeitig abzubezahlen. Nachdem er weg war, schaute ich mir zufällig den Rasierer noch einmal an. Man konnte Reste von schwarzem Haar in der Klinge stecken sehen. Ich bin eine echte Blondine und Adrian ist rothaarig – oder sagen wir, er war es, bevor er kahl zu werden begann. Es ist wirklich sehr merkwürdig.

Ich habe gestern mit unseren Nachbarn gesprochen. Mrs. Harris wohnt schon seit zwanzig Jahren hier. Sie kannte Mr. Alberto Mantilli sehr gut. Sie meint, daß der Brief von seiner Frau sein könnte. Sie starb, Jahre bevor Mrs. Harris einzog, und der alte Alberto hat nie über sie gesprochen. Ich frage mich unwillkürlich, ob Adrian auch so schweigsam werden würde, wenn ich tot wäre. Neulich habe ich mich gefragt, ob er mich überhaupt liebt. Er sagt es nie, jedenfalls nicht ausdrücklich. Gewöhnlich habe ich das immer mit typisch angelsächsischem Verhalten erklärt; er weißt einfach nicht genau, wie man seine Gefühle ausdrückt. Aber jetzt bin ich mir nicht mehr so sicher.

Er ist zu einer zweitägigen Konferenz nach Canberra verreist. Gestern abend war ich mit Gina und Mary, meinen beiden Kolleginnen aus dem Salon, in einer südamerikanischen Bar. Es war toll – freie Drinks für Ladies und eine fantastische Band, die Calypso spielte. Mary unterhielt sich mit diesem wirklich gutaussehenden Typen aus Colombia, während ich mit seinem Bruder tanzte. Er sah aus wie sechzehn, auch wenn er behauptete, er sei schon dreiundzwanzig. Es hat viel Spaß gemacht, mal wieder zu flirten, und später sagte er mir noch, wie wunderschön ich sei.

Ich war betrunken, als ich nach Hause kam. Nicht wirklich betrunken, aber doch genug, um zu vergessen, daß Adrian ja gar nicht da war. Ich torkelte aus dem Taxi den Weg zur Tür hinauf. Der Granatapfelbaum ragte über der Veranda auf. Er wirkte viel größer als das struppige kleine Ding, das Adrian im Frühsommer fast zu Tode beschnitten hatte.

Nach einer Weile gelang es mir, den Schlüssel ins Schloß zu bekommen; drinnen fiel mir als erstes auf, daß das Licht im Flur an war. In meinem benebelten Zustand ging ich davon aus, daß Adrian es angelassen hatte. Auch die Lampe in der

Küche brannte. Ich hatte bisher nur ein paar Erdnüsse gegessen, war also hungrig wie ein Wolf. In der Küche roch es nach einer Mahlzeit, irgend etwas, was ich nicht identifizieren konnte. Ich dachte einen Moment lang, Adrian hätte eines seiner Fertiggerichte in der Mikrowelle stehenlassen, doch die war leer. Ich machte mir ein paar Toasts mit Honig und aß sie rasch, in der Hoffnung, die Küche würde dann endlich aufhören, sich zu drehen. Als ich begriff, daß ich es nicht mehr bis zum Schlafzimmer schaffen würde, legte ich mich auf die Couch.

• • •

Ich öffne die Augen und blicke an mir herab. Unter einem langen, altmodischen Leinennachthemd sehe ich meinen Bauch. Groß, schwanger. Ich lasse meine Hand über meinen Körper gleiten – ich habe gewaltig zugelegt. Ich verlagere mein Gewicht, weil das Baby auf meine unteren Organe drückt. Meine Blase fühlt sich voll an. Ich bin so glücklich, daß ich schreien möchte, es Adrian zubrüllen möchte. Ich setze mich auf und fühle, wie langes Haar auf meinen Rücken fällt. Ich schaue hinab – es ist schwarz, langes schwarzes Haar. Entsetzt stehe ich auf, wobei mich das ungewohnte Gewicht meines Bauches stolpern läßt. Der Teppich hat ein nostalgisches Blumenmuster. Während ich noch falle, erkenne ich, daß kein einziger Laut zu hören ist. Kein Hall. Ich träume, denke ich, und schließe die Augen in dem Versuch, aufzuwachen. Doch als ich die Lider wieder aufschlage, hat sich nichts geändert. Mein Bauch ist riesig. Meine Füße, sonst schmal mit kleinen Zehen, gehören nicht mir. Ich stehe auf und gehe lautlos zum Badezimmer. Es befindet sich hinter derselben Tür wie sonst auch, aber statt der weißen Kacheln, die Adrian und ich angebracht haben, ist der Raum mit grünen ausgestattet, und anstelle der Dusche befindet sich eine riesige Email-Badewanne an der Wand. Kein Waschbecken, nur eine alte Blechwanne, die an der rissigen Wand lehnt. Ich greife nach einem ovalen Rasierspiegel, der an einem Haken hängt.

Meine Hände zittern, als ich ihn mir vor mein Gesicht halte. Die Frau, die mich anstarrt, ist mir vollkommen fremd! Ich schreie. Ich meine, ich öffne den Mund und schreie, aber es kommt kein Laut heraus. Wieder sehe ich in den Spiegel. Sie ist Anfang Dreißig, hat ein schmales, dreieckiges Gesicht, hohe Wangenknochen und tiefliegende braune Augen. Langes schwarzes Haar umrahmt das Gesicht. Die Augen sind es, die mir Angst einjagen. Sie sind voller Schmerz und Trauer, aber doch vollkommen leer. Es sind die Augen einer Toten!

• • •

Am nächsten Tag hatte ich einen fürchterlichen Kater, ganz zu schweigen von dem Schmerz in meinem Nacken, der daher rührte, daß ich auf der Couch geschlafen hatte. Ich warf einen Blick auf die Uhr und stellte fest, daß ich verschlafen hatte. Erst viel später fiel mir mein Traum wieder ein. Und zwar in dem Moment, als ich bemerkte, daß sich ein langes schwarzes Haar um meinen Ehering gewickelt hatte.

• • •

Einen Tag nach Adrians Rückkehr aus Canberra fand ich noch einen Brief. Dieser war auf Englisch. Schlechtes Englisch. Er war nicht abgeschickt worden. Ich entdeckte ihn zwischen dem Badezimmerschrank und der Wand, als hätte ihn jemand absichtlich so dahintergesteckt, damit ich ihn finden mußte. Ich glaube, er ist von der Frau, von der ich geträumt habe. Und ich glaube, daß es sich um Mr. Mantillis tote Frau handelt. Ich weiß selbst nicht warum, aber ich versteckte den Brief vor Adrian. Noch bevor ich ihn überhaupt las. Mir war einfach augenblicklich klar, daß er die Zeilen nicht sehen durfte. Wahrscheinlich dachte ich, daß er es sowieso niemals verstehen würde, ebenso wie er mir nicht glaubte, daß ich gewisse Dinge *sehen* konnte. Wie ich Adrian kenne, hätte er mich nur zu einem Psychiater geschickt oder mir ein für alle Mal verboten, mit Gina trinken zu gehen.

Ich wartete, bis Adrian zur Arbeit gegangen war, dann öffnete ich den Brief. Er war auf teurem Papier geschrieben, das mit den Jahren vergilbt war. Ein Schimmelfleck bedeckte etwa ein Viertel der Seite, doch die zierliche Schrift war noch zu erkennen.

13. August 1942

Mein lieber Harry,

Ich liebe dir, wirklich. Aber ich denke, nicht gut, wenn wir noch treffen am Teich in Park. Leute reden, und sie sagen grausam Dinge.

Bitte versteh, mein Lieb.

Leonie

Der Brief deprimierte mich ungemein. Ich versteckte ihn tief unten in meiner Wäscheschublade.

Als Adrian aus Canberra zurückgekommen war, schien er

wieder ganz der alte zu sein – na ja, jeden Abend müde, versessen auf Kreuzworträtsel, voller Geldsorgen. Dann, nach etwa zwei Tagen, ging erneut eine Veränderung mit ihm vor. Huhn Cacciatore am Dienstag. Fettuccine puttanesca am Mittwoch. Dabei ist er seit jeher ein Liebhaber der klassischen Fleisch-plus-zwei-Beilagen-Mahlzeiten. Ich beginne mir ernstlich Sorgen zu machen.

Dann, nach dem Spätwestern im Fernsehen am Freitag abend, öffnet Adrian seine Aktentasche und holt eine Reitgerte heraus.

»Wozu ist die?«

»Zum Spielen.«

»Was für eine Art von Spiel?«

»Du wirst schon sehen.«

Mit einem komischen Grinsen läßt er die Gerte durch die Luft sausen. Ich überlege, ob ich ihn nicht doch einmal auf sein Verhalten ansprechen soll. Ich meine, er *benimmt* sich merkwürdig, oder nicht? Doch dann fällt mir ein, daß es ein rosafarbener Tag ist.

»Du willst mir damit doch nicht weh tun, oder?«

»Ich werde sanft sein, ich verspreche es dir.«

Er küßt mich auf die Lippen und führt mich ins Schlafzimmer. Dann befiehlt er mir, mich bäuchlings aufs Bett zu legen, während er meinen Rock hochschiebt. Er fesselt meine Fußgelenke an das Kopfteil und schiebt mir Kissen unter die Hüften, um meinen Hintern anzuheben. Dann bindet er meine Hände zusammen und schlingt den Strick um die Lampe, die von der Decke baumelt.

Mein Oberkörper wird angehoben, meine Beine sind weit gespreizt. Langsam knöpft er meine Bluse auf, bis mein Brustansatz zu sehen ist. Bei all dem sagt er kein Wort; mir kommt es vor, als berühre mich ein Fremder.

Er fährt mit der Reitgerte die Innenseiten meiner Schenkel entlang, schiebt den Rock damit noch etwas höher und rollt langsam meinen Slip so weit hinunter, wie es geht. Das geflochtene Ende der Gerte streicht über meinen Hintern. Ich kneife ihn unwillkürlich zusammen, weil ich an die Striemen auf meiner Haut denken muß. Mein Herz schlägt rasend schnell, ich werde feucht. Ich will nicht, daß er meine Nässe sieht. Ich will nicht, daß er meine Lust teilt. Im Spiegel sehe ich, daß ich in dieser Stellung mit aufgerichtetem Oberkörper, die Brüste perfekt zwischen den Armen hochgedrückt, wunderschön bin – es ist das Bild einer Heiligen aus dem Katechismus, den ich als Kind besaß.

Ich erkenne die Art und Weise, wie er um das Bett herumgeht, nicht wieder. Er, der gewöhnlich so unbeholfen ist, bewegt sich kontrolliert und sicher, als wisse er genau, was er tut.

Ich schließe meine Augen. Ich spüre die Spitze seines Penis, die an der Rückseite meiner Beine aufwärts gleitet. Er beginnt an meiner Fußsohle, stößt leicht an meine Zehen, dann streicht er hauchzart über meine Waden, um zwischen meine Oberschenkel zu gleiten. Er hält inne, bevor die Spitze meinen Venushügel berührt.

Ich spüre den Luftzug, kurz bevor die Reitpeitsche auf meine Hinterbacken klatscht. Ich schnappe nach Luft, als der Schmerz sich vibrierend über meine Haut ausbreitet. Schließlich setzt unter seinen Schlägen eine Taubheit ein, und ich zähle nicht mehr mit. Das Blut, das unter meiner Haut zusammenströmt, erzeugt eine unglaubliche Hitze.

Plötzlich hört er auf. Meine Haut pocht, pulsiert. Etwas Kaltes, Nasses wird über mich gegossen. Langsam rinnt es über meinen Rücken und erzeugt ein Gefühl der Linderung. Er reibt das Olivenöl zwischen meine Pobacken, spreizt meine Schamlippen und läßt seine öligen Finger darübergleiten.

Dann kniet er sich zwischen meine Schenkel, dringt in mich ein und fickt mich heftig. Seine Finger bearbeiten meine Klitoris, während er rein- und rausgleitet und das Öl zwischen seinem Schwanz und meiner Möse in meine Innereien dringt und sie kühlt.

Ich starre in den Spiegel, doch Adrians Spiegelbild ist vom Hals aufwärts nicht zu erkennen. Ich beobachte, wie sich sein Hintern bewegt. Die Kerzen werfen einen Schatten an die Wand, und ich starre ihn an, als Adrian den Kopf zurückwirft und sich sein Profil deutlich an der Rauhfasertapete abzeichnet. Aber der Schatten zeigt ein falsches Bild – das ist nicht Adrians Nase, nicht Adrians Kinn. Und etwas in mir erstarrt in purem Schock.

• • •

Am nächsten Tag geriet ich in Panik, sobald ich allein im Haus war. Ich wußte einfach nicht, ob ich mir nur etwas eingebildet oder es wirklich erlebt hatte. Ich beschloß, zu kochen und das Haus zu putzen – für mich das beste Mittel, mit Angst fertig zu werden. Die Mädels bei der Arbeit wissen immer genau, wann ich nervös bin, da ich an diesen Tagen doppelt so lange damit beschäftigt bin wie sonst, auch wirklich das letzte Haar vom Bein einer Kundin zu entfernen. Nachdem ich alle Laken eingesammelt und sie in die Waschmaschine gestopft hatte, begann ich, einen Eintopf vorzubereiten. Ich wollte alles tun, um unser Verhältnis wieder ganz normal werden zu lassen. Während ich noch das Fleisch kleinschnitt, bemerkte ich, daß mir das Paprikapulver ausgegangen war.

Unsere freundliche Nachbarin Mrs. Harris führte mich in ihr dunkles Wohnzimmer mit den Möbeln aus den 50er Jahren und den alten Teppichen. Dort saß eine ältere Frau mit dem Rücken zu mir und blickte geistesabwesend durch die Tür hinaus in den Garten, in dem das Grün unkontrolliert wucherte. Die Art und Weise, wie sie die Kekse in ihren Tee krümelte, wirkte reichlich neurotisch auf mich.

»Jodie, das ist Maude Billinger, sie wohnt in Nummer sechs. Jodie wohnt in Nummer neun, Mrs. Billinger.« Maude war offensichtlich fast taub, fuhr aber bei der Nennung der Hausnummer neun herum.

»Ich kenne das Haus.«

»Jodie hat sich nach Mr. Mantilli erkundigt. Kannst du dich noch an ihn erinnern, Liebes?«

»Was?«

»Alberto Mantilli!«

»Du brauchst nicht zu schreien, ich bin schließlich nicht minderbemittelt! Natürlich erinnere ich mich an Alberto. Seine Frau Leonie hat immer Kleider für die Mädchen gemacht. Reizende Frau. Und sehr schön.«

Ich beuge mich vor, während ich versuche, meine Stimme nicht zu neugierig klingen zu lassen. »Was ist denn passiert?«

»Was meinen Sie denn, Schätzchen?«

»Warum ist sie verschwunden?«

Maude und Mrs. Harris sehen sich bedeutungsvoll an. Dann macht Maude eine vage Geste in Richtung Garten.

»Die Wahrheit kann wohl nicht schaden. Nun sind sie ja ohnehin alle im Himmel!«

Maude sieht mich abschätzend an, während sie spricht. Sie hat ein schmales Gesicht, und um ihre klaren grünen Augen zieht sich ein Netz aus tiefen Falten. Sie muß einmal sehr schön gewesen sein.

»Sie ist nicht verschwunden, Schätzchen. Sie starb, kurz nachdem Alberto zurückkam.« Mrs. Harris, nun Feuer und Flamme, machte einen theatralischen Schritt vorwärts.

»Sehen Sie, er war im Krieg ... kämpfte für die anderen. Oh, es hat hier einen fürchterlichen Skandal gegeben.«

»Die anderen?«

»Die Faschisten, Schätzchen.«

»Ach, das ist doch unerheblich. Das Problem war, daß Leonie, als er zurückkam, schwanger war ...«

»... aber dummerweise nicht von ihm.«

Alles um mich herum begann sich zu drehen. Ich dachte an das Gesicht, das mir aus dem Badezimmerspiegel entgegengeblickt hatte, an meine schwarzen Augen voller Schmerz, meinen gewaltigen Bauch unter dem weißen Hemd. Ich wollte gar nichts mehr hören. Doch die beiden alten Damen bestanden darauf, nun auch noch den Rest zu erzählen.

»Harry Whittle, jawohl. Er war der Schuldige.«

»Harry war ein ziemlicher Schwerenöter. Konnte wunderbar Süßholz raspeln. Er kriegte die Ladies immer rum.«

»Arme Leonie. Sie sprach die Sprache kaum und glaubte, daß er es ernst meinte, aber als Alberto nach Hause kam ...«

»Es war entsetzlich!«

»Ja, das kann man wohl sagen. Noch Jahre später wurde darüber getuschelt.«

Ich konnte es nicht mehr aushalten. »Was ist denn passiert?«

»Nun, Alberto war erst einen Tag wieder daheim, als ...«

»Sie hat versucht, das Baby loszuwerden, wissen Sie, und zwar auf die brutale Art.«

»Alberto fand sie im Badezimmer.«

»Er kam mit ihr auf dem Arm aus dem Haus getaumelt, und er schrie!«

»Ich weiß noch genau, wie ihr Haar herabhing. Sie hatte wunderschönes schwarzes, langes Haar.«

»Sie ist verblutet, das arme Ding, es war nichts mehr zu

machen. Alberto trauerte monatelang. Er hat sie geliebt, wissen Sie. Er hatte sie trotzdem noch haben wollen. Mit Kind und allem.«

»Das hat er jedenfalls später gesagt. Danach.«

Leonie. Ich hatte durch ihre Augen geträumt. Mein Bauch war der ihre geworden. Ich lief, Mrs. Harris' Paprikapulver fest umklammert, nach Hause. Mir drohte sich der Magen umzudrehen.

Adrian wartete bereits auf mich. Er war nackt, hatte nur ein Handtuch um seine Hüften geschlungen und hielt die tropfende Badeseife in seiner Hand. »Was hat das zu bedeuten?« Er hielt mir den gelben Würfel entgegen. Lange schwarze Schamhaare klebten daran.

»Das sind nicht meine.«

»Das sehe ich.«

»Adrian, ich habe keinen Liebhaber.«

»Und wie kommen die dann hierher?«

»Ich weiß es nicht.«

Er wirbelte herum und ließ die Badezimmertür mit einem lauten Krachen zufallen. Der Spiegel im Flur klirrte bei der Erschütterung.

Ich starrte auf den Eintopf und streute das Paprikapulver ein. Es rieselte wie roter Schnee herab und setzte sich auf der zähen, blubbernden Flüssigkeit ab. Leonie Mantilli mußte mindestens im vierten Monat schwanger gewesen sein. Ein Schmerz schoß durch meine Bauchdecke, und ich sackte gegen den Herd.

• • •

Adrian ißt schweigend. Er stochert lustlos auf seinem Teller herum. Ich möchte ihm so gerne von den Mantillis erzählen, möchte ihm davon berichten, wie ich das erste Mal jemanden von der anderen Seite sah. Aber schon als ich die Sätze im Geiste formulieren will, muß ich aufgeben. Adrian ist ein realistischer Mann, der nur Fakten gelten läßt. Nun legt er seine Gabel hin.

»Es ist derselbe Mann, der auch meinen Rasierer benutzt hat, nicht wahr?«

»Adrian, ich habe keine Affäre.«

»War er hier bei dir, während ich in Canberra war? Ist es das, was du hier getan hast?«

»Bitte glaub' mir doch. Ich gehe nicht fremd.«

»Und wie erklärst du dir dann die Haare und das Fett?«

»Welches Fett?«

»Ich habe in meinem Kamm irgendeine widerliche Pomade entdeckt, und von mir ist die bestimmt nicht. Oder benutzt du seit kurzem Brillantine?«

»Schau, ich weiß, daß es sich ziemlich bescheuert anhören muß ...«, begann ich zögernd.

»Versuch's trotzdem.«

»Es ist ein Geist. Ich glaube, daß es in unserem Haus spukt!«

»Das ist doch lächerlich, Jodie. Fällt dir wirklich keine bessere Geschichte ein?«

Als er aufspringt und hinausstürmt, zerschellt sein Teller auf dem Boden. Ich sitze da und starre in mein Weinglas. Es sieht so kühl und ruhig aus darin – wenn ich nur hineintauchen könnte. Draußen höre ich, wie der Motor seines Autos aufheult. Ich will nicht allein sein. Ich will in diesem Haus nicht allein bleiben.

Ich sitze nackt auf der Bettkante. Sage mir, daß ich Jodie heiße. Ich fahre mit den Fingern durch mein Haar, mein schulterlanges, blondes Haar, taste mein Gesicht ab, befühle den Rücken meiner kurzen Nase, meine vollen, runden Wangen. Ich presse meine Handflächen gegen meine hochangesetzten Brüste, fühle ihr Gewicht. Beide Hände legen sich auf meinen Unterbauch. Ich weiß, daß darin nichts wächst.

Im Schatten bewegt sich etwas. Ich erstarre, spähe angestrengt in die Dunkelheit. An der Schlafzimmertür steht ein Mann. Er ist klein und dunkelhaarig, seine Augen haben ein warmes Braun, sein Haar glänzt. Er ist etwa Ende Dreißig und trägt einen altmodischen Anzug mit einem gestärkten weißen Hemd unter einer Weste. In der einen Hand hält er einen abgewetzten Lederkoffer, in der anderen einen Filzhut. Er zwinkert mir zu, übertrieben langsam, dann lächelt er, und seine weißen Zähne blitzen in seinem gebräunten Gesicht auf.

Ich fahre herum. Ein geknickter Adrian sieht mich verlegen an. »Ich bin stundenlang herumgefahren, bis ich begriffen habe, daß ich nicht weiß, wo ich hin soll.«

Ich drücke ihn an mich. Sein Körper, zuerst steif, wird nachgiebig. Seine Händen kriechen hinauf zu meinen Brüsten. Wir fallen aufs Bett. Ungeduldig zerre ich sein Hemd aus der Hose, öffne den Reißverschluß. Mein Gesicht schmiegt sich an seine Hoden, sein Penis, noch schlaff, liegt weich an meiner Wange. Ich nehme ihn in den Mund und spüre, wie er langsam hart wird. Er zieht mich hinauf zu seinem Mund, und wir küssen uns. Seine Zunge fährt an der Innenseite meiner Lippen entlang.

Er legt meine Füße auf seine Schultern, packt meine Waden und spreizt meine Beine noch weiter. Dann dringt er in mich ein. Es fühlt sich an, als würde mein ganzer Körper um die geschwollen Spitze seines Schwanzes rotieren und jeden Millimeter seiner Haut auskosten, als er langsam hinein- und wieder hinausgleitet. Jemand saugt an meinem Kitzler. Ich renke mir beinahe den Hals aus, um zu sehen, ob Adrian mich liebkost, doch seine Hände umspannen meine Knöchel. Ich keuche auf – eine Zunge leckt genüßlich die Knospe, um sie dann ganz in den Mund zu nehmen. Ich bin trunken vor Lust. Das ist nichts Rationales; nichts berührt mich dort unten, und doch spüre ich den Atem eines Mannes, der über meine Haut streicht, seine Lippen um meine Klitoris, während Adrian an Tempo zulegt. Mein Inneres zieht sich in konvulsischen Zukkungen zusammen. Ich komme in heftigen Kontraktionen. Ein Schrei entspring meiner Kehle und hallt in der Dunkelheit wider.

Er liegt von mir abgewandt auf der Seite, und ich schmiege meinen Bauch an seinen Rücken. Ich starre die Wand an.

Ich denke an die Gestalt, die ich an jenem Morgen mit Robin in den Bergen gesehen habe.

Ich sehe es rot meine Beine hinunterströmen. Ich sehe eine Badewanne voller Blut.

Mein Liebhaber regt sich. »Leonie, sono a casa.«

Und ich höre mich antworten: »Si, Alberto, si.«

Ice-Cream

Der lange, altmodische Bus, der vor der roten Ziegelmauer der Schule wartet, glitzert stahlgrau im Sonnenlicht. Der Sommernachmittag ist erfüllt vom schrillen Lärm der Zikaden.

Die typischen 50er-Jahre-Schutzbleche, die in Rot und Blau lackiert sind, ziehen sich über die ganze Länge des Busses. Oberhalb des Kühlergrills prangt die silberne Figur einer zierlichen Ballerina. Tinkerbell nennen die kleinen Mädchen sie. Eine Seite des Busses ist offen, um die verschiedenen Eisbehälter zu präsentieren, die sich knapp außerhalb der Reichweite von Kinderarmen befinden.

Über der Tafel, auf der Schoko mit Krokant, Premium-Vanille mit Himbeersauce und Schoko-Nuß-Träume angepriesen werden, hängt ein handgemaltes Schild, das mit tanzenden Clowns und leuchtendroten Ballons verziert worden ist: Jeromes hausgemachte Eiscreme, das beste Eis in Illinois. Unter dem Schild, durch die beiden Fenster, die die offene Lade des Wagens flankieren, ist Jerome selbst zu sehen. Er ist gerade damit beschäftigt, riesige Plastikcontainer für den bevorstehenden Drei-Uhr-Ansturm mit Eis aufzufüllen.

Jerome nimmt die große Eiskelle und preßt sie in das Tiefgefrorene. Es knirscht. In der kalten Luft, die ihm aus der Truhe entgegenschlägt, schaufelt er das Eis in die Plastikbehälter, die sich direkt unterhalb des Tresens befinden. Die Muskeln seiner nackten, gebräunten Arme treten hervor, als er den nächsten schweren Behälter anhebt. Sein T-Shirt läßt seinen Hals, kräftig und gut proportioniert, sowie die massigen Schultern unbedeckt. Oberhalb des Ausschnitts lockt sich das schwarze Haar, das wie ein Pelz seine ausgeprägten Brustmuskeln bedeckt. Schweißperlen kleben auf seiner Stirn. Seinen Kopf zur Seite gelegt, zeigt Jerome seine kleinen Ohren, die dicht am Schädel anliegen. Die durchscheinenden Ohrmuscheln sind von der Hitze gerötet. Seine Wangen, zwei kantige, hervortretende Knochen, die auf einen entfernten mongolischen Vorfahren schließen lassen, stechen markant hervor. Unter dichten schwarzen Brauen wechselt die Farbe seiner großen, leicht mandelförmig geschnittenen Augen je nach Lichteinfall von Blau zu Grün. Heute sind sie definitiv Aqua – Strudel aus Licht um das Tiefschwarz der Pupillen, das wie Öl auf Wasser ins tiefe Grün sickert.

Seine Nase wurzelt unterhalb der Augenbrauen, der Rükken ist gerade und kräftig.

Sein Mund gleicht einer dunkelroten Schlucht, die die kantigen Flächen seines Gesichts in eine rauhe, asymmetrische Schönheit verwandelt. Die Unterlippe ist voller als die obere. Prall steht sie vor, droht beinahe wie eine reife Feige aufzuplatzen. Die Oberlippe ist schmal und ruht in anmutiger Zurückhaltung auf ihrer üppigen Gefährtin.

Etwas Eis schmilzt und rinnt über die Unterlippe, bevor es als Tropfen zu Boden fällt. Eine Sekunde zuvor hat sich Jerome den Finger abgeleckt – den Finger, der plötzlich tief in das Eis eingetaucht ist, um dann in diesem dekadenten Mund zu verschwinden. Wie aufs Stichwort ist das Quietschen von

Bremsen zu hören, als ein Wagen hinter dem Bus zum Stehen kommt. Er muß den Kopf nicht wenden, um zu wissen, wer dort angekommen ist. Er lehnt sich einen Moment, wie um sein Gleichgewicht zu stabilisieren, an die Holzverkleidung der Innenausstattung des Busses. Angestrengt versucht er, seinen Puls unter Kontrolle zu bekommen, dessen plötzliches Jagen seine Erregung verrät. Sein Penis, der sich bisher schlaff an seinen warmen Schenkel unter der Jeans geschmiegt hat, wird härter. Der rauhe Stoff scheuert über die glatte, samtige Kuppe.

Jerome starrt in den Eisbehälter, auf die Himbeerstreifen, die sich durch die dicke, gelbe Creme ziehen. Unwillkürlich muß er an Fleisch denken, durch das sich ein Netz von Adern spinnt, welche unter blasser Haut das Blut vom Herzen zum Hirn und wieder zurück transportieren. Man hört, wie eine Autotür zugeschlagen wird, dann fernes Hupen, als sich ein zweiter Wagen nähert. Irgendwo in der Nähe wirft jemand einen elektrischen Rasenmäher an.

Jerome blickt hinauf zu der großen Uhr, die über den Kartons mit Hörnchen hängt. Viertel nach zwei. Er lockert seinen Gürtel. Ein weiterer Wagen kommt auf der anderen Straßenseite zum Stehen. Jerome öffnet den Eisschrank. Er taucht eine Hand in einen der Kübel mit Eis und zieht vorsichtig etwas zwischen Daumen und Zeigefinger hervor, das kurz im Licht aufblitzt. Es ist ein Silberring, zu groß für einen Finger, zu klein für ein Handgelenk. Er hält ihn an sein Auge.

Drei Paar weicher Brüste pressen sich gegen drei Lenkräder. Drei Münder zucken in nervöser Erwartung. Drei Schamlippenpaare werden in dem Augenblick der Stille, bevor Bewegung einsetzt, feucht. Jerome öffnet seine Hose. Sein Schwanz steht im rechten Winkel von seinem Körper ab, das pralle Fleisch wirkt wie ein Fremdkörper im Kontrast zu seiner Jeans. Jerome packt den Schaft mit seiner linken Hand fest am Ansatz. Seine Rechte beginnt, seinen Schwanz zu liebkosen, gleitet aufwärts, über die Kuppe, wieder abwärts. Er beugt sich über die Plastikwanne mit Eis, holt eine Handvoll heraus und reibt es langsam über seinen heißen Schwanz. Die Kälte jagt ihm kleine Wonneschauer über den Rücken. Auf und ab bewegt sich die klebrige Faust, immer wieder gleitet sie über die tiefrote Kuppe. Mit der linken Hand schiebt er den Ring über die Spitze und bis zum Ansatz hinunter. Nun ist er bereit. Draußen fallen drei Autotüren zu.

Die erste Frau bleibt neben ihrem grünen Ford stehen, ihr Blick gleitet zwischen dem stahlgrauen Bus und den anderen beiden Frauen hin und her. Ihr blondes Haar hängt in Fransen über die Augen, ihre schmale, nervöse rechte Hand spielt mit einer kleinen roten Ledertasche. In ihrem Kopf herrscht Stille.

Die zweite Frau fängt den Blick der ersten auf und lächelt – nur ein leichtes Zucken der Lippen, um der anderen Mut zu machen. Leicht verschwitzt streicht sie ihr braunes, gewelltes Haar zurück. Dies hier gehört mir, denkt sie, während sie das Gewicht ihrer gutgepolsterten Hüften auf die Ferse ihres linken Fußes verlagert. Diese Erfahrung gehört mir. Dies ist mein Nachmittag. Sie spürt die Nässe unter den Armen und zwischen den Beinen. Die Sonne brennt auf die dünne Haut ihrer Schultern. Sie sehnt sich nach Kühle.

Die dritte, eine kurvenreiche Inderin, hebt einen Arm über den Kopf und enthüllt dabei einen üppigen Busch tiefschwarzer Achselhaare. Dann bückt sie sich und richtet die Riemen ihrer flachen Ledersandalen. Der Sonnenhut, den sie getragen hat, fällt ihr vom Kopf und wird von einer heißen Brise davongetragen, bis er vor den riesigen Reifen des Busses liegenbleibt. Sie setzt sich in Bewegung, um sich den Hut zurückzuholen.

Das ist das Signal. Die Brünette geht nun ebenfalls auf den Bus zu, die Blonde folgt ihr. Alle drei steuern die Seitentür des Fahrzeugs an. In der Ferne verrät das Läuten der Schulglocke, daß die letzte Stunde beginnt.

Jerome zieht die große Luke an der Seite zu. Lautlos schiebt er den Riegel an der Seitentür zurück. Dann setzt er sich breitbeinig auf seinen Tresen, so daß sein Schwanz wie ein seltsames, purpurfarbenes Eis am Stil aus seinem Hosenschlitz ragt.

Die rostigen Angeln der Tür quietschen in der Hitze. Die Inderin schlüpft selbstbewußt herein, und das Licht färbt die Schatten auf ihrem Gesicht zu einem marmorierten Blau. Dann kommt die Blonde, kleiner und zartgliedriger, und bleibt an der Wand stehen. Ihre Wangen haben die Farbe von Jeromes Vanillecreme, gedeckter als Sahne, wärmer als Weiß. Zuletzt klettert die Brünette, die die beiden anderen überragt, geräuschvoll ins Innere. Der Bus schwankt leicht unter der Bewegung. Die drei Frauen stehen in einem Dreieck zueinander. Keine sagt ein Wort. Die Inderin greift in die Truhe und holt eine Familienpackung Eis heraus. Sie reißt die silbrige Verpackung mit den Zähnen auf und schleudert den mit Schokoglasur umhüllten Block auf die Marmorplatte neben Jerome. Dabei wirft sie den anderen einen Seitenblick zu. Kalte Luft steigt wie Nebel von dem Eisblock auf.

Wieder ist sie es, die damit ein Signal gibt. Eine Frau tritt hinter sie und streift ihr das lockere Seidenhemd ab. Braune Brüste kommen zum Vorschein, Schweiß glänzt zwischen ihren schmalen, mokkafarbenen Schulterblättern. In gemächlichen synchronen Bewegungen treten die drei Frauen aufeinander zu. Die Brünette zieht den Rock der Blonden herab, zerrt ihn über die Hüften und läßt ihn zu Boden fallen. Gleichzeitig öffnet die Inderin den BH der Braunhaarigen.

Weiße Brüste quellen hervor. Jerome sieht schweigend zu und zittert leicht in der vibrierenden Luft. Einen Sekundenbruchteil lang erstarren alle Frauen bewegungslos.

Eine Ecke des Eisblocks schmilzt in der Hitze.

Die Braunhaarige nimmt sich eine Handvoll davon, beugt sich vor und streicht es auf Jeromes pralles Glied. Sie umschließt die Spitze mit den Lippen und fährt mit ihrer Zunge den Schaft entlang. Jerome legt sich zurück, während ihm das Blut in den Hals, dann in die Wangen und schließlich in die schweren, geschlossenen Augenlider steigt. Hinter der knienden Brünetten drückt die Blonde gefrorene Kirschen gegen das dunkle Fleisch ihrer Freundin, deren Brustwarzen sich langsam aufrichten, als der kalte rote Saft herabrinnt, um sich mit den Schweißperlen auf ihrem Bauch zu vermischen. Ihr Kopf lehnt an der stählernen Kühlschranktür, ihre Augen sind vor Lust verschleiert, und sie keucht, als die kleine Blonde beginnt, mit der Frucht Kreise zu ziehen. Jerome beugt sich hinab, packt mit seinen großen Händen die Braunhaarige und zieht sie auf seinen Schoß. Sie spreizt die Beine, und die anderen beiden Frauen senken sie langsam auf seinen Schwanz hinab.

Ein kleiner Brocken Eis löst sich von dem großen Schokoblock.

Langsam bewegt er sich in ihr. Ihr Geschlecht ist vollkommen aufgeblättert, ihr Rücken durchgebogen, der Kopf mit dem gewellten braunen Haar zurückgeworfen. Die anderen zwei Frauen heben sie an den Schenkeln langsam auf und ab. Die Blonde streckt ihre rechte Hand aus und beginnt behutsam, an der geschwollenen Klitoris zu zupfen. Ein tiefes Stöhnen durchbricht das Schweigen. Schweiß rinnt zwischen den Brüsten der Frauen hinab, während sie sich synchron bewegen und Jeromes Schwanz in ihrer Mitte immer wieder in die Öffnung hinein- und hinausgleitet.

Ich lebe in meiner Haut. Ich denke nichts, fühle nichts außer ihn, der in mich eindringt, jede Pore seiner samtigen Haut, denkt die Brünette. Jeder Gedanke ist ein silbriger Fisch, ein Aufgleißen in der Hitze der Empfindungen. Bald verliert sie sich ganz im Gefühl, wird ganz Vulva, ihr Geist ist nur noch ein enormer Muskel, der sich bei jedem Stoß zusammenzieht. Sie kommt, sie kommt.

Ihre flatternden Lider, ihr Stöhnen sind unmißverständlich, und ihre Freundinnen fühlen mit ihr, bewegen sich im Einklang. Sie wollen genommen werden. Die Blonde nimmt sich ein Stileis, läßt sich plötzlich auf die Knie fallen, spreizt die Schamlippen ihrer ungeduldigen Freundin und berührt deren Klitoris. Mit einer Hand reißt sie das Papier von dem Eis und schiebt die blaue Spitze in die nasse Öffnung des geschwollenen Geschlechts der Frau. Die Inderin greift ins Haar der Blonden und drückt deren Kopf gegen ihre Möse, wo sich das Salz der Vagina mit dem Zuckersirup des Wassereises mischt. Schneller, immer schneller, stößt die Blonde das Eis hinein, während ihre heiße Zunge über die Klitoris leckt.

Ich werde in einer Explosion der Lust vergehen und dann als eine Zuckerprinzessin zerschmelzen, um aufgeleckt zu werden, denkt die Inderin.

Irgendwo hinter ihnen kommt die Braunhaarige schreiend.

Die Inderin schlingt ihre Schenkel um die Blonde und drückt deren Kopf fest gegen ihr Geschlecht. Jerome löst sich von der Brünetten und preßt seinen Schwanz zwischen die Pobacken der knienden Blonden, während die Inderin den beiden zusieht. Die Blonde räkelt sich geschmeidig wie eine Tänzerin, und ihre Gestalt spiegelt sich in dem polierten Metall der Kühlschranktür wider, als Jerome in sie eindringt. Der Mund der Blonden bewegt sich im Rhythmus von Jeromes Stößen, die Zunge schnellt vor und zurück. Außer ihrem Keuchen ist nichts zu hören, als sie sich immer schneller, immer wilder bewegen und die Erregung sich aufbaut. Dem Orgasmus nah, zieht die Blonde das Eis aus der Inderin und drückt es gegen den Anus, wobei sie die Schenkel der anderen hochdrückt, so daß Jerome zusehen kann. Die Blonde senkt den Kopf, stößt das Stileis in den Anus der Inderin und beginnt gleichzeitig, an der Klitoris zu saugen. Jerome rammt seinen Schwanz in das Arschloch der Blonden. Alle drei kommen gleichzeitig in einem kollektiven Schrei, und die Erschütterung läßt Hunderte von Eishörnchen aus der Kiste auf die Gestalten im Bus herabregnen.

Draußen fährt Quin in seinem gemieteten Mustang an dem alten, silbernen Bus vorbei. Einen Moment lang fragt er sich, warum das Fahrzeug schwankt, denkt sich aber nichts weiter dabei und fährt weiter Richtung downtown. Eine Möwe hockt sich auf die Kante des Dachs. Sie neigt den Kopf, um sich das Gefieder zu putzen, als eine plötzliche Bewegung sie aus dem Gleichgewicht bringt. Entrüstet fliegt sie davon.

Tulpen

Deirde war Mischa aufgefallen, schon lange, bevor sie sich wirklich kennenlernten. Mit Schüchternheit geschlagen, die er mit Arroganz überspielte, beobachtete er, versteckt hinter Eimern mit Iris, wie sein Onkel sie bediente. Sie war von einer Aura der Trauer umgeben, die ihn augenblicklich für sie einnahm. Ihm war diese Reglosigkeit, die sich wie ein feiner Nebel über sie legte, sobald sie zu reden aufhörte, nur allzu vertraut. Er wußte, auf was sie sich konzentrierte, sobald ihre Augen diesen geistesabwesenden Ausdruck annahmen.

Doch so sehr wie er einsam war, wirkte sie selbstgenügsam. Würde sie ihn jemals bemerken?

• • •

Alles an Deidre war makellos und stromlinienförmig, als achte sie sorgfältig darauf, daß sich keine natürliche Rundung durch die gebügelte Bluse und das Kostüm abzeichnen könne. Es hatte in ihren jüngeren Jahren, in den 70ern und Anfang der 80er, schon genug Dramen gegeben. Damals war sie verheiratet gewesen. Dave und Deidre. Sie waren eins jener Paare, die als perfektes Team galten. Sie führten sogar gemeinsam ein Geschäft für Innenausstattungen und Dekorationen: Dave war der Designer, Deidre kümmerte sich um Buchhaltung und Rechnungswesen. Ihre Ehe war ein angenehmer Taumel aus Arbeit und Parties, alkoholseligen Kreuzfahrten und Sonntagnachmittagen im Bett, an denen sie Pot rauchten und die Lifestyle-Seiten der Zeitung durchgingen. Sie wurden zusammen reich, und Deidres Arbeit entwickelte sich immer weiter über pure Buchhaltung hinaus, bis sie schließlich Kunden akquirierte. Alles lief bestens.

Bis sie die Pille vergaß.

In derselben Woche, in der sie herausfand, daß sie schwanger war, gestand Dave ihr, daß er eine Affäre hatte. Bereits einen Tag später erfuhr sie, daß seine Geliebte ein Mann war. Nach der Abtreibung – ein Ereignis, um das zu trauern sie sich strikt weigerte – reichten sie die Scheidung ein. Deidre, die noch immer unter Schock stand, war so zuvorkommend, so vernünftig, was die ganze Geschichte anging, daß selbst Dave ihr nahelegte, sie solle sich einen Anwalt nehmen, der sie bei der Aufteilung ihrer gemeinsamen geschäftlichen Angelegenheiten vertreten könne.

Das war 1982 gewesen. Ein ehemaliger Kunde, der von Deidres Unverfrorenheit beeindruckt gewesen war, bot ihr bei der Handelsbank, bei der er selbst arbeitete, einen Job an. Nun, fünfzehn Jahre später, war sie noch immer dort. Es war eine schwierige Karriere gewesen, und obwohl es ihr schließlich gelungen war, den Respekt ihrer Angestellten zu gewinnen, mißgönnten ihr die jüngeren Männer, die mit ihr arbeiteten, die Position, die sie für sich errungen hatte. Gerüchte über ihre sexuelle Frigidität waren im Büro gang und gäbe; hinter ihrem Rücken nannte man sie »die Schneekönigin«. Deidre war es im Laufe der Jahre gelungen, sich gegen die traurige Tatsache, daß sie niemals zu den Hochzeiten, Dinerparties und Jubiläumsfeiern eingeladen wurde, abzuschotten, indem sie dies schlicht als einen Mangel an Erziehung und Stil jener karrieregeilen Jungbanker betrachtete. Deidre war ein Snob; dies war ihr Anker in einer Welt, die ihr immer fremder, immer verwirrender erschien.

• • •

Sie betritt den Platz. Es ist ein herrlicher Tag, nicht zu heiß, vom Hafen her weht ein leichter Südwind herein. Sie bewegt sich auf ihren Lieblingsblumenstand zu, der sich neben der alten Statue – einem Eber aus Bronze – befindet, die irgendein italienischer General dem Land New South Wales gestiftet hat. Sie geht immer zu diesem Blumenstand, und weil sie Stammkundin ist, bekommt sie bei Mr. Gretchka Rabatt. Mr. Gretchka ist ein schon etwas älterer Russe, der erst vor fünf Jahren hierher ausgewandert ist. Deidre vermutet, daß er für diesen Job am Blumenstand eigentlich überqualifiziert ist. Er spricht sehr schlecht Englisch, doch seine Begeisterung für Australien und seine Freude darüber, aus Rußland heraus zu sein, ist erfrischend.

Sie bleibt einen Moment vor der Statue stehen. Die Bronzeschnauze des Ebers ist von den vielen hoffnungsvollen Händen, die darüber gerieben haben, blankpoliert. Es bringt Glück, die Nase zu reiben und sich dabei etwas zu wünschen. Interessanterweise glänzt auch die Penisspitze des Wildschweins, blankgerieben von etwas forscheren Passanten, die sich wünschten, ihre Einsamkeit durch irgendeine sexuelle Eroberung erträglicher machen zu können. Sie zögert. Normalerweise würde sie nun die Schnauze berühren, doch irgend etwas in ihr lehnt sich auf, eine Art Verärgerung, Trotz, etwas, das gegen die kleinen alltäglichen Gewohnheiten, die ihr Leben ausmachen, rebelliert. Bevor sie sich zurückhalten kann, streckt sie den Arm aus und berührt die Spitze des Eberpenis.

»Doppeltes Glück«, sagt Mischa. Erschrocken wirbelt sie herum. Neben dem Blumenstand steht ein kräftiger junger Mann, der aussieht, als komme er aus Osteuropa. Er ist attraktiv, aber entsetzlich gekleidet: Seine Siebziger-Jahre-Jeans endet auf unvorteilhafte Art und Weise bereits oberhalb der Fußknöchel.

»Das Glück begünstigt die Tapferen.« Er blinzelt ihr zu. Einen Moment lang muß Deidre gegen den Impuls ankämpfen, sich fragend umzuschauen, dann bleibt ihr nichts anderes übrig, als einzusehen, daß die Bemerkung ihr gegolten hat.

»Ich bin Mr. Gretchkas Neffe. Aus Rußland. Sie wollen Blumen, ja? Er hat mir von Ihnen erzählt. Sie sind eine besondere Kundin.«

»Ich brauche etwas für meine Mutter. Sie hat heute Geburtstag.« Während sie sich über die Blumen beugt, bemerkt sie, wie sehr die zögerlichen Gesten des Jungen mit seinem forschen Verkaufsgehabe kontrastieren, welches, wie sie vermutet, auf Anweisungen seines Onkels oder den Genuß zu vieler schlechter amerikanischer Filme zurückzuführen ist.

Er schlägt Christrosen vor, aber die erinnern sie zu sehr an Beerdigungen. Sie ziehen Hyazinthen in Betracht, denken über einen bunten Frühlingsstrauß nach, während sie über das Wesen der Blumen und ihre jeweilige gesellschaftliche und psychologische Bedeutung diskutieren.

»Narzissen zum Beispiel. Sie haben nichts Subtiles. Sie sind die Prostituierten unter den Blumen. Sie schießen rasch aus dem Boden empor, blühen in grellen Farben, stehen gerade einmal eine Sekunde des Jahres am Straßenrand, und dann – paff! – sind sie weg! Verschwunden. Huren! Es ist besser, eine Blume zu kaufen, die loyal ist, Würde hat und weit länger bei einem bleibt. Wie eine Lilie. Oder eine noch geschlossene Tulpe.«

Sein Tonfall, seine körperliche Nähe, das Tremolo, mit dem er spricht, und sein feiner Sinn für Humor entzünden etwas in ihrem Körper. Zuerst hat Deidre schreckliche Angst, daß er es bemerkt. Als würde sie plötzlich selbst – gleich einer verblühenden Rose – einen Duft ausströmen, der anlocken soll. Als er ihr einen Fliederstrauß überreicht, berühren sich ihre Hände für den Bruchteil einer Sekunde. Ein Funken vergrabener Lust springt über. Keiner von beiden kann ihn ignorieren.

Sie tritt einen Schritt zurück, während sie sich innerlich tadelt. Benimm dich nicht lächerlich. Du könntest seine Mutter sein.

»Und heute abend? Haben Sie Zeit?«

»Was?«

»Entschuldigung, das war sehr unangebracht. Eine Frau wie Sie ist sicherlich sehr beschäftigt, ja?«

»Ja.«

»Bitte?«

»Ja, gehen wir aus. Ich treffe Sie um acht am Circular Quay.«

Jetzt sind sie raus, die Worte. Ihr Herz hämmert schmerzhaft unter dem gestärkten Leinenkostüm. Du stellst dich ja schlimmer an als beim Abschluß eines wichtigen Geschäfts!

»Gut. Um acht also.«

Sie geht mit Tulpen davon, leicht berauscht durch die unbekannte Kombination von Chemikalien, die durch ihre Adern strömt. Ein Date. Zum ersten Mal seit fünf Jahren.

Mischa blickt ihr hinterher. Sie erinnert ihn an eine weiße

Lilie, deren große Blüte stets von dem hohen, allzu zerbrechlichen Stengel fortzuwehen droht. Ein blasses, ernsthaftes Gesicht, das auf einem langen Hals sitzt. Oft schon hat er davon geträumt, dieses feine Haar anzuheben, sie von den Lippen bis zu den Brüsten überall zu küssen. Er würde es ganz langsam tun, würde den Tau ihrer Haut sammeln, wie Bienen den Nektar der Blüten sammeln.

• • •

Sie wurde zweiundachtzig, obwohl sie offiziell seit zwei Dekaden Ende sechzig war. So weit es sie betraf, befand sie sich in der Mitte des Universums, und alles andere hatte sich um sie zu drehen. Deidre kam zehn Minuten zu spät.

»Malvenfarben? Nun, das ist sehr ungewöhnlich, obwohl Tulpen natürlich etwas ziemlich Ordinäres haben.«

»Mutter, ich habe es aufgegeben, dir etwas recht machen zu wollen.«

»Das ist nicht zu übersehen.«

Es war unmöglich, sie zufriedenzustellen. Deidre wußte das, tappte jedoch jedes Mal in dieselbe emotionale Falle. Es mußte biologisch festgelegt sein – vielleicht eine Art genetisch bedingter Neid –, der Mütter stets glauben ließ, daß nichts, was ihr Töchter taten, je gut genug sein konnte.

»Wie geht's Wallace?«

»Fein. Er hat gestern nacht zwei Stunden gebraucht, aber seine Prostata hat durchgehalten.«

Wallace war der siebenundachtzigjährige Freund ihrer Mutter. Sie hatte ihn im Casino während eines Seniorenabends kennengelernt. Wallace war hoffnungslos verliebt in die recht umtriebige Ethel, die ihm hin und wieder sexuellen Kontakt gewährte.

»Du solltest dir wirklich endlich einen richtigen Freund suchen. Vorzugsweise einen jüngeren. Es ist nicht gesund, so lange Zeit vom Kopf abwärts inaktiv zu sein.«

»Ich bin nicht inaktiv.«

»Und diesen letzten Flop, den du dir geleistet hast! Ich wußte es in dem Moment, als ich ihn das erste Mal sah, aber du wolltest ja nie hören! Homosexuell! Kein Wunder, daß er sich so gut auf Tapetenmuster verstand.«

»Raumausstattung, Mutter, wie oft soll ich dir das noch sagen? Im übrigen habe ich einen Freund.«

Augenblicklich bereute Deidre, was sie gesagt hatte, aber die Worte waren heraus.

»Hast du nicht.« Ethel mümmelte an ihrem Kuchen. Einen schrecklichen Moment lang befürchtete Deidre, daß ihrer Mutter die Zähne herausfallen würden. Das war bereits vorgekommen.

»Noch nicht offiziell, aber ich gehe mit jemandem aus. Heute abend übrigens.«

»Er will bloß dein Geld.« Deidre haßte das demoralisierende Gefühl, das ihre Mutter stets mit solchen Bemerkungen hervorrufen konnte.

»Vielleicht mag er mich einfach«, warf Deidre ein, obwohl sie selbst nicht wirklich überzeugt klang.

»Vielleicht. Es ist wohl nicht gänzlich unwahrscheinlich, daß er dich attraktiv finden könnte. Wer weiß, vielleicht legt er dich ja sogar flach. Aber schließlich könnte es auch in der Sahara schneien.«

Muttermord als Lösung erschien noch nie zuvor so verlokkend wie gerade jetzt.

Eine Weile beobachtete Deidre die Gestik ihrer Mutter, die sich nun grummelnd über Steuerbehörden beschwerte. Schließlich driftete Deidre, eingelullt durch den Duft der Tulpen und des Talkumpuders, das ihre Mutter im Überfluß verwendete, in ihre eigene Gedankenwelt ab. Die faltige Haut um die verkniffenen Lippen ihrer Mutter – die strenge Linie ihres ewig mißbilligend wirkenden Mundes, die darauf schließen ließ, daß alle Last dieser Welt auf dieser Frau ruhte –, riefen Deidre in Erinnerung, daß auch sie nicht jünger wurde. Schon jetzt konnte sie bei sich erste Anzeichen derselben Falten zwischen den Brauen und um die Nase herum erkennen.

Das Großartige, das Epische, das war es, wonach sie sich sehnte. Sie wollte weg, nur weg – weg von ihrer streitsüchtigen Mutter, weg von dem schalen Geschmack der Mittelklasse und des Verfalls, weg von der Bank mit ihrer Treibhausatmosphäre, die sich nicht um die natürlichen Zyklen des Lebens kümmert.

Ethel rülpste diskret. Die Uhr schlug. Deidre küßte die trockene Stirn ihrer Mutter, und einen Moment lang schwebte zwischen ihnen beiden ein Hauch von Bedauern; Bedauern um all die Vertraulichkeiten, die auszutauschen sie sich einander nie die Zeit gegönnt hatten; Bedauern um eine Entwicklung, die es beiden unmöglich gemacht hatte, die Differenzen beizulegen und Freundinnen zu werden. Ethel versank einen Moment lang in die Erinnerung an das kleine Mädchen, dessen Haare sie immer aufgedreht hatte, schüttelte sich dann jedoch, um wieder in die Realität zurückzukehren. Dann streichelte sie kurz die Hand dieser Frau, ihrer Tochter, die so angespannt, ungeliebt und traurig aussah. Möge Gott ihr Freude bringen, betete die alte Frau.

• • •

Deidre zog die Spiegeltür ihres Schranks auf und blickte lange und mitleidlos auf ihre nackte Gestalt. Scharf, ohne Beschönigungen, spiegelten sich die Fakten der Zeit wider: Unmodern breite Hüften, die in lange, dünne Beine mündeten. Sie streckte eins aus und bewegte den Fuß. Ihre Beine waren das einzige, was ihr an ihrem Körper wirklich gefiel. Sie waren schön und schlank, und sie trug gerne kurze Röcke, um sie zu präsentieren. Noch war ihre Haut fest, und sie sah gut aus für ihre vierundvierzig Jahre. Sie drehte sich zur Seite und überlegte, wie ihr wohl eine Schwangerschaft stehen würde. Unmöglich, es sich vorzustellen. Nach der Abtreibung vor acht Jahren hatte sie sich vier unbefruchtete Eier entnehmen und einfrieren lassen. Jedes Jahr lag dafür eine Rechnung von gut tausend Dollar in ihrem Briefkasten.

Vier potentielle Babies.

Deidre wußte nicht genau, warum sie das getan hatte – vielleicht war sie einfach einem vagen hormonellen Impuls gefolgt, der irgendwo zwischen Pragmatismus und angeborenem Mutterinstinkt anzusiedeln war. Sich immer alle Optionen freizuhalten war ein Motto, nach dem sie lebte, und in ihrem Job als Banker hatte es ihr bisher gute Dienste geleistet. Acht Jahre später waren die Eizellen noch immer da.

Sie holte einen langen Rock und eine dünne Seidenbluse aus dem Schrank. Es war nicht zu gewagt; sie konnte durchaus ohne BH gehen, und ihre Brustspitzen würden unter der Seide kaum zu sehen sein. Jetzt das Parfüm, etwas Leichtes. Sie haßte die schweren, alles überdeckenden Düfte, die benebeln oder sogar zur Übelkeit reizen können. Schließlich wählte sie Chanel No.9; es war jugendlich genug, um zu ihrer eigenen unaufdringlichen Note zu passen.

Irgendwo begann ein Telefon zu klingeln. Sie betrat das Bad und fischte ihr Handy aus der Aktentasche.

»Lieber Himmel, wo bist du gewesen? Ich stecke mitten in einer Krise!«

Zoes dramatische Stimme hallte in dem geräumigen Bad wider. Deidre fügte sich resigniert. Manchmal hatte sie es satt, für andere die unbezahlte Psychotherapeutin zu spielen.

»Laß mich raten. Justin hat nicht angerufen!«

»Nicht Justin – das ist doch schon Wochen her! Der jetzige heißt Felix, und die Sache ist weit schlimmer. Genauer gesagt, die absolute Katastrophe!«

»Ist er mit deinen Aktienzertifikaten abgehauen?«

»Er hat mich mit der Krätze angesteckt. Im ganzen Haus wimmelt es von Milben.«

»Ihr praktiziert keinen Safer Sex?«

»Man kriegt so was nicht durch Sex. Du fängst dir die Viecher bei ganz normalen Aktionen ein. Zum Beispiel, wenn man die Beine aneinanderreibt oder unter derselben Decke schläft.«

»Klingt ja abstoßend.«

»Man nennt es Zuneigung, Deidre. Selbst du mußt dieses Gefühl ein- oder zweimal in deinem Leben erfahren haben.«

»Dabei dachte ich immer, du nimmst sie nur mit ins Bett, um Sex zu haben!«

Zoe brach in lautes Gejammer aus. Deidre, die an Zoes Ausbrüche gewohnt war, hätte auf die altbekannten Drohungen bezüglich Selbstmordes, Faceliftings und Auswanderung normalerweise mit den obligatorischen beruhigenden Lauten reagiert oder Zoe sogar einige Psychologen vorgeschlagen. Heute jedoch war sie nicht in der Stimmung, umgänglich zu sein.

»Ist es heilbar?«

»Ich muß meine Beine mit dieser scheußlichen Tinktur bestreichen, die nach Pferdepisse stinkt, und die ganze Bettwäsche waschen. Ich bin total sauer! Und ich fand ihn so nett!«

»War es der Maler?«

»Der Videoinstallationskünstler. Mit einem Maler war ich seit mindestens einem Monat nicht zusammen. Ich dachte wirklich, daß es dieses Mal etwas ganz Besonderes sei, wir paßten so gut zusammen. Wir fühlten uns richtig nah!«

»Nun, immerhin habt ihr eine Krankheit geteilt!«

»Gott, du bist so grausam.«

»Tut mir leid, ich wollte dich nur etwas aufheitern. Und jetzt rate mal, was ich heute abend vorhabe! Ich bin verabredet.«

»Dann hast du endlich den Dating-Service angerufen! Sehr schön. Ich wußte ja, daß es etwas bringen würde.«

»Nein, nein. Diese Sache hat sich spontan ergeben. Schicksal, weißt du.«

»Schicksal? Seit wann glaubst du denn an Schicksal?«

»Ich erzähle es dir morgen. Es bringt vielleicht Unglück, wenn ich jetzt zuviel davon rede.«

»Ich rufe dich morgen früh an und erwarte, daß der Hörer neben der Gabel liegt!«

»Ich bin nicht der Typ Frau, der gleich am ersten Abend mit jemandem ins Bett geht.«

»Darling, wenn du es nicht bist, dann eine andere. Da draußen herrscht das Gesetz des Dschungels!«

»Wenn er mich wirklich will, wird er warten müssen. Und jetzt muß ich mich beeilen, ich bin um acht verabredet!«

»Sei ungezogen, und wenn du nicht ungezogen sein kannst, sei schlimmer.«

Deidre starrte auf den Hörer und bereute es plötzlich, daß sie Zoe nicht gefragt hatte, wie man einen Mann am geschicktesten verführte oder wie man zumindest verführerisch wirkte. Das war es nämlich, was Zoe am besten konnte: Sie präsentierte sich selbst als eine berauschende Mischung aus blondem Haar, Duft und Hüftschwung, die in jedem Mann, den sie sich für den jeweiligen Abend ausgesucht hatte, augenblicklich Eroberungsinstinkte weckte. Ihr Fehler war jedoch, daß sie nicht lange genug cool und emotional distanziert bleiben konnte, um sich auch das postkoitale Interesse der Herren zu sichern. Vom Wesen her theatralisch veranlagt, versuchte Zoe augenblicklich, Bestätigung dafür zu bekommen, daß man ausschließlich und für immer ihr verfallen war. Selbstverständlich suchten die Männer das Weite, sobald sie konnten. Und Zoe hatte entsetzliche Angst, in Einsamkeit alt werden zu müssen. Diese Furcht stieg in ihr immer wieder in der kurzen absoluten Stille nach dem Sex auf; Zoe brauchte es, gebraucht zu werden, und solange sie diese Angst vor dem Alleinsein nicht überwinden konnte, so sinnierte Deidre, würde sie ewig allein bleiben.

Deidre blickte auf die Uhr. Sie hatte noch eine halbe Stunde, und sie hätte sich vor Nervosität am liebsten übergeben. In der Hoffnung, daß es sie entspannen würde, begann sie, vor sich hin zu singen. Es klappte nicht.

• • •

Mischa steht nervös am Fährenterminal. Er zupft an seinem Kragen. Es fühlt sich zu eng, unbequem an. Er trägt den einzigen Anzug, den er besitzt. Er hat ihn vor drei Jahren auf dem Schwarzmarkt von St. Petersburg gekauft. Mischa ist sich des breiten Revers und der beuteligen Hose unangenehm bewußt. Er ist erst seit fünf Monaten in Australien, und die Umstellung ist ihm nicht leichtgefallen.

Als Dozent für politische Geschichte immer öfter mit Korruption konfrontiert, hatte Mischa sich gezwungen gesehen, das

Land zu verlassen, das er – trotz demütigender Armut und der allgemein herrschenden Verzweiflung – liebte.

Hier hatte er eine ganz andere Form von Armut kennengelernt – und zwar die der Erfahrung. Jeder hielt alles für selbstverständlich, beschwerte sich aber ständig. Auf Mischa wirkte das alles sehr seltsam. Ihn irritierte das helle Sonnenlicht, das von nagelneu wirkenden modernen Gebäuden reflektiert wurde. Der Gesang der Vögel war ihm vor dieser Kulisse zunächst befremdlich erschienen. Außerdem war es die ganze Zeit warm, und die kaum zu unterscheidenden Jahreszeiten machten es einem möglich, quasi das ganze Jahr über nackt herumzulaufen. Aber für Mischa fehlte dem allen hier ein Hauch von Traurigkeit, das Gefühl der Nostalgie.

Er hatte versucht, mit seinem Onkel darüber zu reden, aber der hatte sich geweigert, irgend etwas Negatives über seine geliebte Stadt anzuhören. Er war der Meinung, daß nur ein Mangel an persönlichen Erlebnissen und Erfahrungen schuld daran war, daß sich Mischa noch nicht mit Sydney verbunden fühlte. Mischa hatte gehorsam zugehört, konnte sich aber nicht vorstellen, daß er sich einmal wirklich für diese Stadt erwärmen würde; diese Metropole war zu strahlend, zu unbeständig – ihr Gesicht änderte sich laufend!

»Wie alle Russen denkst du zuviel nach. Versuch doch ein einziges Mal, nach deinem Herzen zu leben. Was, außer Sorgen, hast du denn zu verlieren?« hatte Gretchka senior lächelnd gemurmelt, während er zärtlich am Bart des Jüngeren gezupft hatte. Er liebte den Sohn seiner Schwester. Mischa war sein nächsten Verwandter, und viele der Probleme, mit denen sich der Achtundzwanzigjährige herumschlagen mußte, waren auch ihm selbst nur allzu bekannt.

»Such dir eine Frau. Sie wird dich an diese Stadt binden, schneller als du glaubst.«

Sein Neffe war viel zu ernsthaft, und der alte Gretchka machte sich Sorgen, daß sich die australischen Frauen von dessen Intensität, seiner strikten Weigerung, Small talk zu führen, und seinen ins Englische übertragenen russischen Metaphern abschrecken lassen würden. Oh, attraktiv war er durchaus. Wie ein russischer Engel, fand der Alte. Aufmerksam, wie er war, hatte er durchaus bemerkt, daß nicht wenige Frauen sich von der natürlichen Anmut seines Neffen angezogen fühlten und quer über den Platz zum Verkaufsstand kamen. Alle gingen sie mit Blumen in den Händen, doch keine konnte das Herz des jungen Mannes gewinnen.

Mischa schaukelt auf den Fußballen hin und her und schiebt seine Hand in die Hosentasche. Der Gedanke an sie hat ihm eine Erektion verursacht. Und in diesem Moment sieht er sie um die Ecke biegen. Sie sieht ausgesprochen schön aus. Er hat sie noch nie in etwas anderem als einem Kostüm gesehen, und die Erscheinung dieser Frau in ihren teuren, eleganten Kleidern läßt ihn die Schäbigkeit seines eigenen Äußeren nur um so bewußter erkennen. Schüchtern treten sie sich gegenüber; keiner weiß, wie er sich benehmen soll, aber beide spüren die starke Anziehungskraft, die zwischen ihnen herrscht. Dann nimmt er sie wie ein Kind an die Hand und führt sie auf die Fähre nach Manly.

Vom Schiff aus beobachten sie, wie sich die Stadt, je weiter sie sich von ihr entfernen, in eine gleißende Glasfront verwandelt, in der sich der Sonnenuntergang widerspiegelt. Überwältigt von diesem Anblick, dem unglaublichen Blau des Wassers, dem Hafen und dem Strand, der dazwischen liegt, hat Mischa plötzlich all seine Englischkenntnisse vergessen.

Er versucht, die richtigen Worte zu finden, hört sich jedoch statt dessen Russisch mit jener seltsamen Frau reden, die er so begehrenswert findet.

Sie antwortet mit ein paar mühsam artikulierten russischen Worten, die sie von einem Kollegen aufgeschnappt hat.

Sie stehen nebeneinander dicht an der Reling der Fähre und sehen den Möwen zu, die sich im Wind treiben lassen und aus der Luft im Steilflug herabschießen, um das Brot aufzupicken, das Passagiere ihnen zuwerfen. Sie ist sich der Wärme seines Körper an ihrem überaus bewußt. Er ist größer als sie, und seine Hüfte stößt versehentlich gegen ihre Taille. Sie haben sich bisher noch nicht mit Absicht berührt, und köstliche kleine Beben erschüttern Deidres Körper. Sie hat so lange enthaltsam gelebt – nicht nur physisch, sondern auch psychisch: Jeden Gedanken an einen sexuellen Kontakt hatte sie aus ihrem Kopf verbannt. Nun stürzt die Berührung, der Geruch und die Nähe dieses lebhaften jungen Mannes ihre Hormone in ein totales Chaos, und mehrere Male muß sie sich von ihm abwenden, damit er ihre Verwirrung nicht sieht.

Sie fangen an, sich über Wirtschaft, Magie, Eltern und sogar die Schönheit von Insekten auszutauschen. Er muß weder seine Eigenheiten noch seine Macken verbergen, was er sonst gewöhnlich im Umgang mit Frauen, die er nicht kennt, tut.

Während sie sich unterhalten, nimmt Deidre jedes Detail seines Gesichts, ihrer beider Umgebung und ihres Gesprächs überdeutlich wahr. Sie hat das Gefühl, als sei sie auf Drogen oder in irgendeinem bizarren Traum. Sie sieht die Stadt durch seine Augen, als er sie mit seinen langen, schönen Fingern auf architektonische Besonderheiten hinweist, die ihr nie zuvor aufgefallen sind. Sie versucht, sich auf seine Worte zu konzentrieren, doch die Schönheit der wesenseigenen Feinheiten, die sein Charakter seiner Gestik verliehen hat, sein leicht schiefes Lächeln, die kleine Lücke zwischen seinen Schneidezähnen, die dichten Augenbrauen – all das lenkt sie ab. Sie ist froh, als die Fähre endlich anlegt und sie in die vergleichsweise intime Umgebung des Restaurants treten.

Er bittet sie, für ihn zu bestellen – er kennt sich mit thailändischer Küche nicht aus. Sie ordert Gambas in Honig, Krabben in grünem Curry und süßsaure Fischbällchen. Sie will ihm beim Essen zusehen. Zoes Meinung, man könne die Qualität eines Liebhabers an der Art und Weise erkennen, wie er ißt, kommt ihr in den Sinn. »Vergiß die, die schnell fertig werden wollen. Wenn sie die Vorspeise nicht genießen können, läuft es auf ein hastiges ›Bum-Bum‹ und eine wunde Muschi hinaus. Diese Burschen sind bloß an ihrem eigenen Orgasmus interessiert, nicht an deinem!«

Deidre blickt über den Tisch zu Mischa hinüber; er lächelt. Sie schaut weg. Sie fühlt sich verletzbar, das macht ihr Angst. Sie beobachtet, wie er eine Garnele nimmt und sie langsam von der Schale befreit. Seine Gesten lassen auf einen sinnlichen Menschen schließen. Deidre hat Hände immer als überaus erotisch empfunden. Sie geben wie eine Art Mikrokosmos wieder, was der restliche Körper zu bieten hat. Wahrscheinlich hat er einen wunderschönen Penis, denkt sie und errötet. Sie kann sich nicht erinnern, wann sie zum letzten Mal einen gesehen oder sogar berührt hat. Da war einmal ein katastrophaler One-Night-Stand mit einem Bildhauer gewesen. Sein enormer Erfahrungsschatz als Lover hatte sie eingeschüchtert, und sie hatte die ganze Nacht damit verbracht, sich für ihre Unbeholfenheit zu entschuldigen. Sie erinnerte sich kaum noch an diese Nacht, ganz gewiß nicht mehr daran, wie sein Schwanz sich anfühlte, wie er aussah oder schmeckte. Bewußt hatte sie jeden Gedanken an das, was an Männern eventuell begehrenswert sein konnte, aus ihrem Kopf verbannt. Und das war ihr bisher ausgesprochen nützlich gewesen, da sie bei ihrer Arbeit tagein, tagaus von Männern umgeben war. Nicht, daß ihr während der Arbeitszeit irgendein unkorrekter Gedanke hätte durch den Kopf gehen können. Gott behüte! Dazu durchschaut sie die Tricks der Männer viel zu gut. Aber Mischa war anders.

»Worüber denken Sie gerade nach?«

»Über meine Arbeit.«

»Sie sind Bankerin, ja?«

»Ich arbeite in einer Handelsbank. Ich helfe den Leuten, Investitionen zu tätigen. Der Erfolg hängt größtenteils vom Timing ab. Aber er ist auch sehr flüchtig. Ein Deal, an dem man monatelang gearbeitet hat, kommt zustande, man geht zum nächsten über. Alles hängt von den Schwankungen des Marktes ab. Manchmal glaube ich, daß ich mich heimlich nach etwas sehne, das etwas mehr Bestand hat.«

»Sie sollten Gärtner werden, wie ich!« Er leckt den Honig von einer Garnele. Deidre kann das plötzliche rosa Aufblitzen und die Länge seiner Zunge nicht ignorieren.

»Dabei kann man wirklich erfahren, was Zeit bedeutet; Pflanzen lehren es einen. Sie sind abhängig. Man pflanzt sie, man sorgt dafür, daß die Umgebung stimmt, man liebt sie, düngt sie, wässert sie. Sie erblühen und tragen Früchte. Die Menschen und das Leben – das sind Dinge, die viel weniger berechenbar sind. Waren Sie schon mal verheiratet?«

»Ja.«

»Ich auch. Fünf Minuten lang.«

»Was ist denn passiert?«

»Sie hat mich wegen eines Schwarzmarkthändlers verlassen. Und Sie?«

»Er hat mich wegen unseres Designberaters verlassen. Wir hatten zusammen ein Geschäft.«

»Das muß schrecklich für Sie gewesen sein.«

»Ja. Aber sie liebten sich. Und manchmal kann man angesichts solcher Tatsachen nichts anderes tun, als den Weg freimachen.«

»Er hat Sie für einen Mann verlassen?«

»So was kommt vor. Aber es ist lange her.«

»Keine Kinder?«

»Nein. Aber ich habe Eizellen auf Eis legen lassen. Sie sind eingefroren ... für den Fall, daß ich später Kinder will.«

. »Also ist es noch nicht zu spät.«

»Nein, nicht wenn man vorausplant.«

»Manche Dinge kann man nicht vorausplanen. Wie zum Beispiel Gefühle.«

Er erzählt ihr von der politischen Geschichte seines Landes, offenbart ein übergreifendes Verständnis der politischen Zusammenhänge Europas, breitet ihr seine Sicht der zwei Weltkriege und der indirekten Auswirkungen bezüglich der Auswanderungswellen aus. Zögernd bringt sie ihre eigenen Theorien über Nationalismus und seine Beziehung zu Gebietsansprüchen und Wirtschaft an. Er geht darauf ein und stellt jeden Punkt in Frage, zitiert Kant, Spinoza, Marx. Es ist ein Austausch von Gedanken, den sie überaus stimulierend findet.

Am Ende des Essens fühlt sie sich, als habe ihr Intellekt einen Energiestoß erhalten, der sie wach und lebendig gemacht hat. Sie fühlt sich, als sei sie jetzt zu allem fähig.

• • •

Sie stehen vor ihrer Haustür. Mischa weiß nicht, ob er sie berühren soll oder nicht. Er befürchtet, Tabus zu brechen, von denen er vielleicht nichts weiß. Er streckt ihr die Hand entgegen. »Es war ein schöner und sehr ergiebiger Abend.«

Seine plötzliche Förmlichkeit macht sie nervös. Sie ergreift seine Hand, schüttelt sie und begehrt ihn dabei so sehr, daß es weh tut. Ob sie ihn einfach an sich ziehen und küssen kann? Im Grunde genommen hat es etwas mit Mathematik zu tun: Die Angst vor Zurückweisung, die man empfindet, ist umgekehrt proportional zur Intensität der Begierde. Dieser Gedanke geistert in ihrem Hinterkopf herum, während ihr Körper vor Verlangen bebt. Wenn sie doch nur Zoes Selbstvertrauen besäße …

»Würden Sie …?«

»Ja?«

»Schon gut. Sehen wir uns morgen?«

»Selbstverständlich.« Mit einer förmlichen kleinen Verbeugung wendet er sich ab. Mit zitternden Knien und den Tränen nah, nestelt sie verzweifelt am Schlüsselbund, um die Tür zu öffnen.

Drinnen bricht sie in lautes Schluchzen aus und versetzt damit die Katze, die unter die Couch flüchtet, in Angst und Schrecken. Sie kann es nicht fassen, daß sie sich wirklich so dumm angestellt hat, und beginnt sich einzureden, er habe sie ohnehin nicht attraktiv genug gefunden.

Zu alt, wiederholt sie immer wieder. Finde dich endlich damit ab, den Rest deines Lebens wie eine Nonne leben zu müssen. Sie läßt sich aufs Bett fallen und wirft sich unruhig hin und her, bis sie schließlich in einen tiefen, traumlosen Schlaf sinkt.

• • •

Am nächsten Tag verrät nichts an ihrem äußeren Erscheinungsbild eine emotionale Veränderung. Sie hat ihre Haare wie immer zu einem straffen, strengen Knoten zurückgenommen. Sie ist zu dem Schluß gekommen, daß das kompromißlose Abtauchen in ihre Arbeit das einzig legitime Heilmittel gegen die lächerliche romantische Anwandlung ist, die sie am vergangenen Tag überkommen hat. Sie ist sich sicher, daß sie Mischa niemals wiedersehen wird, daß sein Interesse nur das eines einsamen Immigranten war, der sich nach ein wenig Gesellschaft sehnte. Mit Lust oder einem erotischen Interesse seinerseits hatte das alles nichts zu tun.

Das einzige Problem war der Blumenstand; ihn zu umgehen war ziemlich umständlich. An diesem Morgen war sie einen Block weiter gegangen als sonst und hatte den Hintereingang zur Bank genommen. Das tiefe Brummen der Computer und das konstante Klingeln der Telefone und Faxgeräte lenkte sie zum Glück etwas von ihren trübsinnigen Gedanken ab. Sie strich den Seidenschal glatt, den sie um den Hals gebunden hatte und ging mit forschen Schritten auf ihren Schreibtisch zu. Schon jetzt lagen dort vier Faxe aus Tokio und eine ganze Reihe Mitteilungen von verschiedenen Klienten.

Sie schaltete ihren Computer an und überprüfte die Zahlen des Nikkei, die über Nacht hereingekommen waren. Eine innere Stimme in ihrem Kopf begann leise, aber eindringlich, »Gold, Gold, Gold« zu murmeln. Verschiedene Informationen fügten sich zu einem Ganzen zusammen. Andere Banker behaupteten, es läge an ihrer Intuition – sie habe ein angeborenes Gefühl dafür, was man und wann man kaufen oder verkaufen solle, aber Deidre wußte, daß ihr Talent, den Markt einzuschätzen, nichts mit Gefühlen zu tun hatte. Es war die Vielzahl an Informationen, die sie in mühevoller Kleinarbeit sammelte und speicherte, in Kombination mit der Fähigkeit, diese zu einem lückenlosen Puzzle zusammenzusetzen. Weshalb sie nicht schon längst im Vorstand der Bank saß, war eine Sache, über die ihre Kollegen nicht spekulieren mochten, da der Grund mit ziemlicher Sicherheit ausschließlich in ihrem weiblichen Geschlecht zu finden war. Sie verdiente hundertfünzigtausend im Jahr, aber was sie der Bank brachte, lag um ein Fünzigfaches höher.

Nun hieß es Gold kaufen. Die Börsen aller wichtigen Märkte stöhnten über rückläufige Kurse, aber der Gedanke ließ sie nicht los. Da war eine Bemerkung, die sie neulich aufgeschnappt hatte, der Artikel über neue Bergbautechnologien im *New Scientist*, eine Mine in Westaustralien, die diese Technik seit mindestens einem Jahr anwandte. Und schließlich dieser Tip, den sie neulich von einem ihrer Klienten bekommen hatte. Coles-Myer wollte Hunderttausend investieren – damit könnte sie anfangen. Wenn sie jetzt, da die Preise niedrig waren, kaufte, konnte sie es bis ganz nach oben schaffen … vielleicht schneller, als die Leute es ihr zutrauten.

Fünfzehn Minuten später stand sie im Büro von Edward Short, ihrem unmittelbaren Vorgesetzten und Leiter der Investmentabteilung der Bank. Edward, ein Endfünfziger mit lichtem Haar, hatte kürzlich nach fünfundzwanzig Jahren Ehe seine Frau verlassen, um seine fünfzehn Jahre jüngere Sekretärin zu heiraten. Er konnte Deidre nicht ausstehen. Er hielt sie für durch und durch arrogant, aber auch die Tatsache, daß sie sich keinerlei Mühe gab, mit den anderen Bankern über das geschäftliche Mindestmaß hinaus Umgang zu pflegen, machte es ihm schwer, Begeisterung für sie als Person aufzubringen. Manchmal glaubte er, sie urteile sein Verhalten als moralisch verwerflich ab. Außerdem erinnerte sie ihn unangenehm an seine Mutter. Dennoch: In den vergangenen Jahren hatte sie der Bank fünfzehn Großkunden verschafft, und ihre Erfolgsquote bei Investitionen war derart hoch, daß sich einige Klienten weigerten, mit jemand anderem zusammenzuarbeiten.

Deidre ging davon aus, daß sich Edward in ihrer Nähe nicht wohlfühlte, weil er stets Schwierigkeiten mit Personen – insbesondere mit weiblichen – hatte, die ihm intellektuell ebenbürtig waren. Sie vertraute ihm nichtsdestotrotz.

»Gold. Es gibt da eine kleine Mine östlich von Coolgardie. McHuen. Ich will kaufen.«

»Gold ist im Moment weit unten.«

»Es ist so ein Gefühl. Sie wissen schon … diese Art von plötzlichem glasklarem Wissen!«

»Überlassen Sie mir das, kaufen Sie nicht sofort. Warten Sie noch ein oder zwei Tage.«

»Es muß jetzt sein, ich weiß es.«

»Warten Sie noch eine Woche.«

Sie verzog das Gesicht, nickte dann aber widerwillig. »Okay. Aber dann kaufe ich.«

Sobald sie den Raum verlassen hatte, schnitt er hinter ihrem Rücken eine Grimasse und machte eine alberne Geste. Er wartete noch eine Weile, bis er annahm, daß sie außer Hörweite war, dann griff er zum Telefon.

»Harry? Ich brauche zwanzigtausend in Gold. Eine kleine Gesellschaft namens McHuen. Keine Fragen, okay?«

• • •

Deidre ging zurück an ihren Arbeitsplatz. Ein Broker, ein junger ehrgeiziger Typ Anfang zwanzig, rasierte sich, während er am Telefon einen Deal absprach. Er war erst seit acht Monaten in der Firma und bezog bereits dasselbe Gehalt wie Deidre. Sie warf einen Blick auf die aktuellen Zahlen des Handelsindex.

»Herzlichen Glückwunsch zum Fuji-Deal. So was konnten nur Sie hinkriegen. Nerven wie Drahtseile!« Er drehte sich um und fügte an seinen Kollegen gewandt halblaut hinzu: »Und ein Herz aus Eis.« Sie hörte die Worte, ignorierte sie aber.

»Deidre.«

Eine unsichtbare Bewegung, wie das leichte Kräuseln einer Wasseroberfläche, schien durch das Großraumbüro zu gehen. Jemand Unbekanntes hatte die Räume betreten. Mischa, in seinem Anzug, stand in der Mitte des Ganges, in seinen Händen einen riesigen Strauß Rosen. Alle Anwesenden drehten sich um und sahen überrascht zu, wie Deidre auf den Fremden zuging.

»Ich wollte Ihnen das hier bringen. Ich dachte, ich habe Sie vielleicht gestern abend beleidigt.« Deidre, die sich der grinsenden Gesichter um sie herum nur allzu bewußt war, führte Mischa in Richtung Tür.

»Hier ist nicht der geeignete Ort, um sich zu unterhalten.«

»Ist es Ihnen peinlich, mich zu kennen?«

»Darum geht es nicht. Die Leute hier, die Männer, halten mich für eine Schneekönigin.«

»Schneekönigin? Ist das etwas Gutes?«

»Das bedeutet, sie glauben, ich sei frigide. Kalt wie Eis.«

»Was für Idioten.«

Einige der Banker stießen glucksende Laute aus.

»Mr. Gretchka, ich denke, wir sollten Ihren Entwurf in meinem Büro durchsprechen.«

Formell geleitete sie ihn hinaus in den Flur. Draußen packte er ihre Hand und zog sie zur Feuertreppe.

»Wohin führt die?«

»Aufs Dach.«

Ohne ihre Hand loszulassen, begann er hinaufzusteigen. Sie folgte ihm, halb versucht, sich gegen ihn zu wehren, halb berauscht durch die Entschlossenheit des jungen Mannes. Er drückte die Klappe auf, und ein kleines blaues Karree wurde sichtbar.

Sie traten hinaus. Die Aussicht auf Sydney war atemberaubend. Kirchtürme wetteiferten mit Wolkenkratzern vor der kontrastierenden Fläche des Horizonts. Im Norden ragte die Brücke auf, an deren Fuß sich das Opernhaus wie eine Perle in einen Bauchnabel schmiegt. Dahinter schimmerte der Hafen in der Sommerhitze.

»Es ist so schön wie der Himmel«, flüsterte er, als befände er sich in einer Kirche. Sie lächelte und zeichnete mit dem Finger die Spur nach, die ein Schweißtropfen von seiner Wange bis zu seinen Lippen gezogen hatte. Als ihr Finger die weiche, junge Haut liebkoste, nahm er ihn in den Mund und zog sie gleichzeitig an sich. Ihr Herzschlag beschleunigte sich, als sie seine Erektion bemerkte, die sie durch den Stoff spüren konnte.

Sie rollten das leicht geneigte Dach hinunter. Er hielt sich an ihr fest, während sich die Welt um sie herum drehte und das Blau des Himmels mit dem Rot seines Hemdes und dem Grau des Belages verschmolz. In der Senke des Dachs blieben sie liegen. Er zog sein Jacket aus und breitete es auf der geteerten Oberfläche aus. Die Hitze stieg auf, und es roch nach heißem Teer, gemischt mit dem Blumenduft der botanischen Gärten unter ihnen.

Kniend wartete er auf sie. Sie war aufgestanden, stand mit geschlossenen Augen neben ihm und bewegte sich leicht im warmen Wind. Ohne zu denken. Nur die Musik der Stadt und die Erwartung seiner Berührung genießend. Sie spürte seine Hände, die ihre Beine aufwärts auf ihre Mitte zuglitten. Die Augen noch immer geschlossen, konzentrierte sie sich auf dieses Gefühl, die ganze Welt schien in seinen Fingerspitzen zusammenzuschmelzen. Er strich vorsichtig an der Innenseite ihrer Oberschenkel entlang und zog kleine Kreise auf ihrer Haut. Das Wonnegefühl, das er verursachte, machte es ihr schwer, aufrecht stehenzubleiben. Behutsam fuhr er mit dem Finger am Rand ihres Slips entlang, liebkoste ihre Schamlippen, zog sie ein wenig auseinander, so daß sich ihre Klitoris fest gegen den Stoff drückte. Sie wollte, daß er ihr ein, zwei, drei Finger hineinsteckte. Sie wollte seinen Schwanz. Ohne ein Wort zu sagen, zog er ihren Slip hinunter bis zu den Knöcheln.

»Bitte, bleib einen Moment einfach so stehen.«

Sie tat es, ließ sich vom Wind den Rock hochwehen. Entblößt, so nah bei Tausenden von arbeitenden Menschen hinter den sich spiegelnden Fenstern. Prismen der Intrigen. Tausend Nachmittage. Tausend Momente wie dieser.

Sie wüßte gerne, ob man sie beobachtete. Sie hoffte es. Der Gedanke daran machte sie stark, die Gefahr erregte sie. Sie zog sich den Rock über den Kopf und streifte sich die restlichen Kleider ab. Nun war sie vollkommen nackt.

Er nahm eine der Rosen und strich ihr mit der Blüte über das Gesicht, zog eine duftende Spur über ihre Wange, ihre Nase, ihre Lippen, und die Blätter, die leicht an ihrer Haut hängenblieben, erzeugten ein Kribbeln, daß sie direkt in ihrem Unterleib spürte. Er kniete vor ihr und ließ die Rose nun über ihren ganzen Körper gleiten, wobei er die Blütenblätter absichtlich zerquetschte und sie mit dem Rosenduft einrieb. Das Aroma, so schwer und süß, stieg auf und überwältigte sie einen Moment lang. Er blätterte sie auf, enthüllte ihr Geschlecht, ihren Kitzler, der wie ein winziger Blütenstempel hervorstand. Er berührte sie, ließ seinen Finger hin und her und auf und ab gleiten. Sie schauderte, begehrte diesen Mann, begehrte seinen Schwanz. Sie sank auf die Knie und begann hastig, an seinen Kleidern zu nesteln. Der Schwanz sprang hervor, lang und erigiert. Sie senkte den Kopf und nahm ihn in den Mund. Sie wollte alles von ihm, jetzt!

Er machte sich von ihr los und drückte sie sanft auf seine Jacke nieder. Bewegungslos lag sie da, wartete, wollte ihn. Er nahm eine Handvoll Rosenblüten und streute die Blätter über sie. Sie segelten hinab, fielen auf ihre Brüste, ihren Bauch, ihr Haar. Während er ihr Gesicht beobachtete, spielte er mit ihr, ließ sie mit jeder neuen Liebkosung nach Luft schnappen. Dann beugte er sich über sie und neckte sie mit seinem Schwanz, indem er mit der Spitze einen Pfad durch die Rosenblätter zog, die ihr Haar, ihre Augenlider bedeckten. Sie wollte ihn so sehr, daß sie glühte, aber noch immer hielt er sie fest, indem er ihren Kitzler mit sanften, exquisiten Liebkosungen verwöhnte. Dann konnte sie sich nicht mehr zurückhalten und zog ihn an sich, um ihn zu küssen, seine Zunge tief in ihrem Mund zu spüren. Die zerquetschten Rosenblätter wurden zwischen ihren Körpern zu einer glitschigen Schicht. Ihre unbändige Lust heizte die seine an, als sie ihn dirigierte. Er tauchte in sie hinein, und das Gefühl, daß es endlich geschah, seine Ekstase in ihr, füllte sie aus, erlöste sie. Sein Mund war überall, küßte und leckte ihre Brüste, biß ihr ins Ohrläppchen, in den Hals. Sie verlor sich in ihrer eigenen Leidenschaft, wollte jetzt ihn nehmen, wollte die Kontrolle übernehmen. Sie warf ihn auf den Rücken und bestieg ihn, wobei ihr seine Größe ein lautes Aufkeuchen abrang. Ein Schwarm Tauben flatterte aufgescheucht auf und flog gurrend im warmen Luftstrom davon. Er beschleunigte sein Tempo, wie sie es ihm vorgab, bis sie nicht mehr unterscheiden konnte, wo sein Fleisch endete und ihres begann. Eine Kugel der Lust ballte sich in ihrem Unterbauch zusammen und riß sie, wie eine Lawine, mit. Ihre Ekstase stachelte ihn an, und einen Moment später kam auch er. Sein Körper verkrampfte sich unwillkürlich, als er seinen Samen in sie hineinschoß.

• • •

»Ziemlich abenteuerlustig für eine seriöse Angestellte des Hauses«, dröhnte Edwards Stimme über das Dach. Deidre stützte sich auf die Ellenbogen und tastete nach ihren Kleidern, um sich zu bedecken. »Nur leider nicht in Übereinstimmung mit der Firmenpolitik. Wir sehen uns in meinem Büro.«

Edward blinzelte in die Sonne und versuchte erfolglos, eine gewisse Würde aufrechtzuerhalten, während er über das Dach stolperte, um schließlich durch den Notausgang zu verschwinden.

»Wer war das?«

»Mein Boß. Wie lange, glaubst du, hat er da gestanden?«

»Keine Ahnung. Ich war ein wenig abgelenkt.« Er küßte ihren Mund und ihre feuchten Brustspitzen. Sie ließ sich einen Moment von den Empfindungen berauschen, erinnerte sich jedoch dann wieder an Edwards Gesichtsausdruck, stand auf und begann sich anzuziehen.

»Nimm die Feuerleiter. Sie wird dich auf dem direkten Weg zur Straße bringen.«

»Wann sehe ich dich wieder?«

»Ich weiß nicht.«

»Heute abend. Ich komme um neun zu dir nach Hause, einverstanden?« Er wartete die Antwort nicht erst ab, sondern küßte sie erneut und verschwand über die Feuerleiter. Sie zog sich ihre Schuhe an und klopfte sich den Staub vom Rock. Nichts würde jemals wieder so sein wie vorher, das wußte sie jetzt. Ihre Welt, die Ordnung, die sie sorgfältig in all den Jahren um sich herum aufgebaut hatte, war irrelevant geworden. Als sie das kühle Treppenhaus betrat, lehnte sie sich gegen die Wand und begann zu lachen.

• • •

Edward feuerte sie noch am gleichen Tag mit der Ausrede, daß ihr Benehmen unhaltbar und moralisch zu verwerflich gewesen sei, als daß es der Firma zuzumuten wäre, das Arbeitsverhältnis aufrechtzuerhalten. Deidre nahm diese Heuchelei stillschweigend hin. Es war eine allgemein bekannte Tatsache, daß er das Dach regelmäßig für Schäferstündchen mit seiner Sekretärin nutzte.

Viele konnten es nicht glauben, daß ausgerechnet Deidre wegen einer Art zweiten sexuellen Frühlings nicht mehr zur Arbeit erschien. Man kam murmelnd überein, daß ihr Fehlen auf Streß oder auf die Menopause zurückzuführen sei. Doch als die Wochen verstrichen, wuchs die Gewißheit darüber, daß es einen anderen Grund geben mußte.

• • •

Zwei Wochen später zog Mischa mit zwei billigen Koffern und vier Kartons mit russischen Taschenbüchern bei Deidre ein. Deidre staunte selbst darüber, wie leicht ihr dieser Schritt fiel. Seine Gitarre lehnte an ihrem Schreibtisch, seine wenigen Toilettenartikel gesellten sich oben auf dem Badezimmerschrank zu ihren, sein alter Ledermantel wurde stillschweigend neben ihr Leinenjackett gehängt. Allein schon seinen Rasierpinsel in die Hand zu nehmen, jagte ihr einen heimlichen Schauder durch den Körper.

Die Zeit ließ gewisse Gewohnheiten entstehen. Nun wachte

sie kurz vor der Dämmerung auf und beobachtete Mischa im Schlaf, betrachtete seine langen Wimpern, seine starken, aber so sensiblen Hände und Arme, legte ihre eigenen Hände um seinen weichen Schwanz. In seinem Gesicht war alles zu sehen: Kind, Junge, Mann.

Sie konnte nicht fassen, daß er noch immer in ihrem Bett lag, daß das alles nach so vielen Jahren einfach geschehen war. Sie konnte den Gedanken nicht abschütteln, daß jeden Moment etwas Furchtbares passieren müsse, etwas, das ihr Glück zerstören würde. Wenn er sich verspätete, saß sie ängstlich am Telefon und malte sich aus, daß er bei einem Unfall getötet oder verhaftet worden war, weil er gegen irgendein Einwanderungsgesetz verstoßen hatte, ohne ihr etwas davon zu sagen.

Zoe glaubte anfangs einfach nicht, daß es Deidre nicht nur geschafft hatte, einen Liebhaber zu finden, sondern die Beziehung auch zu erhalten. Doch als die Tage zu Wochen wurden, verwandelte sich die anfängliche Bewunderung in Neid. Immer wieder fand Zoe etwas an Mischa auszusetzen: Er war zu jung, zu ausländisch, nicht ehrgeizig genug ... und so weiter und so fort. Was Mischa betraf, so fand er Zoes eindeutige Flirtversuche verabscheuungswürdig und Deidre gegenüber gemein. Doch, diskret wie er war, schwieg er diplomatisch.

Mischa begriff außerdem, wie wichtig es war, nicht nur die Tochter, sondern auch die Mutter zu beeindrucken. Ethel stufte den jungen Mann als weltmännisch ein, war entzückt über seine Hingabe an Deidre und stellte als Hobbygärtnerin seine Geduld mit langen Abhandlungen über Aufzucht und Pflege von Magnolien oder die Beseitigung von schwarzen Punkten bei Rosen auf die Probe. Der Altersunterschied zwischen den beiden kümmerte sie nicht im geringsten; sie hatte selbst bereits ein Alter erreicht, in dem man sich ein gewisses Maß an Toleranz und Weisheit angeeignet hat.

»Glück ist so flüchtig, Liebes«, sagte sie Deidre. »Wenn du es hast, pack es mit beiden Händen, und halte es fest.«

Deidre verbrachte Stunden in dem kleinen ummauerten Garten, den Mischa mit exotischen Magenta- und Purpurblüten bepflanzt hatte. Unter seiner Anleitung las sie zeitgenössische Philosophen und begann, sich mit einigen neueren Theorien zum Verhältnis von Körper und Geist zu beschäftigen.

Auch jetzt saß sie im Schatten der Pflanzen, nahm das Brausen des Verkehrs nur als fernes Brummen wahr und beobachtete eine Raupe, die unendlich langsam einen Blumenstengel hinaufkletterte. Ihr war, als würde die Vegetation um sie herum knospen ... in Vorbereitung auf etwas reifen.

• • •

Sie läßt sich langsam auf die Bahre nieder; schon jetzt hat sie das Gefühl, sie müsse besonders behutsam mit ihrem Körper umgehen. Mischa schiebt ihr eine kleine russische Puppe in die Hand. Sie öffnet sie und findet eine winzige Perle darin.

»Das wirst du sein.«

»Vielleicht nistet es sich nicht ein.« Sie kann die Furcht in ihrer Stimme nicht verbergen.

»Vielleicht nicht, aber irgendwann wird es klappen. Ich liebe dich.«

Er lächelt und verschwindet, weil sie den OP durch unterschiedliche Türen betreten müssen. Als die Assistenten Deidre aufs Bett heben, taucht Mischa in einem grünen Krankenhauskittel wieder auf und nimmt sich das Stethoskop, das auf dem kleinen Tischchen neben dem Bett liegt. Er steckt sich die Stöpsel in die Ohren und legt die Scheibe auf sein Herz.

»Hörst du? Mein Herz rennt mit dir ...«

Sie lacht. Noch immer macht die ungewollte Poesie seiner falschen Wortwahl sie schwach.

»Herzen rennen nicht, sie rasen.«

»Rasen? Wir sind Liebende, nicht Verrückte.«

»Mischa, ich habe Angst.«

Er küßt sie.

»Unsinn.«

Die Krankenschwester fängt an, die Sichtschutzschirme um das Bett zu ziehen, und Deidre greift nach Mischas Hand. Sie blickt zur Decke hinauf und blinzelt ein wenig.

Mischa drückt ihre Hand. »Alles okay?« flüstert er.

Sie lächelt ihn an. Gleich wird das befruchtete Ei in ihre Gebärmutter eingeführt werden.

»Ich versuche mir auszumalen, wie es aussieht.«

»Es könnte ein Junge werden.«

»Könnte es.«

Mischa beugt sich zu ihr runter und küßt sie. Plötzlich ist ihr nach Weinen zumute.

Der Aufnahmeraum

Ich habe die Konzeption der Hölle schon immer vage als erregend empfunden. Eine Art von pornographischem Bosch-Szenario, Teufel mit Marderköpfen und riesigen Phalli, die bleiche, goldhaarige Jungfrauen pfählen, gespreizte Pobacken, Hände grob auf dem Rücken zusammengebunden …

Sie schaut von ihrem Buch auf und legt die Beine übereinander. Sie spürt, wie sie feucht wird. Draußen, außerhalb des Busses, gleiten die Lichter der Stadt vorbei. Es ist eine Sommernacht, jene Art von Hitze, die erregt und alles möglich zu machen scheint.

Sie ist noch jung. Sie sitzt da, das Buch auf ihrem Schoß, und ist sich ihres attraktiven Körpers unter dem engen Satinkleid sehr bewußt. Die Drahtbügel des BHs drücken ihre Brüste hoch, Schweiß rinnt zwischen dem Stoff und ihrer Haut herab. Sie verlagert ihr Gewicht und löst eine schwitzige Pobacke vom Plastiksitz. Alles vibriert unter ihrer Haut. Sie schaut wieder hinab in das Buch, eine Abhandlung über die Sexualität. Er hat sie ihr zum Geburtstag geschenkt.

Als ich die Bilder vor meinem inneren Auge zurücklaufen lasse, werde ich sowohl die Person, die genommen wird, als auch die, die nimmt.

DIRTY TALK: SIE

Er drückt mich gegen die Tür, preßt seinen harten Schwanz, den ich durch die Hose spüren kann, an mich. Er zieht meinen Rock hoch, schiebt seine Hand unter meinen Slip und tastet nach meinem Kitzler. Sanft neckt er ihn, bis er groß genug ist, daß er ihn zwischen die Finger nehmen und daran ziehen kann. Stöhnend lasse ich mich gegen die Wand sinken.

DIRTY TALK: ER

Sie fährt mit der Zunge meine Schwanzunterseite entlang. Ich ziehe ihre Schamlippen mit den Fingern auseinander. Sie ist weich, naß. Sie nimmt mich in den Mund, saugt an mir, ihre Zunge brennt wie Feuer, ich explodiere gleich. Ihre heiße, nasse Muschi liegt geöffnet auf dem Kissen. Ich taste nach ihrem Kitzler und beginne zu saugen, bis er anschwillt wie ein winziger Schwanz. Sie wirft sich hin und her und verliert die Kontrolle, als ich tiefer und tiefer in ihre Kehle stoße …

Während sie liest, spürt sie, wie sie beobachtet wird. Sie schaut auf; zwei Männer sitzen ihr gegenüber. Aus ihren Augen leuchtet die Hoffnung. Die Aktentasche neben ihren Füßen kippt um, als der Bus um eine Ecke herumschlingert. Rasch stellt sie sie wieder hin. Wenn sie wüßten, die Leute hier im Bus … wenn sie wüßten, was sich darin befindet.

In meinen Augen läßt sich Erotik nicht mit Vertrautheit vereinbaren. Die Definition des einen negiert das andere. Für mich bedeutet das Streben nach Sinnlichkeit um ihrer selbst willen, ohne die Beschränkungen emotionaler Erwartungen oder der Geschichte von gemeinsam Erlebtem, eine Befreiung der Libido, die jenseits von Ehe, Empfängnis, gefühlsbedingter Bindung stehen muß. Das Subjekt wird zum Objekt. Objekt ist das Asketische, der visuelle Augenblick, keine Vergangenheit, keine Zukunft, nur der Moment des Orgasmus. Dies ist nicht ausschließlich männliches Territorium. Der sexuelle Akt ist vom Wesen her vergänglich.

Sie kann sich mit diesen Worten identifizieren, während ihre eigene Bravheit sie beschämt. Eine selbstauferlegte Unterdrückung. Ein fehlgeleiteter Versuch, anders zu erscheinen, als sie wirklich ist. Unmöglich. Die Wahrheit bahnt sich wie die Natur immer einen Weg durch den Zement.

Letzte Nacht träumte ich von einem Gorilla, einem riesigen, traurigen Primaten. Er stand in der Mitte des Wohnzimmers. Seine Masse war beeindruckend, und er wußte es. Über zwei Meter groß, mit zottigem Fell, das auf den Teppich herabhing. Er hatte mich durch das ganze Haus gejagt. Meine Familie, also meine Mutter, mein Bruder und meine Schwester, die in meinen Träumen immer acht Jahre alt ist, versteckte sich voller Angst hinter der Couch. Sein Käfig stand auf dem Rasen vor dem Haus. Die Tür schwang im Wind auf und zu. Er stand in der Mitte des Wohnzimmers, breitete die Arme aus und begann, mit einer tiefen, melodischen Stimme mit mir zu diskutieren.

»Was soll ich dir denn antun, kleines Mädchen? Ich will dich doch nur an mich drücken, dich in meine starken, nach Tier riechenden Arme nehmen. Komm her, nur noch ein kleines Stückchen, noch ein Stückchen ...« Und so trat ich tapfer auf ihn zu und verwickelte ihn in ein Gespräch über sexuelle Überzeugungen.

Gegenüber der Westminster Bridge steht das Arts Centre, eine Festung aus Beton und Glas, die sich in dem alten Fluß widerspiegelt. Daneben befindet sich die Konzerthalle. Im Inneren sitzen eine Menge Leute und warten darauf, daß der Dirigent den Taktstock hebt. Der Dirigent ist ihr Mann. Er ist zweiundfünfzig Jahre alt. Vier Zähne im Unterkiefer sind falsch. Über seiner rechte Brustwarze verläuft eine Narbe, die er sich als kleiner Junge bei einem Sturz in den Rosenbusch geholt hat. Sein Penis ist dick und hat eine leichte Linksneigung. Er ist beschnitten. Im Moment ist er leicht geschwollen. Das kommt daher, daß er seinen Auftritt hat. Die Vibration der Musik kitzelt ihn im Nacken und läßt seinen Schwanz hart werden. Aber nicht zu hart. Angeschwollen oder nicht – die Frau liebt ihren Mann, und zwar alles an ihm, inklusive seiner falschen Zähne, am meisten jedoch seinen Geruch.

Der Bus hält an.

Ein junger Mann steigt ein: Zuerst sehe ich nur seine Schultern. Breite Schultern, Schultern, an die man sich klammern kann. Er lehnt sich mit dem Rücken zu mir gegen die Glasabtrennung. Er trägt ein dunkelrotes Seidenhemd; ich sehe den Stoff, der sich an die Glasscheibe preßt, wie ich auch seine schmalen Hüften, seinen Hintern sehe. Der Schaffner sitzt am anderen Ende des Busses. Wir sind die einzigen Fahrgäste. Die Hände des jungen Mannes hängen locker herab, gebräunte Hände mit langen Fingern. Er kramt mit der Linken in seiner Hosentasche herum und zieht einen Schlüsselanhänger, einen silbernen Ring, heraus. Er läßt ihn von einem Finger zum anderen rollen. Schnell, geschickt.

Sie versucht sich vorzustellen, wie sein Schwanz wohl aussieht, welche Form, welches Gewicht, welchen Geschmack er hat. Seine körperliche Gestalt ist vielversprechend. Er hat sich noch nicht umgedreht, trägt aber die lockere Haltung attraktiver Menschen zur Schau. Sein Haar ist dick und schwarz. Es reicht gerade bis auf den Hemdkragen. Einen Moment lang hat sie den Geschmack von Salz auf ihren Lippen.

Der Mann im Bus dreht sich um. Sein Gesicht ist im Profil zu sehen. Mit der Wachsamkeit eines Menschen, der weiß, daß er beobachtet wird, nähert er sich und setzt sich ihr gegenüber. Sie senkt hastig die Lider, während sein Blick auf ihrem Gesicht, ihren Brüsten, ihren Beinen brennt. Er sieht das Gesicht einer Frau, deren Unschuld eine schreckliche Neugierde verbirgt. Ein kräftiges Kinn, olivfarbene Haut, die volle Oberlippe durch feine dunkle Härchen gesäumt, die Brauen katzenhaft. Leicht vorstehende Lider, die einen wissenden Blick verschleiern. Es sind die Augen, die er vögeln will. Sie betrachtet seine dunklen Hände. Das üppige schwarze Haar, das unter seinen Ärmeln hervorlugt. Den Kiefer, der in die hohen Wangenknochen übergeht. Die vernarbten Poren, die ihm etwas Animalisches geben. Einen Moment lang seine Zunge. Und das Grau seiner Augen, das sich, wann immer ihre Blicke sich treffen, zusammenzieht wie die Linse einer Kamera.

Die Frau weiß es. Die Frau weiß, daß sie die Wahl hat. Sie kann aufstehen, den Knopf drücken und aus dem Bus aussteigen. Oder sie kann ihm gegenüber sitzenbleiben und weiterhin am Plastik des Sitzes kleben. Bis sich die Luft zwischen ihnen so weit verdichtet hat, daß sie in dicken weißen Fäden aus Wagemut, Angst und Erwartung von der Decke herabfällt. Oder sie könnte vom Sitz rutschen, sich hinknien und seine Hose öffnen. Für ihre heiße Muschi. Ihren leeren Mund. Ich bin jetzt, nicht damals, nicht morgen. Jetzt. Ich will mir jetzt nehmen, was ich haben will. Unvermeidlich, fatal, außerhalb aller Zeit.

Der Moment droht vorbeizugehen, dehnt sich zu einem dünnen Band, während sein Geruch von Schweiß und Aftershave, gemischt mit Tabak, zu ihr herüberweht, als die Bustür sich öffnet. Sie fühlt sich etwas benebelt. Ihre Pupillen weiten sich, und ihre Lippen schwellen an. Unter ihrem Rock wird ihre Möse naß, als hätte er sie angefaßt. Ihre Augen reden miteinander, sagen, laß mich deine Haut berühren, dich zum Schreien bringen, ein wenig an dir zerren. Ich werde deine Beine zwischen meine kräftigen Schenkel nehmen und drükken, bis Knochen auf Knochen und Fleisch auf Fleisch liegen und wir wieder Tiere sind. Versprochen. Ich will dein Inneres trinken, dich ganz verschlingen, so daß dein Fleisch mich von oben bis unten ausfüllt. Ich will jede Körperöffnung ausfüllen. Dring in mich ein, unter meine Haut, in mein pumpendes Herz.

Beredtes Schweigen. Sie steht auf und dreht sich um. Der Schritt ihrer Netzstrumpfhose, jetzt klebrig, teilt ihre Vulva. Sie reckt sich, sich ihres Körpers überaus bewußt, streckt sich noch ein wenig mehr, um es ihn wissen zu lassen. Als ob man es ihm sagen müßte.

Sie spürt den Luftzug hinter sich, als er aufsteht. Sie wagt nicht wegzulaufen; sie fürchtet, daß er anfangen könnte zu sprechen, daß er den Geruch, der lockt, die imaginäre Umklammerung von Schwanz und Möse zerstören wird. Bitte, betet sie, bleib ohne Namen, ohne Pathos, ohne »Darling, Darling, liebst du mich?«, damit ich weiterhin mit meiner Haut denken kann. Kein Ton kommt über seine Lippen. Er steht auf und drückt den Knopf für den nächsten Halt.

Beide steigen aus dem Bus, seine Schritte erklingen links hinter ihr. Er ist direkt hinter ihr. Er ist die ganze Zeit hinter ihr. Sie gehen auf den Konzertsaal zu.

Im Inneren hebt ihr Mann den Taktstock, und die Harfenistin läßt ihre langen Finger über drei Oktaven abwärts gleiten.

Sie halten draußen vor dem riesigen Fenster der Konzerthalle an. Musik ist zu hören. Sie strömt wie aus der Klimaanlage in kühlen Luftzügen nach draußen.

Sie geht hinein, und er folgt, verfolgt sie wie ein Schatten durch die Korridore voller rotgepolsterter Ledermöbel. Ihre Hand streicht einen Moment über einen der Sessel. Sie meint, das Atmen des Publikums durch das Leder unter ihrer Hand zu spüren. Am Eingang des Foyers werden Programmhefte verkauft. Ihr Mann – die Haare gefärbt und noch zwanzig Jahre jünger – lächelt davon herab. Er ist ein eitler Mann. Ein erfolgreicher, gutaussehender Mann.

Der Verkaufsstand steht unter einem seltsamen Gemälde. Es weckt ihre Neugierde. Halb abstrakt und hauptsächlich aus geschwungenen roten Bögen bestehend, scheint es zwei sich liebende Frauen darzustellen. Ihre Stellung erinnert sie an eine alte chinesische Erotikdarstellung. Sie drückt dieselbe naive Freude aus.

Sie bleibt stehen, um ein Programm zu kaufen, und die junge Verkäuferin gibt ihr mit einem Lächeln das Wechselgeld.

»Das Konzert hat schon angefangen, Mrs. Pope, aber Sie können bestimmt vom Aufnahmeraum aus zusehen.« Wieder lächelt sie. Die Frau fragt sich unwillkürlich, ob das Mädchen wohl mit ihrem Mann geschlafen hat. Der junge Mann betrachtet gerade ein gerahmtes Foto, das Mr. Pope mit leuchtenden, leicht wollüstig blickenden Augen zeigt; das Haar ist, in einem vergeblichen Versuch lässig zu wirken, vorsätzlich in leichte Unordnung gelegt, und die kleine Kerbe zwischen Nase und Oberlippe verrät ein römisches Erbe.

Sie beobachtet eine Weile, wie er sich das Bild ihres Mannes ansieht. Dann dreht er sich um, lächelt und hebt behutsam die Hand, um die Geste des Mannes auf dem Foto ohne Böswilligkeit nachzuahmen.

Sie lächelt amüsiert, und plötzlich fühlt sie sich souverän und überlegen. Sie nimmt seine Hand und führt ihn den Flur entlang.

Aus ihrer Kindheit ist ihr ein bestimmtes Bild im Kopf geblieben. Wenn sie zusammen mit ihrer Großmutter in der U-Bahn unterwegs war, sah sie sich immer fasziniert die riesigen Plakate an, die die Wände der Bahnstationen schmückten. Es gab da ein besonderes Poster: Eine Werbung für Clarks-Schuhe, in der Hänsel und Gretel auf einem schmalen Pfad in einen finsteren Wald hineingingen.

Oft stand sie am Rande des Bahnsteigs und starrte das Bild an. Es kam ihr dann so vor, als erstrecke sich der Pfad bis in die Unendlichkeit. Der Gedanke daran, daß die zwei Kinder gemeinsam auf diese Art und Weise dahinwanderten – ohne Ziel, ohne zu wissen, was sie erwartete –, verursachte ihr Atemlosigkeit, eine Art Ersticken.

Und jetzt, wo sie mit dem jungen Mann Hand in Hand den Flur entlanggeht, empfindet sie eine Art Körperlosigkeit, als schaue sie von oben auf sie beide herab. Sie hat eine Entscheidung getroffen.

Sie erreichen eine kleine Tür in der Wand des Auditoriums. Die Musik, die von innen herausklingt, ist deutlich hörbar und vibriert unter ihren Füßen. Die Bläser spielen ein Crescendo, und sie weiß genau, in welcher Haltung ihr Mann gerade dasteht und beide Hände in jenem – halb aus Wissen, halb aus Instinkt bestehenden – Impuls, den die Musik in ihm erzeugt, hochreißt. Seine Gesichtszüge werden wild und verzerrt sein und eine Sinnlichkeit verraten, die er auszudrücken nie in der Lage gewesen ist. Die Trompeten verebben, und das tiefe Klagen der Streicher setzt ein. Als sie ihn zum ersten Mal so sah, wußte sie, daß sie ihn liebt.

Mr. und Mrs. Pope sind seit achtzehn Monaten verheiratet. Er ist der einzige Mann, den sie kennt, der sie nicht letztendlich doch bloß langweilt, und sobald ihr Interesse ein wenig zu wünschen übrigläßt, muß sie nur zusehen, wie er seinen Taktstock hebt. Sie ist die einzige Frau, die er kennt, die zu Mahler spontan einen Orgasmus erleben kann. Ihr Lieblingsstück ist »Die Auferstehung«.

Sie greift in ihre Tasche und holt einen kleinen goldenen Schlüssel hervor. Mit dem schließt sie die Tür auf.

Sie stolpert in den verdunkelten Raum, als er ihr einen sanften Schubs versetzt. Hier ist die Musik beinahe ohrenbetäubend laut. Er legt eine Hand auf ihre Brüste, liebkost die Rundungen, zieht an den Spitzen. Sie richten sich unter dem Stoff auf. Sie schiebt die Tür mit dem Fuß zu.

Der kleine Raum befindet sich in der linken Wand des Auditoriums, der Bühne gegenüber. Gewöhnlich benutzt die BBC ihn für Konzertaufnahmen. Die Akkustik der ausgeklügelten Architektur macht das möglich. Die holzgetäfelte Kammer ist dreieinhalb Meter lang und knapp zwei Meter breit. Zwei riesige Fenster öffnen sich zum Auditorium. Der Raum liegt etwa sechs Meter von der Bühne entfernt, so daß man sowohl den Dirigenten als auch das gesamte Orchester im Blick hat.

Es war ursprünglich Mr. Pope selbst gewesen, der seine Frau dazu ermutigt hatte, den Raum als Privatloge zu benutzen. In diesem Augenblick stellt er sie sich vor, wie sie in dem Raum sitzt und ihm mit leicht geneigtem Kopf zuhört. Der Gedanke daran, daß sie ihm zuhört, läßt ihn noch ein wenig härter werden. Er ist der geborene Schauspieler; manche würden sagen, daß es ihm im Blut liegt. Er wird nur sexuell erregt, wenn er weiß, daß er beobachtet wird. Zu viele leichte Eroberungen haben ihn erschöpft und übersättigt, er empfindet eine Art Mattigkeit, die mit dem Alter stärker wird. Er definiert sich nur noch über die Reaktionen anderer. Sein eigentliches, ursprüngliches Ich hat er vor langer Zeit in jenem Zug zurückgelassen, mit dem er Mitte der 50er Jahre aus Rumänien geflohen ist. Um sich selbst spüren zu können, muß er hören, wie man über ihn spricht, wobei er es bevorzugt, wenn die Wörter aus dem Munde junger Mädchen kommen. Geschieht dies nicht, so versinkt er nach jeder Konzerttournee in tiefe Depression und innere Leere.

Mr. Pope hebt den Taktstock, und der Cellist beginnt den zweiten Satz. Mrs. Pope schiebt den jungen Mann von sich weg. Sie bedeutet ihm, still zu sein. Langsam holt sie aus ihrer Aktentasche ein schwarzes Netzkorsett und ein Paar polierte Lackpumps. Sie bückt sich, und der Mann fängt an, ihr den Rock hinaufzuschieben. Sie richtet sich auf und schiebt den Rock wieder nach unten. Sie tritt ans Fenster, wendet dem jungen Mann ihren Rücken zu. In diesem Moment reißt der Dirigent die Arme hoch, und das Orchester setzt tosend ein. Sie schlüpft in das schwarze Korsett mit den halben Cups, die ihre Brüste nach oben pressen, als würde ein Mann sie halten und drücken.

Dann wendet sie sich dem Mann wieder zu. Sein Kopf nickt im Rhythmus der Musik. Er lehnt an dem Fenster, durch das ihr Mann zu sehen ist. Einen Augenblick lang weiß sie genau, was er will, was ihn besonders erregt. Es ist die Nähe des Publikums, das nur durch das Fenster von ihnen getrennt ist. Der animalische Geruch, die Mischung aus französischem Parfum, Schweiß ... All das erfüllt den Raum. Diese Leute werden ihr unfreiwilliges Publikum sein, blind für ihre Anwesenheit, doch so nah, daß sie beide, wenn sie es wollten, ihre Wäsche in die Menge schleudern könnten.

Auf der Bühne mustert der Violinist eingehend eine blonde Locke. Sie ringelt sich neckisch im Nacken der Cellistin vor ihm. Der vierte Violinist, gerade neunzehn Jahre alt und noch Jungfrau, fragt sich, wie das Haar wohl schmecken würde. Wahrscheinlich salzig. Er stellt sich vor, mit seiner Hand den Nacken aufwärtszugleiten und dann ins weiche Haar zu tauchen. Er würde ihren Kopf herunterdrücken, ihren weichen, willigen Mund zu seinem Schwanz schieben und … – Der dritte Violinist stößt ihm den Ellenbogen fest in die Rippen. Er hat seinen Part um beinahe zwanzig Sekunden verschleppt.

Endlich folgt er dem Taktstock, der sich hinauf in die Luft schraubt. Plötzlich wird seine Aufmerksamkeit gefesselt von etwas an der Wand gegenüber.

WAS DER VIERTE VIOLINIST SIEHT

Er sieht das bleiche Gesicht eines schönen Mannes, nicht viel älter als er selbst, der am Fenster des Aufnahmeraums sitzt und hinaussieht. Irgend etwas an der Art, wie er, leicht versetzt zum Rhythmus der Musik, mit dem Kopf nickt, ist seltsam.

Zwei weiße Brüste scheinen auf den schönen Mann zuzuschweben. Eine Frau, das Haar offen, den Oberkörper in ein Korsett gezwängt, schiebt ihm ihre Brüste ins Gesicht. Er nimmt behutsam eine in den Mund. Der vierte Violinist sieht die Spitze zwischen den vollen Lippen des jungen Mannes verschwinden. Rein und raus. Rein und raus. Wieder verpaßt der vierte Violinist seinen Einsatz.

WAS MRS. POPE FÜHLT

Zähne an ihren Brustwarzen, sie necken, beißen, die Zunge kreist, als die Spitzen sich aufrichten, dann Lippen, die saugen. Schneller, noch schneller. Er nimmt die andere Brust, greift fester, nimmt die Spitze zwischen zwei Finger. Er spielt auf meinem Körper, auf meinen Brüsten. Ich will, daß er mein Geschlecht berührt. Ich trete vor, aber er hält mich auf Abstand. Er weiß, was er tut, und er hat es nicht eilig.

WAS DER SCHWEIGSAME JUNGE MANN FÜHLT

Haut. Haut, in die man die Finger drücken kann, tiefer, tiefer. Haut wie süße, warme Milch. Blaue Adern strömen wie Flüsse direkt unter der Oberfläche. Brüste, die um die Spitzen, unmißverständlich harte Spitzen, perfekte Kreise gebildet haben. Der Warzenhof schmeckt nach Pflaumen. Pflaumen mit einem Hauch Meersalz. Ich will, daß sie mich wie eine Sirene nimmt, eine Medusa, die mich auf Deck zerrt. Und um uns herum die tosende See.

WAS DER DIRIGENT DENKT

Warum wollen Sie das wissen? Was spielt es für eine Rolle, was ich denke? Ich bin nur eine Art Schauspieler, ein Objekt Katherines. So heißt sie nämlich, Katherine Pope, geborene Handsworth. Ich stehe hier und bin eigentlich gar nicht wirklich anwesend. Der musikalische Instinkt hat von mir Besitz ergriffen. Ich höre die Noten, bevor sie gespielt werden. Ich orchestriere den Augenblick, bevor er sich manifestiert. Es macht mich zum Diktator. Zu einem Puppenspieler, der Hunderte von unsichtbaren Fäden, die an Instrumenten und Lippen vor mir befestigt sind, in der Hand hält. Diese Macht ist enorm erregend. Die Verantwortung, die damit einhergeht, ist aber auch erschreckend. Ich spüre den Atem des Publikums in meinem Nacken. Sie inhalieren gleichzeitig. Ihr Atem strömt in gemächlichen Bächen dahin und beschleunigt sich mit der Musik. Mir als Meister kommt es vor, als choreographiere ich einen gewaltigen kollektiven Orgasmus ... oder vielleicht eine Reihe von kleinen Höhepunkten, die zu einer Art Tod führen. Die Art von Tod, die einem die Schädeldecke versengt, wenn das gesamte Orchester zu einem tosenden Farbrausch zusammenströmt und man abhebt, um irgendwo zwischen den Kronleuchtern zu schweben. Die Art von Tod, die einen in der Stille zwischen der letzten Note und dem donnernden Applaus ereilt. Der letzte Herzschlag.

Notation: Klimax. Schlag. Schweigen. Schlag. Applaus.

Ich bilde mir gerne ein, daß ich die Frauen im Publikum besonders gut bediene. Für die älteren Semester ist der langsame, sanfte Anstieg gedacht, der mit Körpern, die mit Berührung vertraut sind, besonders freundlich umgeht.

Für die jüngeren, verspielteren Zuhörerinnen (und Gott weiß, wie beunruhigend ihre Zahl zurückgeht) dirigiere ich die triumphierenden Helden der Bläser. Den Männern lasse ich den Raum zwischen den Noten; sie können ihre eigenen Schlüsse ziehen.

Sie sagen mir, daß meine Frau sich im Publikum befindet. Das weiß ich schon, ich spüre es. Sie ist so anders. Für sie hat das Leben noch Dramatik. Das Pathos, das sie treibt, verleiht allem eine schärfere Kontur. Deswegen liebe ich sie – sie rüttelt mich auf. Und es gibt sonst nur noch zwei Dinge, die mich aufrütteln: Fellatio und Mozart.

Er hebt sie hoch und zieht sie auf seinen Schoß. Der vierte Violinist spielt eine falsche Note, als die Frau den Schwanz des Mannes packt. Selbst in der Dunkelheit kann er die Größe und Dicke erkennen, sieht den enormen Phallus, der den Rest des Körpers zierlich wirken läßt. Im Profil erinnert der Mann an Bacchus oder Priapos. Sie läßt sich auf die Knie sinken. Ihre Brüste fallen über seine Eichel, er schiebt sich in den Spalt ihres Busens.

Der vierte Violinist läßt seinen Bogen fallen; der Bassist bügelt den Fehler rasch aus. Als er sich bückt, sieht er die schmalen Fesseln der Cellistin vor sich. Er stellt sich einen Flaum aus blonden Haaren an der Innenseite ihrer Schenkel vor, die in einen dichten blonden Busch übergehen. Als er sich wieder aufrichtet, schaut er wieder zum Aufnahmeraum hinüber. Die Frau hat den Schwanz des Mannes in den Mund genommen.

Der vierte Violinist stellt sich vor, wie sich ihr Mund anfühlen mag, wie ihre Zunge die Naht entlangfährt, als spiele sie auf einem Blasinstrument.

Der Kopf der Frau schnellt auf und ab, als sie ihn nun tief in ihren Mund hineinschiebt. Der Mann hat den Kopf zurücksinken lassen und die Lippen ein Stück geöffnet. Als sie sich dem Ende des dritten Satzes nähern, schiebt er sie weg und drückt seinen Schwanz an der Wurzel leicht zusammen, um sich zurückzuhalten. Der vierte Violinist wirft einen Blick zum dritten Violinisten hinüber, der mitten in der Bewegung erstarrt ist. Sein Gesicht ist gerötet. Auch er sieht zum Aufnahmeraum hinüber.

WAS MRS. POPE FÜHLT

Sein Geschmack ist jugendlich, etwas beißend, das Aroma von Mandeln und Hoden. Samt, schwer in der Hand, der gegen meinen Bauch stößt. Das blinde wilde Tier, das den Pfirsich spaltet. Was sollte ich tun? Ich ließ mich auf die Knie sinken, um ihn zu kosten.

Ein Tröpfchen des Ozeans quillt hervor, und ich lutsche. Ich schlucke ihn. Das Gefühl, ihn durch meine Zunge zum Beben zu bringen, macht mich zur Herrin. Während ich ihm einen blase, sehe ich meinen Mann, den die Musik mitreißt. Wogen roter und weißer Spiralen durchsetzen die Musik und lasten auf meinen Lidern.

Er stößt in meine Kehle, seine Ekstase wird meine. Ich drücke meine Klitoris auf meine Ferse, reibe sie schneller, schneller. Schneller, immer schneller, lauter, die Musik, Salz, der Chor der Männerstimmen, das Pulsieren seines Samens, meines nassen Geschlechts. Er zieht meinen Kopf weg und dreht mich um. Er teilt meine Pobacken und taucht hinein, zieht mich auf seinen Schoß. Zieht mich in seinen Dunstkreis. Die Zunge in meinem Ohr, eine Hand, die mich spreizt, die andere, die meine Brüste drückt, als wolle er alles auf einmal spüren. Und ich bin groß, zum Bersten voll mit Saft. Er taucht ein, steigt auf, läßt mich über die Spitze gleiten, dann wieder den Schaft hinab. Schnell, schneller, noch schneller. Alles ist naß.

WAS DER SCHWEIGSAME JUNGE MANN FÜHLT

Ich kenne nur noch ihr Fleisch, ihre Stimme, ihren Geruch, ihre Finger, erfahrener als meine. Sie zögern nicht. Ihre Möse ist wie ein dichter Schleier, den ich mir über das Gesicht, über die Lippen, über meine Haut ziehe, bis sie und ich zusammengeschweißt sind. Ich will jedes Loch von ihr füllen, ihren Arsch, ihre Möse, ihr Ohr, ihren Mund. Will dich und die Fremdheit in deinem Inneren ficken. Ihre Brüste liegen in meinen Händen, sie sind Fleisch am Ende eines engen, feuchten Kanals. Wir reiten die Wellen, und von der Decke tropft Musik.

Wenn ich dich ficke, ficke ich deinen Mann. Ich schließe meine Augen, und es ist seine Hand, die den Stock packt. Der Taktstock, mein Schwanz, deine Musik. Du stöhnst halblaut. Das ist es, was ich fühle.

WAS DER DIRIGENT DENKT

Bei den Streichern ist irgend etwas nicht in Ordnung. Los, stimmt euch ein, ihr Bastarde. Der dritte und vierte. Sie schauen noch nicht einmal auf ihre Notenblätter. Ich werde auf mein Pult klopfen. Wo starren sie denn nur hin? Ah, endlich ein paar Töne! Vielen Dank, Gentlemen ... langsam, langsam, sanft, ganz sanft, denkt an eine ruhige, silbrige See, die erst um eure Zehen leckt, dann langsam eure Knöchel umspielt, nicht zu schnell ... bis sie sich in gewaltigen elektrischen Wogen über euren Knien bricht.

SIE

Er setzt mich auf die breite Fensterverschalung, und die heiße Luft aus dem Auditorium wärmt meinen Hintern. Er spreizt meine Schamlippen und wühlt seinen Mund hinein, findet den Kitzler, spielt mit seiner Zunge auf mir. Ich stöhne. Mein Körper bebt unter seinen Fingern. Nur die Spitze, nur die

Spitze, und als ich anschwelle, nimmt er sie ganz und saugt … Es ist, als wäre er komplett in mir, als wäre meine Lust die seine.

DER SCHWEIGSAME JUNGE MANN

Ihr Duft, ihr Geschmack … ihr Körper bebt, ein winziger Penis, sie wird gleich kommen. Ich schlinge ihre Beine um meine Hüften. Ich drücke sie gegen die Wand und stoße in sie. Mein Schwanz fährt hinein, wie ein heißes Messer durch Butter schneidet.

DER DIRIGENT

Es steigert sich, jetzt das Schlagzeug, genau, das ist es! Das ist es! Nagelt ihnen den Rhythmus in die Eingeweide, in jede Faser des Seins! Schneller! Schneller! Schneller! Und Schnitt! Jetzt der Tod, jetzt das Schweigen, das uns überschwemmt.

SIE

Ahhhhhh!

DER SCHWEIGSAME JUNGE MANN

Ahhhhhh!

DER DIRIGENT

Schreie zerreißen die Stille zwischen Crescendo und Applaus. Wütend wirble ich herum. Ein Pärchen hängt halbnackt und gesättigt aus dem Fenster des Aufnahmeraums.

Dies ist eine Szene aus meinem schlimmsten Alptraum. Das kann nicht wahr sein. Ihr langes rotes Haar fließt wasserfallartig die Wand herab. Die älteren Mitglieder des Orchesters beginnen zu hüsteln, ihren Blick abzuwenden. Die jüngeren grinsen offen. Es muß ein Trugbild sein. Der junge Mann zieht sich mit einem trägen Lächeln aus meiner Frau zurück. Dann verbeugt er sich.

Das gesamte Auditorium schüttelt sich vor Lachen.

Kein Applaus.

Der Reiz des Fremden

DER LIEBHABER

Alles, was zu sehen ist, ist der Radiowecker, der auf dem Tischchen neben dem Bett steht. Die Leuchtziffern werfen ihren Schein auf die weiße Bettdecke, die ich mir bis zur Nase hochgezogen habe. Sie riecht nach ihr. Und mir. Ich liege da und spüre, wie die Spannung meine Füße, die Muskeln in meinem Nacken, meinen Bauch verläßt. Wir haben vor zehn Minuten unser Liebesspiel beendet. Aber ich liege gerne alleine hier in ihrer Wohnung, wenn sie zur Arbeit gegangen ist. So habe ich Zeit, mich umzusehen.

Ich schwinge meine Beine aus dem Bett. Ein dicker Teppich aus irgendwelchen fremdartigen Materialien liegt auf den kühlen, polierten Bodendielen. Als meine Zehen im Teppich versinken, steigt ein exotischer Duft auf. Sie hat mir einmal erzählt, daß die Nomaden auf solchen Teppichen Schach gespielt haben. Und nun liegt er hier, in der Verbannung, in einer tasmanischen Vorstadt.

An der Wand steht eine Kommode, ein schweres, antikes Stück mit äußerst lebendig wirkenden Messingklauen als

Füßen. Die Kommode ist übersät mit Kosmetiktöpfchen, Halsketten glitzern schwach im Dunkeln, ein abgelegter Samtschal, eine Bürste, die nach altem Haarspray riecht, Parfum und der Duft nach olivfarbener Haut und dickem schwarzem Haar. Ich bleibe davor stehen, doch es ist nicht das Make-up, das ich will: Ich will einen Moment lang durch ihre Augen sehen.

Ich gehe zu den Kleidern, die auf einer metallenen Kleiderstange hängen – rote, einige mit Perlen für den Abend, einige noch in Plastikfolie geschweißt und nach Reinigung riechend. Andere strömen einen leichten Schweißgeruch aus und erzählen von heimlichen Nächten in irgendwelchen Clubs und dem anschließenden Schicksal, in einem fremden Schlafzimmer zerknautscht auf dem Boden zu landen.

Ich wähle ein Sommerkleid. Mein Penis, noch feucht von ihr, klebt leicht an der Seide, als ich den Stoff über meinen Körper ziehe. Das Kleid spannt an meinen Schultern und bedeckt meine Nacktheit nur knapp. Ich will nicht in den Spiegel sehen. Ich bin kein Transvestit. Ich will nur diesen einen Moment – will sie sein, mich in ihrem biegsamen Körper verwundbar fühlen. Meine Hände gleiten aufwärts zu den leeren Ausbeulungen, wo ihre Brüste sitzen würden.

Der Verkehr draußen ist ein fernes Rauschen; es ist Samstagnacht. Die Leute laufen ziellos die Bürgersteige entlang, auf der Suche nach Ablenkung, etwas zu essen, einer Begegnung, die es ihnen ermöglicht, aus ihrer Haut, aus ihren Ehen, aus ihrem Alltag zu schlüpfen. Ich lege mich hin und schlafe ein.

DER FREUND

Dee. So nennt er sich selbst. Dee. Das gefällt mir, denn es beschwört eine gewisse Männlichkeit herauf, die ich unwiderstehlich finde. Nichts Tuntiges an diesem Jungen – das war das erste Positive, das mir an ihm auffiel. Er wirkte ganz normal, hetero, als sei seine Sexualität in seinem Leben zweitrangig. Als würde er sich damit sehr wohl fühlen und habe es nicht nötig, sie in jedem Club zur Schau zu stellen. Er ist groß und hat einen wirklich guten Body. Eine glatte Brust, über die man sein Kinn reiben möchte, einen echten Waschbrettbauch. Kein Bodybuilder-Typ, oh nein, dieser Körper ist durch echte Arbeit geformt worden. Ein Körper, der zu etwas taugt, einer, der mich immer reizen wird. Echte Muskeln, nicht dieses künstlich produzierte, aufgeblasene Zeug. Und sein Schwanz – die große, beschnittene Ausgabe mit einer anständigen Verdickung am Ende. Und tiefhängende Eier. Ich mag es, das Gewicht in meiner Hand zu spüren.

Es war keine Liebe. Die habe ich schon aufgegeben. Nein, es war definitiv Lust! Unkomplizierte, animalische und durch und durch befriedigende Lust. Liebe war das letzte, was ich gebrauchen konnte, insbesondere nach dem letzten Debakel. Schick mich in einen Raum, und ich suche mir zielsicher den nächsten Psychopathen heraus. Ich bin in Ärger verliebt. Mein Therapeut behauptet, ich bräuchte das. Aber Dee bedeutete keinen Ärger. Er war einfach wundervoll. Manche Leute sind einfach, sagen wir, unkompliziert.

DER LIEBHABER

Ich traf ihn im La Cage. Gelegentlich gehe ich dorthin. Es gehört zu meiner Persönlichkeit. Ich hinterfrage das nicht. Ich denke, es gibt deswegen so viel Leid auf der Welt, weil Menschen durch ihren Kopf statt durch ihr Herz leben. Ich dagegen lebe einfach nur.

Er fiel mir sofort auf – ich denke, es lag an dem mittellangen, rötlichen Haar. Nicht viele Männer haben so schönes

Haar wie er, es hob ihn aus der Masse hervor. Er wirkte vor allem etwas weniger modebewußt als die Leute um ihn herum. Das gefiel mir: an den Säumen ein wenig ausgefranst, ein wenig verletzlich. Ich ging hin, stellte mich neben ihn und bestellte einen Drink. Ich spürte, wie er mich abcheckte. Sein Blick wanderte über mein T-Shirt und wühlte sich zwischen meine Beine. Dies ist der Moment, der mir immer am besten gefällt. Ich habe nie auch nur den geringsten Zweifel daran, daß sie mich wollen. Manche Leute sind personifizierter Sex, und ich gehöre dazu. Ich kultiviere das. Ich bin auch nicht arrogant oder so was. Es ist einfach so, eine schlichte Tatsachenfeststellung. Eine Eigenschaft, die mich noch nie im Stich gelassen hat.

Also wendet er sich mir zu, und endlich sehe ich sein Gesicht. Ende zwanzig, Adlernase, glatte Haut, voller Mund und grüne, glitzernde Augen, in denen ein Hauch Zynismus zu sehen ist. Ganz mein Typ.

»Simon«, sagt er. »Simon. Aber sag mir deinen nicht. Laß uns Fremde bleiben, wenigstens noch für eine Weile.« Und ich weiß genau, daß ich ihn unbedingt haben muß.

DER REIZ DES FREMDEN

Sie brechen in eine Mietwohnung, eine häßliche Bude direkt hinter dem Club, ein. Dees Herz hämmert heftig, obwohl er Gleichgültigkeit vorgibt. Er weiß nichts von diesem Mann, aber er will ihn, und die Gefahr erregt ihn genauso, wie sie Simon erregt. Es war Simons Idee, hierher zu kommen. Er tue es regelmäßig, erzählt er Dee ganz beiläufig. Du brichst einfach irgendwo ein und vögelst im Bett. Es ist heftig und vollkommen fremd ... und beinhaltet den zusätzlichen Kick, jeden Moment erwischt werden zu können. Er befeuchtet die

Unterlippe mit der Zungenspitze. Die Geste ist pure Absicht, doch beiläufig genug, um unbewußt zu wirken. Sie verschafft Dee eine sofortige Erektion.

Kleine Räume, feuchte Wände, Kleinstadtarmut. Simon nimmt Dees Hand und führt ihn ins Schlafzimmer.

Ein einziger Futon auf dem Boden, eine alte Liege an die Wand geschoben. Der Lattenrost ist stellenweise zerbrochen.

Simon schleudert einen Teddy vom Bett und fällt plötzlich vor Dee auf die Knie. Während er die Haut an dessen Taille mit kleinen Bissen überzieht, öffnet er den Reißverschluß der engen Jeans. Dees Schwanz springt heraus und ragt stolz und rosafarben ins Licht der nackten Glühbirne. Dee blickt hinab und wühlt seine Finger durch Simons rötliches Haar, während der seinen Schwanz in den Mund nimmt, erst kostet und ihn sich dann gierig in den Rachen schiebt. Dee legt den Kopf in den Nacken und läßt sich genüßlich einen blasen, während Simons Hände zuversichtlich um seine Taille herumgleiten und seine Arschbacken packen.

An der Decke hängt ein Poster, ein altes Bild von Tom Cruise. Ich werde mit dem Blick auf Tom Cruise kommen, durchfährt es Dee plötzlich, und er macht sich los. Er zieht Simon auf das Bett und streift ihm sein T-Shirt ab. Während er mit dem Finger über den goldenen Flaum um dessen Brustwarzen streicht, vergräbt er sein Gesicht in Simons Achselhöhle und atmet den scharfen Geruch männlichen Schweißes ein: stärker, süßer – jünger als der seine. Er greift nach unten und zerrt Simons abgewetzte Lederhose herunter. Simons Schwanz, kleiner als sein eigener, reibt gegen sein großes Glied. Weiße, sommersprossige Haut, die Hoden nur mit einem Flaum goldener Haare bedeckt. Dee nimmt Simons Schwanz in die Hand und reibt ihn sich behutsam über die Lippen, die Lider. Dasselbe und doch anders. Die Kuppe ist ein wenig feucht. Er liebkost ihn, indem er mit der Spitze die Konturen seiner Lippen nachzeichnet, über die Bartstoppel reibt. Simon keucht auf und zieht Dee zu sich hinauf.

Dee liegt nun mit dem ganzen Körper auf Simon. Brust an Brust, Schwanz an Schwanz. Er taucht ab in das Grün von Simons Augen. Ein klares, tiefes, mit Grau gesprenkeltes Grün. Er schließt die Augen und fühlt Simons Lippen auf seinen, fühlt die Zunge, die eindringt wie ein Schwanz, seinen Mund erforscht, in die Kehle stößt. Er dreht Simon um und legt sich dessen Füße über die Schultern. Während er in seiner Hosentasche nach einem Kondom tastet und es sich sorgfältig überstreift, hält er Simon auf der Matratze fest.

»Wir könnten jeden Moment erwischt werden.« Simons Stimme ist belegt vor Lust.

»Ist es nicht das, was du willst?« flüstert Dee ihm heiser ins Ohr, als er tief in Simons enges Arschloch eindringt.

DIE FREUNDIN

Wir sind jetzt seit acht Monaten ein Liebespaar. Wie könnte ich ihn beschreiben? Schweigsam, einer aus der australischen Arbeiterklasse – Sie wissen schon, einer, der sich in der Kunst des emotionalen Ausdrucks nicht wirklich auskennen kann. Ich denke, daß es das war, was mich am meisten an ihm gereizt hat. Das schwierige, robuste Wesen.

Dee arbeitet mit seinen Händen. Man sieht es direkt an der Art und Weise, wie sie – kräftig und mit Adern durchzogen – an seinem Körper herabhängen.

Er ist Landschaftsgärtner und arbeitet für die Stadt. Manchmal sah ich ihn im botanischen Garten, wie er in seinem dunklen Baumwolloverall auf den Knien lag und Unkraut zupfte oder sich um den Kräutergarten kümmerte. Später dann, bei mir zu Hause, schlief er mit mir – nach Eukalyptus duftend und unter seinen Fingernägeln noch die Erde des Gartens.

Wir lernten uns auf einer Dinnerparty kennen. Ich hatte eigentlich nicht vorgehabt, mich in einen Landschaftsgärtner zu verlieben. Aber Liebe hat nichts mit Logik zu tun, so sehr ich es mir auch manchmal wünschen würde. Meine Kollegen in der Kanzlei halten mich für einen Kontrollfreak. Ich mag es, wenn die Dinge aufgeräumt sind – wenn alles seinen Platz hat. Dee ist meine einzige Ausnahme. Er weigert sich, sich irgendwo einzufügen: weder in meine langfristigen Pläne, noch in meine gesellschaftlichen Aktivitäten, noch in meine Definition dessen, was ein Liebhaber sein sollte. Er legt seine eigenen Bedingungen fest, und ich füge mich. Schließlich ist Vermittlung, genauer gesagt das Schiedsverfahren, mein Fachgebiet. Ist das Liebe oder Masochismus?

Einmal liebte er mich nachts im Park. Es muß etwa dreißig Grad warm gewesen sein – zu heiß zum Schlafen. Wir waren betrunken, der Mond schien hell. Es war eine dieser Nächte, in der man das Menschsein, die Tatsache, daß man zur menschlichen Rasse gehört, vollkommen objektiv betrachten kann, so als würde man mit einem Astralleib irgendwo da draußen auf die Erde hinabsehen. Und wenn du Glück hast, wirst du hochgehoben, davongetragen und kopfüber in die Bedeutung von Ewigkeit hineingestoßen.

Ich erinnere mich, wie das Mondlicht die Statuen beschien, an denen wir vorbeiwanderten. Sie wirkten magisch, waren bläuliche granitene Engel, die seltsame Schatten warfen. Der Duft von Jasmin, dicken weißen Magnolien und blauen Jacarandablättern, die auf unser Haar herabregneten.

Ich drehe mich lachend zu ihm um, aber er ist weg, vollkommen in den Schatten verschwunden. Plötzlich ernüchtert, rufe ich nach ihm. Ich höre nur das Echo meiner Stimme, und das Beben darin ängstigt mich. Über mir quieken die Fledermäuse. Ich stolpere auf eine riesige Ulme zu, deren geäderter Stamm etwas Phallisches hat. Ein wenig beruhigt, weil ich im Schatten des Baumes kaum noch zu sehen bin, lehne ich mich dagegen.

Dann sehe ich, wie er ins blauweiße Mondlicht tritt. Geisterhaft, wie seine nackte, bleiche Haut das Licht reflektiert. Mit schwingendem Geschlecht kommt er auf mich zu. Er ist nicht von dieser Welt, eine fremdartige Schönheit. Ich kann sein Gesicht nicht erkennen – die Schatten verwandeln ihn in einen Unbekannten. Er bricht einen dünnen Zweig ab und beginnt, seinen Schwanz mit groben, primitiven Handbewegungen mit dem honigähnlichen Saft einzureiben, der aus dem Baum hervorquillt. Um uns herum stimmen die Zikaden ihren lauten Gesang an. Ich bin noch immer im Abendkleid. Er hebt meinen Rock hoch und reißt ein Loch in meine Strumpfhose. Darunter bin ich nackt. Die Nachtluft streichelt zärtlich über meine Schamlippen. Er setzt mich auf einen Ast und befeuchtet mich behutsam mit einem Finger. Der Saft brennt wie Tigerbalm, setzt mein Blut in Wallungen. Er spreizt meine Lippen, plaziert einen Tropfen auf meiner Klitoris, und sofort steigt die Hitze in mir auf. Er tritt zurück. Der klebrige Saft glitzert auf seiner Haut, und er sieht aus wie ein unheimlicher Bacchus. Ich sitze festgeklemmt auf dem Baum, meine Beine zwischen zwei Ästen gespreizt, meine Brüste vom Stoff befreit. Ich fühle mich wie eine Art Opfergabe für den Mond, die von einem steinernen Publikum aus Göttinnen und dunklen Bäumen beobachtet wird.

Dee fährt mit seiner Zunge langsam über die Innenseiten meiner Schenkel, dann kehrt er mit kleinen Bissen zu meinen Knien zurück. Ich brenne vor Lust. Ich will ihn in mir spüren.

Ich beginne zu zappeln, doch er hält mich fest. Ich spüre, wie meine Klitoris und meine Schamlippen zu gigantischen Proportionen anschwellen. Blätter und kleine Zweige verfangen sich in meinem Haar, als ich meine Hüften seinem Mund, seinem Schwanz, was immer mich ausfüllen mag, entgegenschiebe, damit sich die Hitze in mir noch steigert. Mein Kopf fällt vor Wonne zurück, und ich starre in eine verkehrte Welt.

Etwas huscht von einem Schatten zum anderen, huscht über eine Lichtung aus weichem Gras, nur begrenzt durch duftende exotische Pflanzen. Eine Statue von Diana, der Jagdgöttin, steht in der Mitte der Lichtung. Zu ihren Füßen hockt ein nackter Satyr, ein wunderschönes junges Wesen, vielleicht vierzehn Jahre alt. In meinem betrunkenen, trunkenen Zustand sehe ich, wie der Satyr sein Gesicht zwischen Dianas jungfräuliche Schenkel vergräbt. Seine Hände packen ihre Hinterbacken, als seine lange tierische Zunge in ihr haarloses, feines Geschlecht dringt. Sie läßt den Köcher mit den Pfeilen fallen und biegt den Rücken durch wie eine Athletin. Eine Steinrose, die errötend erblüht.

Hände packen meine Brüste und heben mich wieder zu Boden. Wir hocken einander gegenüber auf den Boden. Dees Augen sind fast schwarz vor Lust. Ich schlinge meine Beine um seine Hüften und rutsche auf seinen Schwanz. Haut auf Haut, das Feuer wächst. Er fühlt sich riesig an. Der Mond und die Sterne tanzen über meinen Schultern, als ich mein Gesicht an seine Brust drücke. Unsere in Schweiß gebadeten Körper umklammern sich, und ich spüre jeden Zentimeter Haut, als er sich ganz langsam aus mir herauszieht. Ich werfe ihn ins duftende Gras und hocke mich breitbeinig wie eine antike Fruchtbarkeitsgöttin über ihn. Ich umschließe seine Schwanzspitze, necke ihn, indem ich mich vor und zurück bewege, lasse mich schließlich ganz darauf sinken. Dann strömen

Mond, Sterne, Bäume und Blumen auf uns ein und dringen in unser Inneres ein, als wir gemeinsam kommen.

Wie ich schon sagte. Dee ist kein gewöhnlicher Landschaftsgärtner.

DER FREUND

Ich verlor meine Jungfräulichkeit an einen Einbrecher. Kein Witz. Ich paßte auf die Villa meines Onkels in Sandy Bay auf. Es war spät, etwa zwei Uhr nachts, als ich von dem Geräusch zerberstenden Glases aufwachte. Ich sprang auf und schaute nach. Ich war sechzehn, trug nur meine Pyjama-Hose und hielt einen echt antiken Tomahawk umklammert. Der Einbrecher war etwa zwanzig, dunkel, groß und durchstöberte das Familiensilber. Er drehte sich zu mir um, starrte mich eine Weile an und begann dann zu lachen.

»Willst du mich etwa *damit* umbringen?« fragte er mit einem breitem Akzent. Er war das aufregendste Wesen, das ich je zuvor gesehen hatte. Nachher bat ich ihn, er solle das Silber wieder zurücklegen, aber er bestand darauf, es mitzunehmen, und so bestand ich darauf, daß er mich fesselte.

Ich habe es schon in Wohnungen, Häusern, Hausbooten und Karavans getrieben. Ich bin süchtig nach diesem Moment, wenn du die Tür zum ersten Mal aufstößt und in der Dunkelheit dastehst. Du nimmst den Geruch einer Familie war, um dich herum fremdes Leben, und erst dann knipst du das Licht an.

Seit dem Erlebnis mit dem Einbrecher reizt mich das völlig Fremde, das Nicht-Vertraute immer wieder. Vielleicht möchte ich zu jenem Moment zurückkehren. In seine Haut schlüpfen. In die des Einbrechers, in einer fremden und doch intimen Umgebung.

Wir liefen eine Seitenstraße entlang. Ich wußte, daß wir uns in der Nähe ihrer Wohnung befanden, war mir aber nicht darüber bewußt, wie nah. Wie auch immer – ich dachte nicht daran, ihm etwas über diese Seite meines Lebens zu erzählen. Ich bewahre unterschiedliche Dinge lieber in unterschiedlichen Kartons auf. Ich würde niemals Orchideen neben Fingerhut pflanzen.

Als nächstes weiß ich nur noch, daß Simon mit einem Satz über einen Zaun sprang und im Garten landete. Er bewegte sich wie ein Profi: Es machte mich an und verwandelt mich in seinen Komplizen.

»Warum ausgerechnet das Haus?«

»Weil es so anständig aussieht ... jungfräulich.«

Dann rammt er seine Faust ausgerechnet durch das Fenster, das ich erst eine Woche zuvor repariert hatte. Das Licht in der Küche brennt. Bitte, sei nicht zu Hause. Bitte. Die Katze streicht um meine Beine.

»Hätte mir denken können, daß Tieren dich mögen.«

Er grinst schief. Ich zucke die Achseln. Dieses Mal verlassen die zwei Satelliten die Umlaufbahn. Dieses Mal hämmert mein Herz so heftig, daß ich befürchte, man könne es meiner Stimme anhören.

Er schubst mich die schmale Treppe hinauf, in Richtung Schlafzimmer unterm Dach. Er macht heute abend einen auf grob, und ich lasse ihn, steige vor ihm die Treppe hoch, spüre, wie er meinen Hintern packt.

In der Dunkelheit des Schlafzimmers lege ich das gerahmte Foto von mir flach auf den Tisch. Ihr Duft wallt aus den Laken auf, als er mich aufs Bett drückt und sich auf meine Brust setzt.

»Ich werde hart, wenn ich dich nur ansehe.«

»Wie hart?«

»So hart!« Sein Schwanz stößt an meine Lippen.

In meinem Kopf fließen die Bilder zusammen, sein Haar, ihr Haar, alles vermischt sich, als seine Hand abwärts tastet und meinen Schwanz befreit. In der Dunkelheit, dieser Dunkelheit, bin ich sonst ihr Lover. Er dreht mir den Rücken zu, nimmt mich in den Mund, während er tief in meine Kehle hineinstößt. Seine Finger tauchen in mich, und bald existiert nichts mehr außer dies, dies und die Lust des Augenblicks. Er treibt mich weiter und weiter, dann hört er auf, drückt meinen Schwanz an der Wurzel zusammen, bremst mich. Schweiß überzieht unsere Körper, als wir uns aneinander reiben. Irgendwo in der Ferne höre ich das Klicken der Eingangstür.

DIE FREUNDIN

Sobald ich die Haustür öffne, spüre ich, daß es aus der Küche zieht. Das Haus ist klein, ein Arbeiterhäuschen aus dem letzten Jahrhundert. Es war Dee, der vorgeschlagen hat, die Bodendielen abzuschleifen und den Dachboden zum Schlafzimmer umzubauen. Ich fand diese Zeit mit ihm wunderschön; ich hielt mich in dem einen Zimmer auf, er im Raum daneben. Ich hämmerte einen Nagel in die Wand, während er auf der anderen Seite dieselbe Wand strich. Es war, als könnten wir uns gegenseitig durch den Gips spüren.

Ich mag die Größe meines Hauses. Ich kann die Ausmaße spüren, es ist überschaubar. Hier habe ich mich immer sicher gefühlt. Bis jetzt. Glassplitter liegen auf dem Küchenboden. An den Kanten des eingeschlagenen Fensters ist Blut zu sehen.

Über mir höre ich das Quietschen der Bettfedern. Ich

schleiche mich die Treppe hinauf, nehme jede Stufe ganz behutsam, um die knarrenden Bretter zu meiden.

Stöhnen. Ich kenne dieses Stöhnen, dieses scharfe Luftholen. Dee. Eine Sekunde lang kommt mir der irrsinnige Gedanke, er könne eingebrochen sein, um in meinem Bett zu masturbieren. Das Stöhnen wird lauter. Dann höre ich eine zweite Stimme. Männlich. Irgend etwas in mir krampft sich zusammen. Aber ich muß nachsehen. Ich muß es wissen.

DER REIZ DES FREMDEN

Sie steht am Fußende des Bettes, läßt ihren Augen Zeit, sich an die Dunkelheit zu gewöhnen. Gedämpftes Licht fällt auf die zwei Körper, die zunächst aussehen wie zwei bleiche Streifen wogenden Fleisches. Sie hält den Atem an. Es ergibt zunächst alles keinen Sinn. Es scheint einfach nicht logisch zu sein. Ihr Lover liegt ausgestreckt auf dem weißen Laken, auf dem seine dunkle Haut einen scharfen Kontrast zu dem blassen, kleineren Körper des anderen Mannes bildet. Sie bewundert die Schönheit eines schweißglänzenden, männlichen Rückens, den rauhe, kräftige Hände gepackt halten. Voll zorniger Energie. Sie erkennt den Mann auf ihrem Bett nicht als ihren Liebhaber. Sie hat ihn niemals passiv erlebt, hat nie gesehen, wie er devot den Rücken durchbiegt, wenn er genommen wird. Sie hat es sich noch nicht einmal vorgestellt. Doch die Szene hat einen Nachhall, etwas, das von ihrem Körper zurückgeworfen wird. Empfangen. Und darin findet sie ihn einfach nur schön. Schön mit den geröteten Wangen, mit dem zurückgeworfenen Kopf, findet es schön, wie der kleinere Mann ihn reitet und sich tiefer und tiefer in seinen Körper bohrt.

»Dee?«

Seine Augen stellen sich nur langsam scharf ein. Ihre Stimme hängt zwischen dem Stöhnen und dem Klatschen von Körper auf Körper.

»Dee?« Sie streckt die Hand aus und berührt sein Gesicht. Der Geruch ihres Handgelenks reißt ihn in die Realität zurück.

»Raus.«

»Aber ich will nicht.«

»Wer ist das? Woher kennt sie deinen Namen?«

»Raus!«

Sein Herz schlägt unerträglich schnell, als die zwei Welten, in denen er lebt, aufeinanderprallen. Er spürt, wie Simon innehält, in ihm pulsiert, fast wie ein Teil von ihm.

Sie streift sich ihr Kleid ab. Der dunkle Schatten ihres Geschlechts fasziniert Simon. Er kann sich nicht erinnern, wann zuletzt eine nackte Frau vor ihm gestanden hat.

»Dee?« Sie beugt sich vor und läßt ihre Hand über Simons Rücken gleiten, um schließlich innezuhalten und ihm mit leichtem Druck ihr Einverständnis zu übermitteln. Sie will zusehen. Sie will Dees Gesicht sehen, wenn er genommen wird.

Dee hockt jetzt auf allen vieren auf ihrem Bett. Sie greift nach seinem steifen Schwanz. Sie drückt ihr Geschlecht gegen seinen Mund. Er tastet mit der Zunge nach ihrem Kitzler. Sie schwillt an und bewegt sich, reibt sich über seine Nase, seine Lippen. Nun hat sie die Macht: Er bedient sie, während er von Simon genommen wird. Sie beobachtet, wie Simons Schwanz hinein- und hinausgleitet. Bei jedem Stoß tanzt Dees Zunge schneller in ihrer Möse.

Eine Übersetzung der Lust, Vermittlung von Sensationen.

Sie will den beiden näher sein. Sie legt sich hin, schiebt sich unter die Männer und rutscht an Dees schweißglänzendem Körper entlang, während sie versucht, an seinem sich vor- und zurückbewegenden Körper Halt zu finden. Es ist ein Eindringen in die Männerwelt, etwas, das etwas Gefährliches an sich hat. Sie ist ängstlich und erregt zugleich. Sie zieht Dees Kopf zu sich herab und küßt ihn.

Er schmeckt nach ihr, als er seine Zunge tief in ihre Mundhöhle dringen läßt. Sein Schwanz stößt gegen ihre Schamlippen. Sie will ihn in sich. Sofort. Sie zieht ihn zu sich herab, und er stößt in sie hinein. So groß, so erregt, daß sie einen Moment lang das Gefühl hat, als schlafe sie mit einem fremden Mann. Dee dringt in sie ein, während Simon in Dee hineinstößt. Simon beißt Dee in den Hals, während der an ihrer Zunge saugt. Ein Kreislauf der Penetration. Von Geben und Nehmen. Eine Verschmelzung von Männlich und Weiblich.

Dee hebt den Kopf. Sie weiß, daß er kurz davor steht zu kommen. Simons kleinen, weichen Hände, die ihr fremd sind, halten sie fest und drücken sie aufs Bett nieder, als das kombinierte Gewicht der beiden Männer in sie stößt. Simon beobachtet sie von oben, betrachtet ihr schwarzes Haar, das sich auf das Kissen ergießt, sieht die geröteten Wangen, die geschwollen, geöffneten Lippen. Er will zu ihr, zu Dees weiblichem Gegenstück, durchdringen. Er berührt ihre weichen Brüste, und die Spitzen werden hart, richten sich unter seinen Fingern auf. Es ist fast so, als könnte er seinen Schwanz, der fest in Dees Arsch steckt, in ihr spüren. Sie liebt das Gefühl der fremden Hände, die sie liebkosen, der geballten Kraft der beiden Männer, das Eindringen des einen in Verbindung mit der Berührung des anderen. Kurz vor dem Orgasmus zieht sich Simon zum finalen Stoß heraus. Dann hinein, ein Aufreißen, Ausfüllen, Explodieren, als Dee ebenfalls kommt und in sie strömt, in ihre heiße Möse. Die tausend Beben, die sich von ihren Brüsten bis in ihren Unterleib ziehen, erzeugen ein weißes Licht, als verlöre sie sich ganz im Mikrokosmos ihres Inneren, wo der Unterschied zwischen Weiblich und Männlich bebend und pulsierend verschmilzt, während sich eine Flutwelle in ihrem Herzen, in ihrem Hinterkopf bildet und vorwärtsquillt, anwächst, sich auftürmt, schneller und schneller, purpur, weiß und scharlach, wie ein gleißender Stern, wie die See selbst, während sie, aufs Bett gepreßt, entblößt, in all ihrer Pracht aufgeblättert, aufschreit und sich die Schreie der Männer mit den ihren vereinen.

Kleiner Mann, was nun?

Stacey erinnerte sich überhaupt nicht gern an ihre Kindheit und Jugend. Diese Zeit war für sie zu schmerzlich gewesen, zu traumatisch; sie mochte nicht einmal die kleinsten Erinnerungen an sie heraufbeschwören. Ihre ersten Jahre zählten für sie nicht mehr; ihr wirkliches Leben hatte erst begonnen, als sie Jock kennenlernte.

Obwohl sie aus einer Familie kleiner oder normalwüchsiger Menschen stammte, war sie ohne Schuhe fast einsfünfundneunzig groß. Seit ihrem achten Lebensjahr überragte sie jedes Familienmitglied, weswegen ihr ihr Vater – der selbst keine Einssiebzig erreichte – den spöttischen Beinamen »Stacey, die Riesin der Familie« verpaßt hatte. Solange sie zurückdenken konnte, war sie sich wie ein Irrtum der Natur vorgekommen, vor allem, wenn sie sich ungelenk über den Eßtisch beugte, sich bückte, um ihre Mutter zu küssen, oder die Basketballkörbe für die Nachbarjungs anbrachte. Dabei wünschte sie sich nichts sehnlicher, als endlich nicht mehr zu wachsen.

Sie hatte alle Familienalben durchwühlt, um vielleicht ein Foto von einem großen Verwandten zu finden, der ihr seine

Anlagen vererbt hatte. Doch vergeblich – die Müllers stammten von deutschen Lutheranern ab, und das Exil hatte den verkniffenen, gedrungenen Gestalten ihrer Vorfahren seinen Stempel aufgedrückt. Stacey kam nicht daran vorbei: Sie war eine Anomalität. Und wenn sie in ihrer Dachkammer lag, wo sie sich den Kopf stieß, wenn sie sich plötzlich aufsetzte, kam sie sich vor wie das Kuckucksei, das im falschen Nest abgelegt worden war und nun als plumpes Monsterküken seine armen, überstrapazierten Spatzeneltern überragte.

In der Schule saß sie immer ganz hinten, stets mit gekrümmtem Rücken über ihren Tisch gebeugt, und sah neidisch zu, wie die anderen Mädchen mühelos mit den Jungs flirteten, die *sie* nie mit mehr als nur brüderlichem Respekt betrachteten. Sie forderten sie zum Armdrücken heraus oder wählten sie ins Basketballteam, schienen aber ihre Weiblichkeit in keinster Weise wahrzunehmen. Für Stacey, die beinahe krankhaft schüchtern war, war dies ungeheuer quälend. Sie hätte sich vielleicht als Klassenclown betätigen oder sich durch außergewöhnliche schulische Leistungen hervortun können, aber leider besaß Stacey nichts außer ihrer Größe, was sie zu etwas Besonderem hätte machen können.

An einem ausgesprochen scheußlichen Tag, an dem ihre beste Freundin den Jungen verführt hatte, von dem Stacey seit Monaten heimlich träumte, traf sie eine Entscheidung: Sie forderte Abhilfe per Bestellcoupon an. Sie hatte die Anzeige auf der Rückseite eines Comic-Hefts gefunden: »Du bist das unbeholfenste Wesen in deiner Klasse? Du hast Angst, niemals einen Freund zu finden, dem du in die Augen sehen kannst? Nimm McKay's Wachstumsstopp. Das verhindert garantiert unerwünschte Größe. Fünfzehn Dollar plus Versandkosten.«

Das Zeug kam in einer schlichten braunen Schachtel an.

Sie hastete damit in ihr Zimmer, verschloß die Tür und zog die Vorhänge vor. Vorsichtig, aus Angst, sie könne etwas von dem geheimnisvollen Inhalt, der ihre Rettung sein sollte, kaputtmachen, zog sie das Klebeband ab. In der Schachtel befanden sich zwei schwere, elastische Gelenkbinder plus einer fotokopierten Seite mit einer handgeschriebenen Gebrauchsanweisung: »Binder um die Knöchel legen und einen Monat lang jede Nacht tragen. Die eingeschränkte Blutzirkulation reduziert den Fluß der Wachstumshormone im Körper. Umtausch ausgeschlossen.«

Sie trug die Manschetten etwa ein Jahr, bis ihre Mutter die Druckstellen entdeckte. In dieser Zeitspanne war sie weitere zehn Zentimeter gewachsen, so daß sie mit vierzehn die Einsachtundsiebzig-Marke erreicht hatte – und die Pubertät sollte erst noch richtig einsetzen. Mit zwanzig war sie einsachtundachzig, wuchs noch immer und hatte sich gezwungenermaßen längst an den unerwünschten Ausblick auf kahle Stellen in der Haarpracht, Schuppennester und Toupets gewöhnt. Ihre Größe verlieh ihr etwas Maskulines – etwas, das die Männer sehr nervös machte.

Wenn sie zum Tanzen ging, beschränkte sie sich auf das Flirten im Sitzen. Wann immer ein Mann auf sie zukam, blieb sie sitzen – aus Angst vor dem Moment, in dem er merken würde, daß sie größer war als er –, bat den jeweiligen Herrn, sich zu ihr zu gesellen, und schob irgendwelche fadenscheinigen Ausreden vor, um nicht aufstehen zu müssen. Die Neugierigen blieben bei ihr, während sie fröhlich plauderte – ein wenig *zu* fröhlich, ein wenig *zu* hektisch–und voller Unbehagen an den bedrohlichen Moment des Aufstehens dachte, der unweigerlich kommen *mußte*.

Tanzte sie doch einmal, bedeutete das, daß die meisten Männer unfreiwillig mit ihren Brüsten Konversation betrieben. Sie mußte sie auf Abstand halten, damit das Bild, das sie abgaben, nicht zu obszön wurde. Die Furcht, sich lächerlich zu machen, begleitete sie permanent – von dem Moment an, in dem sie morgens aufstand, bis zu dem Augenblick, in dem sie sich in die Sicherheit ihres extralangen Einzelbettes schmiegte. Ihre langen Arme um den Oberkörper geschlungen, wiegte sie sich in den Schlaf, während die elektrische Heizdecke unter ihr summte.

Mit siebenundzwanzig verlor sie ihre Jungfräulichkeit an einen Betrunkenen, der sie für eine Transvestiten-Nutte gehalten hatte. Als er ihr die Unterhose abstreifte, äußerte er seine Enttäuschung über seinen Irrtum, fickte sie aber dennoch. Es war eine schmuddelige und ziemlich unangenehme Angelegenheit, aber Stacey war froh, daß sie ihre Jungfräulichkeit endlich los war, die sie als eine Art Stigma empfunden hatte; wenigstens dieses Problem war somit beseitigt.

Sie arbeitete hinter dem Tresen einer TAB-Filiale, des staatlichen Wettbüros, kassierte die Einsätze und gab die Wettabschnitte aus. Sie war also in einer Männerdomäne gelandet, aber da es allen um das Wetten selbst ging, kümmerte sich niemand um ihr Aussehen beziehungsweise um wie auch immer geartete körperliche Anomalien. Stacey war ruhig, fleißig und hatte ein Händchen dafür, die Spieler, die manchmal am Boden zerstört waren, wieder aufzumuntern. Hätte sie in ihrer Umgebung mehr Verständnis oder Unterstützung gefunden, dann hätte sie bestimmt eine gute Sozialarbeiterin oder Krankenschwester werden können, doch ihre Körpermaße hatten ihre Welt definiert und ihre Möglichkeiten vollkommen eingeschränkt. Ihre Furcht machte sie unbeholfen, und ständig stieß sie mit ihren großen, ungeschickten Händen etwas um.

Des, ihr Chef, ein fröhlicher Mann Ende Sechzig, mochte

sie sehr und war ihr insgeheim dankbar, da sie die einzige Angestellte war, die niemals Lohnerhöhung forderte und sogar, ohne zu murren, an Feiertagen arbeitete.

Jeden Morgen kam sie in einem schlichten blauen Kleid zur Arbeit, das ihren großen Busen und ihre bemerkenswert schönen Beine verdeckte. Zu dem Kleid trug sie in der Regel eine kurze Strickjacke, eine dicke Strumpfhose und flache Schuhe. Kleidung zu kaufen war für sie von Kindheit an ein Problem gewesen; es war hart, die Umkleidekabinen mit dem gnadenlosen Licht und den bodenlangen Spiegeln zu ertragen, zumal in einigen Spiegel ihr Kopf gar nicht mehr zu sehen war, so daß ihr nur noch mit BH und Slip bekleideter Körper seltsam entfremdet wirkte. Entsetzlich auch, nach einem Rock mit der richtigen Länge zu fragen. Sie trug Größe zweiundvierzig; ihre Figur war nicht dick, sondern weiblich, wie ihre Mutter stolz zu sagen pflegte, alldieweil sie sich fragte, woher ihre Tochter bloß die beachtliche Oberweite und ihre Größe bekommen hatte – aus *ihrem* Familienzweig ganz sicher nicht!

Staceys Kleidung wirkte wie eine Tarnkappe – sorgsam zusammengestellt, damit sie quasi unsichtbar wurde. Sie konnte an einer Bushaltestelle stehen und nicht bemerkt werden, sie konnte einem attraktiven Mann gegenübersitzen, ohne zu erröten.

• • •

Es war vor allem sein Wuchs, der ihr imponierte. Er war einsfünfundfünzig, höchstens einssiebenundfünzig groß. Er war immer auffällig gekleidet, trug stets graue, blaue oder blaßgrüne Anzüge, deren Schulterpolster seine geringe Körpergröße noch zu betonen schienen. Seine Hemden – teuer, aber von einem katastrophalen Geschmack zeugend – standen ohne Ausnahme offen, um eine dichte Matte Brusthaar zur Schau zu stellen, auf der eine dicke Goldkette glänzte. Seine schwarzen Locken, die ihm bis auf die Schultern reichten, umrahmten ein dickliches Gesicht, das einen leicht irischen Einschlag aufwies. Am schönsten waren seine Augen: Sie hatten ein durchdringendes, leuchtendes Blau und waren von überraschend langen, schwarzen Wimpern gesäumt. Sein Alter zu schätzen war nicht leicht, aber es mußte irgendwo zwischen Mitte Dreißig und Vierzig liegen. Streß, aber wahrscheinlich auch Alkohol hatte seine Gesichtszüge aufquellen lassen, die man in seiner Jugend vielleicht optimistisch als »koboldartig« hätte bezeichnen können.

Mit Jock lernte sie zum ersten Mal einen Mann kennen, der ihre Weiblichkeit zur Kenntnis nahm. Er machte ihr Komplimente über ihren Teint oder ihr Haar, hielt ihre Hand fest, wenn sie ihm den Wettschein reichte, und verwirrte sie mit Sätzen wie »Je tiefer der Schatz vergraben ist, desto größer die Freude an der Entdeckung«. Zuerst befürchtete sie, er wolle sich nur über sie lustig machen, aber er gab nicht auf, und wenn er ihr in die Augen sah, waren seine Blicke so voller Wärme und Leidenschaft, daß es ihr manchmal vorkam, als wolle er sie hier, mitten im Wettbüro, zu liebkosen beginnen.

Seine Autorität und die Bewunderung, die andere Männer ihm entgegenbrachten, erregten sie. Sein großspuriges und aggressives Verhalten strahlte ein enormes Selbstvertrauen aus. Bald ertappte sie sich dabei, wie sie von ihm träumte. Sie versuchte sich vorzustellen, wie es wohl war, den Kopf mit den langen Locken zwischen ihren Brüsten zu spüren.

• • •

Heute ist der Tag, an dem der Adelaide Cup stattfindet, eins der großen Ereignisse, eins, an dem die ganz großen Wetten abgeschlossen werden. Stacey absolviert eine Doppelschicht; sie steht schon seit fünf Stunden hinter der Theke, lächelt aber noch immer.

Des bringt ihr eine Tasse Tee. Sie mag diesen Tag und das Rennen, denn wenn der Cup stattfindet, herrscht immer eine besonders prickelnde Atmosphäre. Selbst die professionellen Zocker scheinen in Festtagsstimmung zu sein, wenn sie glattrasiert und mit Nelke im Knopfloch im Büro auftauchen.

»Tag'chen, Jock. Was macht das Geschäft?«

»Wächst und gedeiht, Kumpel. Wächst und gedeiht.« Die anderen Männer machen ihm ehrfürchtig Platz, als er sich seinen Weg zu ihr bahnt. »Tag'chen, Herzchen, 'n Tausender auf Gipsy Queen.«

Sie blickt auf die Uhr. Das Rennen beginnt in zwei Minuten. Automatisch läßt sie den Wettschein ausdrucken. Das ist die letzte Wette, die sie annimmt. Ein Tausender. Die Chancen stehen zwanzig zu eins. Er muß über irgendwelche Insiderinformationen verfügen.

»Wenn ich gewinne, gehören Sie mir«, erklärt er. Als er ihr den Wettabschnitt abnimmt, schiebt er seine Finger zwischen ihre. Die Geste hat eine eindeutig sexuelle Bedeutung. Stacey wird augenblicklich feucht, und ihr Geschlecht zieht sich bei seiner Berührung zusammen. Sie errötet und versucht, ihre Verlegenheit zu überspielen, indem sie Wettpapiere zu scheinbar geordneten Stapeln zusammenschiebt. Jock lächelt sie an. Unwillkürlich lächelt sie zurück.

Der nächste Mann tritt an den Schalter. Er deutet auf Jock, der breitbeinig in der Mitte des Wettbüros steht und zum Fernseher hinaufsieht. »Ich setzte das gleiche wie er.«

»Tut mir leid, Sie sind zu spät.«

Die Startboxen fliegen auf, und unter dem Lärm der sie anfeuernden Menge stürmen die Pferde los. Stacey blickt zum Monitor hinüber und spürt, wie sich ihr Herzschlag beschleunigt, als sie sieht, daß Jocks Pferd auf der Außenbahn mithält, dann an Boden gewinnt und erst am ersten, dann auch am zweiten Rivalen vorbeizieht. Sie will, daß Jock gewinnt, sie will, daß er sie einfach nimmt.

»Yellow Sky ist nun direkt hinter Lovesick, dahinter nähert sich Gipsy Queen, die das Verfolgerfeld anführt, und jetzt gehen sie in die vierte Runde. Wer wird sich in der Kurve behaupten? Gipsy Queen schiebt sich nach vorne, sie gewinnt an Boden. Unglaublich, wie die Stute abzieht! Yellow Sky auf Position zwei schiebt sich an Lovesick heran, nur noch hundertfünfzig Meter. Gipsy Queen ist soeben an Yellow Sky vorbeigezogen, jetzt Kopf an Kopf mit Lovesick. Sie greift an, schiebt sich vorbei, das wird ein Photo-Finish werden ... Es ist Gipsy Queen! Was für ein Pferd! Was für ein Rennen! Glänzende Wetten ...«

Ein Brüllen geht durch die Gruppe der Männer im Wettbüro. Jock schreit aus vollem Hals: »Ich hab' gewonnen! Ich hab', verdammt noch mal, gewonnen!«

Er stürmt hinter den Tresen, packt sie an der Hand und zieht sie hoch. »Verdammt, sind Sie groß! Das gefällt mir. Das ist sexy! He, Des, ich leih' mir mal deine Angestellte aus, okay? Das macht dir doch nichts, oder? Erst recht nicht, wenn du mir die zwanzigtausend ausgezahlt hast, die du mir schuldest!«

Des lächelt nervös auf diesen kleinen Mann herab, der um Stacey herumtanzt. Jock schiebt sie auf die Tür zu, wobei seine Hand besitzergreifend auf ihrem Hintern liegt.

»Ich sagte doch, daß Sie mir gehören, wenn ich gewinne!«

Die Stammgäste beobachten anerkennend, wie Jock die

Tür eines hellroten Mercedes-Sportwagen öffnet, der draußen vor dem Büro parkt. Zum ersten Mal kommt sich Stacey in Begleitung eines Mannes nicht lächerlich vor.

Er wirft ihr einen Seitenblick zu; unter all dem großspurigen Getue ist er doch recht nervös. Ihre kühle Ausstrahlung hat etwas Undurchdringliches, das ihm große Angst einjagt. Aber alles, was einem Angst macht, ist es erst recht wert, sich darum zu bemühen! Schon lange hat er eine Frau nicht mehr so sehr begehrt. Und er will, daß sie ihn um seiner selbst willen begehrt... Sie soll die Person wollen, als die er sich immer noch sieht: den kleinen Burschen, der oft schikaniert worden ist, der jedoch gelernt hat, zurückzuschlagen und seinen Verstand zu gebrauchen, um seine Feinde auszutricksen. Zwischen ihm und ihr besteht, wie er erkennt, bereits ein Band – das Verständnis, das zwei Außenseiter instinktiv füreinander empfinden. Ihre Verletzlichkeit zeigt sich in jeder ihrer Bewegungen: in der Angewohnheit, den Kopf einzuziehen und den Rücken zu krümmen, um kleiner zu wirken, und dem Versuch, ihre großen Hände im Schoß zu verstecken.

»Was wollen Sie mit dem Geld machen?«

»Es geht mir nicht ums Geld, sondern ums Gewinnen. Ich bin süchtig danach zu siegen.«

»Aber Sie könnten doch auch verlieren.«

»Das ist das Risiko, Stacey. Wenn Sie vor der Wahl stehen, sollten Sie immer den gefährlicheren Pfad wählen. Das zahlt sich aus.«

»Nun, ich bin gerade ein Risiko eingegangen, als ich in Ihren Wagen eingestiegen bin.« Sie lächelt spitzbübisch. Daß er sich so offensichtlich für sie interessiert, flößt ihr Selbstvertrauen ein. Sie streckt die Beine in dem Wagen aus und spürt dabei, wie sein Blick all ihren Bewegungen folgt.

»Je größer das Risiko, desto größer auch der Gewinn«,

antwortet er, ebenfalls lächelnd. Er sehnt sich danach, zu erleben, wie sie die Kontrolle über ihre langen Glieder verliert, er will ihre Schönheit in ihrer Ganzheit ergründen. Er kann es kaum fassen, daß sie neben ihm im Auto sitzt, doch von seiner enormen Anspannung läßt er sich nichts anmerken, als er sacht den fünften Gang einlegt.

Als erstes geht er mit ihr einkaufen. Trotzig betritt er neben ihr »David Jones« und begibt sich ohne Umschweife in die Wäscheabteilung, wo er BH, Strümpfe und Slip verlangt, deren Größe er treffsicher errät. Er weiß auch genau über die Länge der Strümpfe und die Qualität des Seidenbodys aus Paris Bescheid, den er kaufen will. Stacey ist von dem selbstbewußten Auftreten dieses Mannes, der das Geflüster und Gekicher der Verkäuferinnen vollkommen ignoriert, einfach hingerissen. Sie fügt sich seiner Autorität, verhält sich jedoch nicht unterwürfig, sondern gewinnt neues Selbstvertrauen.

»Nicht den roten Body, der paßt nicht zu meinem blonden Haar. Der mauvefarbene ist besser.«

»Sie haben recht. Warum eine Fackel nehmen, wenn eine Kerze ausreicht? Sie sind ein wahrer Traum, wissen Sie das? Eine Göttin – und lassen Sie sich bloß nichts anderes einreden, verstehen Sie?«

Sie steht vor dem Spiegel der Umkleidekabine und betrachtet die Gestalt, die nur den Body trägt. Einen Moment lang erkennt sie sich nicht wieder. Mit ihren offenen, schulterlangen blonden Haaren sieht sie aus wie Botticellis Venus.

Er blickt auf ihre Füße. »Sie brauchen Schuhe.«

In der Schuhabteilung geht er mit dem Verkäufer, dessen Gehabe sich rasch von Spott zu echtem Respekt wandelt, die in Frage kommenden Modelle durch. Jock kennt alle Modeschöpfer, von Charles Jourdan bis Walter Stieger. Stacey, die sich davor fürchtet, ihre Schuhgröße verraten zu müssen, sitzt stumm auf einem Stuhl und wünscht sich verzweifelt, kleiner zu sein. Zögernd streckt sie ein Bein aus; der Fuß am Ende scheint sich meterlang fortzusetzen.

»Welche Größe, Madam?«

Sie ist sicher, einen spöttischen Unterton gehört zu haben.

»Dreiundvierzig«, flüstert sie.

Jock springt aufgeregt auf, während der Verkäufer ihm einen verblüfften Blick zuwirft.

»Dreiundvierzig!«

Er brüllt es den Kunden entgegen, die vorbeigehen. »Dreiundvierzig! Was für eine Frau! Was für eine prächtige Fülle an Weiblichkeit!«

Peinlich berührt von diesem Gefühlsausbruch, verschwindet der Verkäufer im Lager, um die richtige Größe herauszusuchen. Jock kniet neben Staceys Füßen nieder und streicht mit seiner kleinen sehnigen Hand über ihre Wade. Seine Berührung jagt ihr kleine Schauder der Vorfreude das Bein hinauf. Plötzlich lächelt er, ein merkwürdig jungenhaftes, offenes und schelmisches Grinsen. »Sie dürfen sich niemals Ihrer Größe schämen. Sie bedeutet Macht. Sie ist das, was Sie von dem Pöbel abhebt.«

Er kauft ihr tiefrote Lederpumps von Charles Jourdan in Größe dreiundvierzig. In den Stilettos erreicht sie eine Größe von zwei Metern und überragt nun nicht nur Jock, sondern auch den Verkäufer. Jock besteht darauf, daß sie ihr neues Outfit, die Pumps, das Chanel-Kostüm, die Dior-Strümpfe und die Guy-Laroche-Dessous, bereits auf dem Weg zum Auto trägt. Ihr Haar läßt sie auf seine Anweisung hin offen über ihre Schultern fallen.

Sie fliegen in dem Mercedes dahin. Obwohl er auf einem Kissen sitzt, kann Jock kaum über das Armaturenbrett sehen. Zum Glück für Stacey ist das Verdeck offen, so daß sie ihren

Hals recken kann, soviel sie mag. Ihre Haare fliegen im Wind, die schwarze Seide des Chanel-Kostüms unterstreicht ihren vollen Busen, die Strümpfe an ihren langen Beinen glitzern teuer, und Stacey fühlt sich bezaubernd schön.

Jock hat eine Hand am Lenkrad, die andere auf ihrem Knie, während er unaufhörlich über sein Imperium spricht – sein Reich, das aus Fleisch besteht. Beziehungsweise aus Metzgereien, aus einer ganzen Kette, die sich durch die nordöstlichen Vorstädte zieht.

»Schon mein Vater hatte ein Geschäft, aber er war kein Visionär. Er hatte sein ganzes Leben lang bloß einen einzigen Laden, er hat nicht begriffen, was man mit Expansion, mit ausgesuchtem Service, mit Werbeaktionen wie Schnitzelwochen und Innereien zu Niedrigstpreisen alles erreichen kann. Viel zu traditionsverbunden, so war Dad. Er glaubte, daß man bescheiden bleiben sollte. Ich sage, Scheiß drauf. Und das hab' ich getan, wirklich und wahrhaftig. Heute bin ich mit den Größten auf du und du. Ich verdiene genausoviel wie die, aber was noch viel besser ist: Ich hab' mir alles selbst verdient, hab' nichts von irgendeinem reichen Daddy zugesteckt bekommen. Nichts ist schöner als Geld, das man selbst verdient hat, glauben Sie mir, Stacey. Übrigens, der Name paßt nicht zu Ihnen. Von nun an nenne ich Sie Stance. Wie groß sind Sie überhaupt? Einsfünfundneunzig?«

»Nah dran.«

»Eine wundervolle Größe für eine Frau.«

»Das habe ich bisher nicht gefunden.«

»Anders zu sein ist ein Geschenk, das man nutzen sollte.«

»Meinen Sie?«

»Nun, sehen Sie, ich kenne mich selbst recht gut, weiß, wo meine Stärken liegen, und ich finde, daß die Leute einen Fehler machen, wenn sie mich wegen meines kleinen Wuchses nicht ernstnehmen. Ich habe einfach Respekt vor mir selbst entwickelt. Schauen Sie, es gibt so viele schöne Menschen in der Stadt, die sich selbst nicht ausstehen können. Wozu soll das gut sein? Das Leben ist doch so kurz. Und Sie, was beherrschen Sie denn noch gut, außer andere zu überragen?«

»Mathematik.«

»Großartig. Wir können doch nicht zulassen, daß Sie Ihr Leben lang in dem TAB-Büro festhängen, nicht wahr?«

Sie umklammert ihre neue Handtasche, als er abrupt auf einen Parkplatz abbiegt, der neben einer großen Metzgerei liegt. Ein Schild mit der Aufschrift »J.P. Motherwell – Saftiges Kurzgebratenes & Köstliche Braten« prangt über dem großen Schaufenster.

Er führt sie in den Laden, eine große Halle mit altmodischen, verglasten Theken. Hinter jeder Auslage steht ein Angestellter, der eine lange gestreifte Schürze und eine weiße Mütze trägt. Obwohl auf dem Boden Sägespäne ausgestreut sind, ist an manchen Stellen Blut zu sehen. Im Geschäft drängeln sich Kunden, die es auf die Sonderangebote abgesehen haben.

»Hallo, Jock!«

»Tag'chen, Mr. Motherwell.«

Die Verkäufer treten beiseite, als Jock Stacey zum hinteren Teil des Ladens dirigiert.

»Warten Sie hier. Ich muß eben etwas erledigen. Bin in fünf Minuten wieder da.«

Er läßt sie hinter einer Trennwand zurück, hinter der sich, abgesehen von einer Holzkiste und einem Tisch, nur eine leere Fläche befindet. Sie setzt sich auf die Kiste und streift sich die Pumps ab. Ich bin verrückt, denkt sie, dieser Mann kann schließlich ein Mörder sein, ein Perverser, alles mögliche! Aber sie begehrt ihn so heftig! Endlich passiert etwas –

nach all den Jahren, in denen sie brav und gehorsam war, aber unsichtbar blieb oder – noch schlimmer – höflich ignoriert wurde; nach all der Zeit, in der sie als der ewige Single, als die alte Jungfer der Familie, als »die arme Stacey« bezeichnet und selbstverständlich als diejenige angesehen wurde, die zu Hause bleiben und sich um Mum kümmern würde. All die Kränkungen und Versagungen gären in ihr, blubbern hoch wie bittere Galle, die ihr in die Kehle steigt. »Verpißt euch«, sagt sie laut, »verpißt euch alle!« Und zum ersten Mal in ihrem Leben verwendet sie einen Kraftausdruck.

»Die Fracht soll in zwei Wochen im Iran eintreffen.«

»Lamm und Rind ... natürlich lebendig ...«

»Diese verdammten Kunden, was sie nicht wissen, macht sie nicht heiß. Es geht hier ums Geschäft, oder etwa nicht?«

»Jede Art von Handel ist für Australien gut!«

Jocks Stimme und die eines männlichen Ausländers wehen über die Wand zu ihr herüber. Sie vermischen sich, werden leiser, schließlich gehen die beiden zu einer anderen Sprache über. Stacey überlegt kurz, ob es sich um Arabisch handelt. Die Sonne strömt durch ein Oberlicht herein und umhüllt sie mit Wärme. Sie fühlt sich träge. Träge und erregt. Sie mag die Befehlsgewalt in seiner Stimme. Die Macht und den Zorn. Jock ist keinerlei Zögern anzumerken. Sie hat noch nie jemanden kennengelernt, der soviel Selbstvertrauen ausstrahlt. Sie findet das aufregend und beflügelnd. Außerdem ist sie zum ersten Mal mit jemandem zusammen, der eine Leidenschaft für Schnitzel entwickelt hat.

Sie überlegt, wie groß sein Penis wohl sein mag. Sind kleine Männer kümmerlicher gebaut? Sie hat bislang erst einen Penis vor Augen gehabt, und den hat sie auch mehr gefühlt als wirklich gesehen. Sie weiß noch, daß es sie überrascht hat, wie groß er wurde und wie glatt die Haut war.

Hinter ihr schlägt eine Tür zu, dann sind hastige Schritte zu hören. Ihr Herzschlag beschleunigt sich.

»Hier, Herzchen, ziehen Sie das über. Sie werden ihn gleich brauchen.«

Er reicht ihr einen eigentlich bodenlangen Nerzmantel, der ihr nur gerade bis zum Knie geht. »Ein Geschenk von einem befreundeten Kürschner als Dank für das Filetstück.« Er lacht und nimmt ihre Hand, um sie einen grellweißen Korridor entlangzuführen. Sie erreichen eine dicke Metalltür, die wie die eines Tresorraums aussieht.

»Der Kühlraum, meine Lieblingszuflucht«, erklärt er, als ein Schwaden eisiger Luft aus einem Türspalt dringt.

»Ich habe eine Vorliebe für Extreme. Alle Extreme. Sie faszinieren mich – Liebe und Haß, Groß und Klein, Heiß und Kalt. All das, bloß kein Durchschnitt. Ein Leben in Mittelmäßigkeit muß ein freudloses Dasein sein.«

Das Licht ist gedämpft, ein weiches Blau. Als sich ihre Augen an das Zwielicht gewöhnt haben, erkennt sie, daß es von Neonröhren herrührt, die in den Boden eingelassen sind. Sie ziehen sich unterhalb der Reihe von toten Tieren hin, die an Haken hängen. Massige Rinderhälften baumeln gegenüber kleineren Schafskadavern. Aus der Dunkelheit taucht ein Schweinskopf auf. Sie schnappt erschreckt nach Luft, was er mit einem Lachen quittiert.

»Es gefällt mir, Ihnen einen Schrecken einzujagen. Es macht mich an.« Wieder wundert sie sich über ihren Wagemut. Doch dann denkt sie wieder an Jocks Worte und kommt zu dem Schluß, daß das Risiko etwas ist, dem man sich ganz ergeben muß – oder gar nicht. Wie einer Religion.

Sie gelangen zu einer freien Fläche, in deren Mitte ein großer hölzerner Stuhl, eine kleine Lampe und ein Heizlüfter stehen.

»Setz dich!« Das ist ein Befehl, ausgesprochen mit autoritärer Stimme. Sie setzt sich.

»Mach den Mantel auf.« Sie öffnet den Pelz, während er sich vor sie stellt und ihr tief in die Augen blickt. Er kommt ihr so nah, daß sie seinen Atem auf ihrer Wange spürt. Er macht die Knöpfe ihres Kostüms auf und schiebt seine kalten Hände unter ihre Brüste. Die Brustwarzen verhärten sich, als die kalte Luft auf die Haut trifft. Ohne den Blick von ihren Augen abzuwenden, drückt er sie fest zusammen.

»Wunderschön.«

Eine Woge durchströmt ihren Körper, und sie spürt, wie sich ihre Möse zusammenzieht. Sie schließt die Augen und läßt den Kopf nach hinten fallen. Sie spürt seinen heißen Mund an ihrem Hals als er sanft hineinbeißt. Der Kontrast zwischen seinem warmen Mund und der eisigen Luft weckt in ihr den Wunsch, er möge sie am ganzen Körper mit dieser feuchten Hitze bedecken. Er nimmt eine Brustwarze in den Mund und führt ihre Hand zu seinem Hosenschlitz. Aus Angst vor ihrer Unbeholfenheit nestelt sie an seinem Reißverschluß herum. Er hilft ihr und legt ihr seinen Schwanz in die Hand. Er ist kompakt und dick, wodurch Jocks Gestalt noch winziger erscheint. Der geäderte, aufgerichtete, prächtig anzusehende Penis verwandelt den Mann in ein halb animalisches, halb menschliches Wesen. Er beugt sich vor und schaltet den Heizlüfter an. Heiße Luft bläst über ihre Haut und unter ihren Rock. Er schiebt seine Hand unter ihren Seidenslip und streicht über ihr Geschlecht, dann dringt er mit seinen Fingern in sie ein. Sie stöhnt, als er erst zwei, dann drei, dann sogar vier Finger in sie schiebt und sie dazu zwingt, die Schenkel zu öffnen. Seine Schwanzspitze streicht über ihre Schamlippen. Ihr Gesicht ist eiskalt, ihre Möse heiß von seinen Fingern.

Er spielt mit ihrem Kitzler, bis ihre Beine vor Lust zittern.

»Die Fakten! Größe?«

»Einsfünfundneunzig.«

»Brustumfang?«

»Sechsundneunzig.«

»Körbchengröße?«

»D-Cup!«

»Taille?«

»Weiß ich nicht.«

Sie ist kurz vor dem Höhepunkt. Sie kann es kaum glauben, daß ein Mann einer Frau mit den Fingern tatsächlich solche Lust verschaffen kann.

Sie hat das Gefühl, als sei sie ihm vollkommen ausgeliefert – ihm und seinen rastlosen Fingern, der Kraft seiner breiten muskulösen Schultern, dem schwarzen Haar auf seiner Brust.

Sie beugt sich vor und leckt über die Haut seiner Brust. Er schmeckt köstlich: nach Raubtier, nach Moschus. Nach purer Männlichkeit.

»Taille, geschätzt?«

»Sechsundachtzig.«

»Hüften?«

»Sechsundneunzig.«

»Schuhgröße?

»Das weißt du.«

»Ich will, daß du es mir sagst.«

Er zieht ihr den Slip herunter und dringt in sie ein. Sein Schwanz füllt sie ganz aus, ist wie für sie gemacht. Haut an Haut. Ein heißer Funken, der durch ihre frierenden Glieder strömt.

»Sag es.«

»Dreiundvierzig.«

Er stöhnt und stößt heftig in sie, dann zieht er sich zurück und neckt einen Moment lang ihre Schamlippen mit der Spitze seines Schwanzes, bevor er wieder eindringt. Gleich darauf zieht er sich wieder zurück. Und geht wieder hinein. Wieder und wieder. Sie will ihn tiefer in sich spüren. Will ihn ganz in sich aufnehmen. Er hält einen Moment inne, dann wirft er sich mit beiden Beinen über ihre Schenkel, so daß er jetzt richtig auf ihr sitzt. Der Schaft seines Penis, der nun gekrümmt ist, reibt fest über ihre Klitoris. Sie stöhnt. Er wühlt eine Hand in ihr Haar und zieht ihren Kopf zurück, weil er sehen will, wie sie zum Höhepunkt kommt.

»Fühlt sich das gut an? Ja?«

»Ja.«

Sie preßt die Beine zusammen, so daß er zwischen ihren Schenkeln eingeklemmt ist. Er legt seine Lippen um eine Brustwarze und beißt fest zu. Der Schmerz verschmilzt mit der Wonne, die sein harter Schwanz in ihr erzeugt. Das schwache Echo irgendeines Gospelsongs klingt ihr in den Ohren. Anscheinend erlebt sie gerade eine spirituelle Offenbarung.

»Wie gut? Sag es.«

»Gut.«

»Nur gut?«

»Ahhh ... ahhh!« Sie schreit, als der erste Orgasmus, den sie je erlebt, ihren Körper durchflutet, während der Gospelsong in einen Chor wahnsinniger Engel mündet, von denen keiner größer als einsfünfundfünzig ist.

Irgendwo, ganz weit weg, spürt sie, wie ihre Organe sich konvulsivisch zusammenziehen, während ihre Schreie von den Wänden des riesigen Kühlhauses abprallen.

Er lächelt, noch immer erregt, noch immer nicht gesättigt.

»Was hältst du von Kutteln?«

• • •

Noch vor Jocks nächster großer Lieferung war sie mit ihrem Heizgerät, ihrem Poster von Phar Lap, ihrer Hardcoverausgabe von *Black Beauty*, ihrem schmalen Bett und ihrem Kleiderständer mit den vier Standardoutfits aus ihrer Dachkammer ausgezogen. Beim Packen hatte sie unter einem Stapel Zeitschriften, sorgfältig in Plastik eingewickelt, die Gelenkbinder gefunden und sogleich triumphierend weggeworfen.

Jocks Anwesen, ein nachgeahmter Palladio-Bau, befand sich in der Nähe seines Hauptlagerhauses. Der Swimmingpool war in Form eines Lammkoteletts gestaltet. Noch nie hatte sie solchen Prunk gesehen, soviel Luxus und eine solche Überladenheit, die den Betrachter förmlich anschrie: Sieh her, sieh her, ich hab's geschafft, ich bin reich.

Die erste Woche ging sie auf Zehenspitzen und mit angehaltenem Atem durch diese Landschaft aus dicken Teppichen und antiken Möbeln, ohne glauben zu können, daß sie nun ein Teil dieser Üppigkeit war. Jock zog sie deswegen auf und nannte sie in gutmütigem Spott das Große Schweigen. Er gewöhnte sich an, sich nachts in seinem gigantischen Bett wie ein Kind an sie zu klammern und seinen kleinen Körper zwischen ihre Brüste und Hüften zu schmiegen. Sie liebte den Widerspruch zwischen seinem ausgesprochen maskulinen Verhalten und seiner Kleinwüchsigkeit. Sie liebte es, ihre langen Arme von hinten um ihn zu schlingen und sein weiches, so verletzlich wirkendes Geschlecht in ihren großen Händen zu halten, während er schlief. Der Geruch, den er ausströmte, gab ihr zum ersten Mal in ihrem Leben das Gefühl echter Geborgenheit.

Am Ende der ersten Woche erzählte sie ihm nach einem besonders heftigen Liebesakt mit zaghafter Stimme von den Manschetten. Er hörte ihr aufmerksam zu, während er ihre Beine streichelte, und seine Augen verdunkelten sich voller Mitgefühl.

»Bei mir war es die Streckmaschine. ›Johnson's Extensions-Apparat‹. Danach illegale Wachstumshormone. Gott, hat Dad mir eine Tracht Prügel verpaßt, als er die Dinger entdeckt hat! ›Junge‹, sagte er, ›es geht nicht darum, wie viele Zentimeter du hast, sondern was du damit machst.‹«

Er vergrub sein Gesicht in ihren Haaren und flüsterte ihr ins Ohr: »Und jetzt, sieh uns beide doch mal an: König und Königin!« Sie zog ihn fester an sich, wollte ihn in sich spüren, ersehnte die Vereinigung ihrer beider Körper, Seelen und Herzen.

Es war, als hätte sie nur darauf gewartet, sich zu ergeben, um endlich die Qualen der vergangenen Jahre zu vergessen. Was sie jetzt erlebte, da war sie ganz sicher, war Liebe.

Innerhalb kurzer Zeit stimmten die beiden ihre Gewohnheiten aufeinander ab. Jock stand jeden Morgen um halb sechs auf, trainierte eine halbe Stunde in seinem Heimstudio und meditierte dann, nur mit einer Sonnenbrille bekleidet, im Pool, indem er sich mit geschlossenen Augen auf dem Rücken treiben ließ, während seine Kollektion aufblasbarer Plastikschweine um ihn herumdümpelte. Stacey, die das vertraute Geräusch des Wasserfilters hörte, vergrub ihr Gesicht in sein Kissen, um seinen Duft einzuatmen, während sie langsam wieder in den Schlaf zurücksank. Erst um sieben stand sie auf, um sich sogleich in den Dow Jones zu vertiefen, dessen aktuellen Stand Deidre, Jocks Brokerin, jeden Morgen per Fax übermittelte.

Deidre entwickelte sich zu einer guten Freundin; sie gab Stacey Tips für die Kleiderauswahl und den Umgang mit Jock, der einer von Deidres schwierigsten Kunden war. Insgeheim war Deidre froh, daß sie über Stacey einen Weg gefunden hatte, Einfluß auf Jock auszuüben. Der Mann war bekannt dafür, an der Börse genauso risikofreudig zu spielen wie beim

Pferderennen, obwohl er meist verlor. Stacey dagegen war von Natur aus vorsichtig, und Jock hatte schnell erkannt, daß sie einen echten Riecher für den Aktienmarkt besaß. Er bat sie, im Wettbüro zu kündigen, und setzte sie in seiner Hauptfiliale ein.

Im Laufe der Wochen gaben die beiden einander allmählich immer mehr preis. Nach und nach entdeckte sie seine Schwächen und Ängste, und das verwandelte ihn von einem zu klein geratenen Gott in einen gleichberechtigten Partner. Doch die Vielschichtigkeit, die unter seinem großspurigen Auftreten verborgen war, zog sie nur noch stärker an. Allerdings trug seine Energie, die der Grundzug seines Wesens war, dazu bei, sie langsam, aber sicher zu zermürben. Immer wieder wurde sie durch seine Bedürfnisse, durch die Anforderungen seiner Karriere überrannt. Sie fühlte sich wie ein Planet in einer Umlaufbahn. Und obwohl ihre Liebe zu ihm weiterhin wuchs, empfand sie immer stärker das Gefühl, von der Kraft seiner Persönlichkeit vollkommen vereinnahmt zu werden. Es kam ihr vor, als würde er in einer seltsamen Osmose langsam aber sicher in sie einsickern.

Dennoch war sie gleichzeitig auch entzückt, in ihrem Inneren eine Quelle stiller Kraft zu finden.

Jeden Tag drängte Jock sie, ihn zu seinem Büro zu kutschieren. Ihm lag daran, schon verschiedene Deals per Handy abzuwickeln, während Stacey, eine ausgezeichnete Fahrerin, den Mercedes sicher durch die Rush-hour steuerte.

»Zweitausend Schafe, direkt in den Hafen von Dubai. Sie haben mich doch verstanden, Kumpel ... Dubai, Saudi Arabien. Ahmed el Hassam, yeah, so heißt der Kerl.«

Er bemühte sich darum, Einladungen zu gesellschaftlichen Ereignissen zu erhalten, zu denen er Stacey immer öfter mitnahm. Er war entschlossen, das Odium des Neureichen abzuschütteln und Einlaß in die illustren Kreise zu finden. Ihre gemeinsamen Auftritte machten Furore: Stacey, die etwas wackelig auf ihren High Heels stand und verschrobene englische Manieren präsentierte, während Jock meist overdressed in vorzugsweise pinkem Seiden- oder Leinenanzug erschien und mit ausladenden Schritten neben ihr her stolzierte. Als ein Foto von einem breit grinsenden Jock, der halb in Staceys Ausschnitt vergraben war, auf der Gesellschaftsseite einer Zeitung abgedruckt wurde, war er so begeistert, daß er das Bild rahmen ließ und an alle seine Kunden verschickte. Es bewies ihm, daß er ganz oben angekommen war, und er gedachte, seinen Erfolg in vollen Zügen zu genießen.

Jede Nacht schlief er mit ihr: Wie überall war er auch im sexuellen Bereich hyperaktiv. Sie stellte fest, daß er immer eine höhere Körpertemperatur hatte als sie, so als funktioniere sein Stoffwechsel unter ganz anderen Bedingungen als der der übrigen Menschen. Insgeheim hatte sie Angst, er könne eines Tages einfach verglühen – einfach mitten in der Bewegung innehalten und tot zu Boden fallen.

Sein sexuelles Wissen war schier grenzenlos. Er zeigte ihr, wie sie ihre Muskeln anspannen mußte, um seinen Schwanz aufzunehmen und zu stimulieren, so daß er, selbst wenn er noch schlaff war, in ihr hart wurde. Er brachte ihr bei, ihm mit ihrem Mund Lust zu verschaffen. Mit seinen Metzgerhänden erforschte er jede Öffnung, jeden Zentimeter ihres Körpers. Dabei beschrieb er die Schönheit und Nützlichkeit ihrer Glieder, als ginge es um eine Lobpreisung Gottes. Durch seine Begeisterung lernte sie, ihren eigenen Körper zu lieben. Sie kam dazu, die üppigen Flächen weißer Haut als opulente Gabe der Natur, als luxuriöses Geschenk zu betrachten. Nachdem sie mit Gymnastik angefangen hatte, verlor sie ihre gebeugte Haltung, die ihr in ihrem bisherigen Leben dazu gedient hatte, sich kleiner zu machen. Mit Jocks Hilfe entdeckte sie taillierte Kleider, die ihre Brüste und ihre Hüften betonten und somit endlich ihre wahre Figur zur Geltung brachten. Stacey wurde ein anderer Mensch.

Sie übernahm die Aufgabe, Jocks gesellschaftliche Auftritte zu managen, bei dem es sowohl um sein geschäftliches als auch um sein privates Profil ging. Unter ihrer Anleitung wurde Motherwell's zu einer öffentlichen Institution, die eher für ihre Wohltätigkeit als für ihre Fleischwaren bekannt war. Mit Deidres Hilfe kümmerte sie sich um Bewirtung, Gästelisten und die Pressearbeit sowie die Auswahl der Veranstaltungen, die am meisten Publicity einbringen würden. In der Öffentlichkeitsarbeit achtete Stacey besonders darauf, Jocks bescheidene Anfänge und seinen beispiellosen Aufstieg herauszustellen, um das Image des Unternehmens zu verändern. Was ihr auch gelang.

Bald lud man Jock zu Eröffnungsfeiern von Sportstätten ein oder bat ihn, todkranke Kinder zu besuchen. Bei diesen Gelegenheiten wurden auch Motherwell's Weihnachtspakete verteilt. Stacey rief sogar im Namen von Motherwell's eine Stiftung ins Leben, die Stipendien an begabte, aber arme Kinder vergab. Sie verschaffte Jock Interviews zur besten Sendezeit. Quasi über Nacht stiegen die Verkäufe um sechzig Prozent. Anfangs war Jock überglücklich über diese Entwicklung, doch je ausgeprägter Staceys Selbstbewußtsein wurde und je bestimmender sie bei Konferenzen auftrat, desto unwohler fühlte sich Jock. Er fing an, sich bedroht zu fühlen. Hinter ihrem Rücken engagierte er eine neue Assistentin und definierte Staceys Position anschließend neu, indem er ihre Aufgaben auf seine gesellschaftlichen Termine beschränkte. Stacey nahm seine Entscheidung hin, ohne zu murren, litt jedoch im stillen, da sie sich selbst die Schuld für die Veränderung gab. Was hatte sie nur getan, um Jocks Sinneswandel zu verursachen?

• • •

Es geschah an dem Tag, an dem Jock darauf bestand, daß sie sich um ihren arabischen Kontaktmann, Ahmed el Hassam, kümmerte, der aus Saudi Arabien angereist war.

»Er ist unser wichtigster Mann dort. Hat bergeweise Kohle, bringt uns mindestens zwei Millionen. Wir müssen also etwas Anständiges auffahren. Ich habe mich schon um das Essen gekümmert; du brauchst nur noch zu lächeln und wie eine blonde Prinzessin auszusehen. Er züchtet Rennpferde, also habt ihr zwei was gemeinsam.«

Es war heiß, einer der Tage, an denen die Sonne gnadenlos brennt. Jock hatte sie gebeten, den Mercedes zur Inspektion zu bringen. Bevor sie aus dem Wagen stieg, fiel ihr ein, sicherheitshalber einen Blick ins Handschuhfach zu werfen. Als sie es öffnete, sah sie dort etwas schimmern. Sie griff hinein und holte einen kleinen Schuh heraus – die Miniaturversion ihrer eigenen roten Pumps. Sie drehte ihn langsam um. Größe sechsunddreißig, von Charles Jourdan, exakt das gleiche Modell wie ihrs, nur kleiner, viel kleiner. Vor ihren Augen verschwamm alles. Sie hörte nur noch ihren Herzschlag, der immer heftiger wurde und laut in ihren Ohren pochte. Der Schuh fand mühelos auf ihrer Handfläche Platz. Er war sogar kleiner als ihr Handteller.

»Entschuldigen Sie, Madam, aber wir müssen den Wagen jetzt auf die Bühne fahren.« Die Stimme des Mechanikers riß sie in die Realität zurück. Sie stopfte den Schuh in ihre Handtasche, stieg aus, warf die Tür zu und hielt, unter einer Salve bewundernder Pfiffe von der gegenüberliegenden Baustelle, ein Taxi an.

Die Rückfahrt nach Hause nahm sie kaum wahr. Stacey blickte betäubt auf die Häuser, die am Autofenster vorbeizogen. Sie fühlte nur den Schmerz über seinen Verrat, und der Schuh in ihrer Handtasche kam ihr so schwer wie ein Mühlstein vor.

Als sie zu Hause ankam, war im Garten bereits ein Zeltdach aufgestellt worden. Es schützte die großen Tische mit der exquisiten Auswahl an kalten Fleischgerichten, Meeresfrüchten, Salaten und Dips. In der Mitte eines jeden Tisches stand ein Korb mit langen Würsten und Knochenstücken, die wie ein Blumenstrauß arrangiert worden waren – Jocks Vorstellung von einem gelungenen Scherz! Noch immer benommen, überprüfte Stacey, ob auch die richtige Anzahl Teller hinausgebracht worden war.

Winzig, glänzend, wunderschön. Sie schließt die Badezimmertür hinter sich ab und betrachtet den Schuh, schnuppert an dem schimmernden Lackleder. Jocks After-shave, gemischt mit etwas anderem – Sperma und ein schweres Parfum?

Sie möchte den Schuh zerreißen, doch plötzlich drängt sich ihr die Vorstellung auf, Jock den Absatz durchs Auge zu rammen. Sie will Rache! Sie wirft einen Blick in den Spiegel. Sie sieht so gelassen aus wie immer. Grimmig greift sie nach ihrem Lippenstift. Dann zieht sie das Chanel-Kostüm an, das Jock ihr am ersten Tag gekauft hat, und geht wieder hinunter, um, ganz die perfekte Gastgeberin, die Besucher zu begrüßen.

Viele der Eingeladenen sind bereits eingetroffen: Rinderfarmer, die die Tiere liefern, Bürokraten aus dem Landwirtschaftsministerium, die auch auf der Gehaltsliste von Motherwell's stehen, ein paar Vertreter der oberen Zehntausend, die entschlossen sind, sich bei den Neureichen einzuschmeicheln. Stacey murmelt Begrüßungsworte und führt die Gäste gekonnt zu einer zu ihnen passenden Gruppe plaudernder Leute. Dabei dringen Bruchstücke aus verschiedenen Gesprächen an ihr Ohr.

»Jock hat sie gut erzogen.«

»Er kann sich glücklich schätzen, sie zu haben. Ich meine, er ist schließlich nicht gerade ein Ausbund an Tugend, nicht wahr?«

Sie schwebt vorbei, äußerlich ruhig, innerlich zitternd. Sie haßt ihn für diese öffentliche Demütigung.

Endlich trifft auch er ein, von seinen Gefolgsleuten umringt. Alle weichen zurück, als Jock auf sie zukommt, um ihr seinen wichtigsten Mann aus dem Vorderen Osten vorzustellen.

»Stacey, dies ist Ahmed el Hassam.« Überrascht registriert sie, daß sich die Augen des Fremden auf gleicher Höhe mit den ihren befinden: Ahmed el Hassam, ein dunkelhäutiger Mann mit hohen Wangenknochen und einem attraktiven, hageren Gesicht, ist so groß wie sie!

»Stacey ist meine Komplizin, nicht wahr, Püppchen?« Jock kneift ihr in den Hintern. Sie lächelt und reicht Ahmed ihre lange, kühle Hand. Er drückt sie herzlich.

»Endlich eine Frau, der ich ohne Probleme in die Augen sehen kann«, murmelt er in perfektem Englisch.

»Ich finde kaum jemanden, dem ich ohne Schwierigkeiten in die Augen sehen kann.« Sie fragt sich, ob sie das gesagt hat. Wie kann ich so gelassen bleiben? Das neue Gefühl der Ebenbürtigkeit – und auch das Wissen, daß dieser Mann sie allein durch seine Kraft überwältigen könnte – fasziniert sie. Aber es hat auch noch andere Wirkungen. Denn Jock tritt eifersüchtig dazwischen.

»Wir haben noch einen Gast, den ich dir gerne vorstellen möchte, Stacey. June Thistlewaite, dies ist die großartige Stance.« Stacey erstarrt, als Jocks neue Assistentin, June Thistlewaite, sich zu ihnen gesellt. Nach Staceys Schätzung ist sie mit Schuhen nicht mal einsfünfzig groß und damit kleiner als Jock.

»Hi. Jock hat mir schon so viel von Ihnen erzählt.« Eine zuckersüße, hohe Stimme, ein zartes, kleines dreieckiges Gesicht, dunkle Augen und tiefschwarzes Haar. Ein hübsches Püppchen. Das genaue Gegenteil von ihr!

Stacey nimmt sie beiseite. »Welche Schuhgröße haben Sie?«

»Wieso fragen Sie?«

Blitzartig fährt Jock dazwischen. Er dirigiert die beiden Frauen zum Büfett und beginnt, über das Exportgeschäft, Ausfuhrsteuern und Ahmed zu reden, der das Angebot gemacht hat, Motherwell's in anderen arabischen Ländern bekannt zu machen. Stacey weiß, daß sie zuviel trinkt, doch ihre Aufmerksamkeit ist ganz von dieser anderen Frau gefesselt, die mit natürlicher Anmut Messer und Gabel handhabt.

Als sie auf dem Tanzparkett stolpert und sich den Absatz abbricht, ist Ahmed da und bückt sich, um ihn für sie aufzuheben.

»Kommen Sie. Sie sollten sich einen Moment setzen.« Sie gehen gemeinsam an Jock vorbei, der vor einer Truppe Farmer Hof hält. Nach jedem Witz, den er reißt, brechen sie pflichtschuldig in lautes Gelächter aus.

»Sind Sie verheiratet?«

»Noch nicht.«

»Das ist schade. Er sollte Sie heiraten. Sie sind es wert.«

»Woher wollen Sie das wissen?«

»Instinkt.«

»Derselbe, mit dem Sie Ihre Pferde auswählen?«

»Möglich.«

Er läßt sich offenbar nicht beleidigen. Das erregt sie nur noch mehr, wozu auch der genossene Champagner seinen Teil beiträgt. Hinter ihm sieht sie June, wie sie Jock eine neue Flasche bringt; die Art, wie sie seinen Arm berührt, verrät Intimität. Stacey wendet sich wieder Ahmed zu. Von nahem riecht er nach einem süßen, moschusartigen After-shave und nach Seife, als sei er frisch aus der Dusche gekommen, bevor er in seinen italienischen Anzug schlüpfte.

»Gehen wir rauf.«

»Pardon?«

»Nach oben. Dort hängen eine Reihe Fotos von den Rennpferden, die Jock gehören.«

Sie nimmt seine Hand und zieht ihn quer über die Tanzfläche, an den betrunkenen Farmern vorbei, die sich ausgelassen auf dem Parkett drehen, sowie am Büfett und der gestreßt wirkenden Bedienung vorbei. Als sie das Zelt verlassen, erhascht sie einen Blick auf Jock, der ihr nachstarrt.

Oben im Büro stehen sie eine Weile vor dem Foto von Jocks Lieblingsrennpferd, einer Stute namens Prime Cut.

»Sie hat genau wie Sie lange, schlanke Beine«, meint Ahmed, während er seine Hand unter ihren Rock schiebt, so als wolle er seine Worte unterstreichen. Seine großen Hände könnten ihre Taille mit Leichtigkeit umfassen.

»Sehr gutes Material, breiter Rücken, feste Flanken.« Sie genießt den Luxus, aufrecht stehend ihren Kopf an einen Mann lehnen zu können. Er drückt eine ihrer Pobacken. Sie kann seine Erektion spüren.

»Ich habe noch nie eine Frau geliebt, die so groß war wie ich.«

»Ich auch nicht.« Beide lachen, um das Unbehagen zu vertreiben, das die Situation für sie, für zwei Fremde, mit sich bringt. Plötzlich reißt er sie zu sich herum und schiebt seine Zunge in ihren Mund, während er einen Fuß zwischen ihre Beine schiebt und sogleich ihren Sturz auffängt.

Sie liegen auf dem Teppich. Das Zimmer um sie herum dreht sich. Alles steht kopf, als wolle die Einrichtung sich der Unvernunft ihres Treibens anpassen: sich, ohne zu überlegen, einem Mann hinzugeben, um sich für die Untreue ihres Geliebten zu rächen. Trotzdem ist sie wie berauscht von seinem Duft und seinen Liebkosungen. Sie gibt sich seinen Fingern hin und biegt den Kopf zurück, als er ihren Rock hochhebt und seinen Mund in ihr Geschlecht wühlt. Sie stöhnt, als er an ihr saugt – nun hat sie jemanden erobert, ist sie die Person, der man dient.

Ihre Hand ertastet etwas unter der Couch. Plötzlich bemerkt sie, daß sie das Pendant zu dem kleinen roten Schuh in der Hand hält. Wie konnte er nur? Hier in diesem Haus!

Ahmed taucht unter ihrem Rock auf. Mit leuchtenden Augen und rotem Gesicht reißt er sich Jackett, Hemd und Krawatte vom Körper. Seine unbehaarte Brust ist breit, breiter als ihre, und seine kaffeefarbene Haut läßt ihn sehr jung aussehen. Auf dem Boden kniend, öffnet er seine Hose und holt seinen Schwanz heraus. Er ist länger und dünner als Jocks. Nicht beschnitten, doch etwas Goldenes schimmert an der Spitze. Sie nimmt ihn in die Hand, um sein Gewicht zu spüren. Aus der Nähe erkennt sie, daß die Vorhaut gepierct ist: Eine kleine goldene Kugel sitzt auf seiner Haut.

»Wofür ist das?« fragt sie, wobei ihre Stimme zittrig klingt. Er lächelt breit. »Warte ab.« Er bringt sich zwischen ihren Schamlippen in Stellung, dann stößt er sie plötzlich nach hinten.

Sein Schwanz scheint ihre Gebärmutter zu durchstoßen.

Der Schmerz wird zu Lust, als er sich rhythmisch zu bewegen beginnt und die Goldperle über ihren Kitzler gleitet. Seine Arme umschlingen sie, er bewegt sich schneller und schneller, und sie merkt, daß sie kurz vor dem Höhepunkt steht.

Plötzlich hört sie ein ersticktes Husten. Sie öffnet die Augen und erblickt aus einem Augenwinkel heraus Jock, der sich hastig hinter die Couch duckt.

»Schau mich an! Mich!« Ahmeds Stimme ist eindringlich, auch er ist kurz vor dem Orgasmus. Sie sieht auf und blickt ihm einen Moment direkt in die Augen. Sie erkennt, daß es nichts zwischen ihnen gibt, nichts außer diesem Akt, nichts außer purem Sex. Und dem Wissen, daß sie beobachtet werden. Sie will, daß Jock weiß, was er aufs Spiel setzt.

Sie windet sich von Ahmeds Schwanz herunter und dreht ihm den Rücken zu. Er läßt seine Hände über ihren breiten Rücken gleiten und teilt ihre festen Arschbacken. Er sieht zu, wie er in sie eindringt, wie sie ihre Muskeln um ihn zusammenzieht, als er ganz in ihr verschwindet. Er zieht seinen Schwanz wieder heraus, so daß die Spitze zwischen ihren naßglänzenden Lippen ruht. Ein Finger taucht neben seinem Schwanz in die Nässe, gleitet zu ihrem Arschloch und massiert dessen Rand, um schließlich einzudringen. Stacey keucht auf. Das Gefühl der Lust wird noch intensiver, als strömten zwei Zentren in ihrem Inneren pulsierend zusammen. Sie steht kurz davor, von Lustgefühlen überschwemmt zu werden. Ahmed stößt ein tiefes Stöhnen aus und dringt in sie ein. Seine Hände wandern zu ihren freischwingenden Brüsten, und während er die eine festhält, fängt er an, die andere zu streicheln.

»Ich komme«, stöhnt sie, laut genug, damit Jock es hören kann. Jock späht durch die vergoldeten Beine der Couch.

»Ich komme!«

Jock gibt sich keine Mühe mehr, sich zu verstecken. Seine Miene verrät eine Mischung aus Schmerz und Faszination, während er zusieht, wie der riesige Mann, dieser Gigant, seine Geliebte nimmt.

»Aaahhh!«

Sie schreit, packt den Schuh und schleudert ihn mit aller Kraft in Jocks Richtung. Er trifft ihn an der Brust, prallt ab und knallt gegen das Foto seiner Lieblingsstute. Während Ahmed hinter ihr mit einem lauten Schrei den Höhepunkt erreicht, hebt Jock den kleinen roten Lederschuh auf und starrt ihn an.

Zweifel

Der Flug war unruhig gewesen. Wie sehr er sich auch bemühte, er konnte sich einfach nicht ans Fliegen gewöhnen: Sich derartig der Schwerkraft zu widersetzen erschien ihm beklemmend unnatürlich. Zum Glück hatte ihn im Flugzeug keiner erkannt. Normalerweise hätte es ihn geärgert, wie ein Niemand behandelt zu werden, doch nach der Schmach des letzten Abends war er dankbar gewesen, anonym bleiben zu können.

Karl lehnte sich im Taxi zurück und dehnte seine Finger. Sie schmerzten noch immer. Das Alter ... Eine gepflegte Haut konnte ja Jugendlichkeit vortäuschen, doch die Knochen sagten die Wahrheit. Er blickte auf den Regenwald, an dem das Auto vorbeisauste. Mittendrin, dort, wo die Bulldozer Lücken in den Dschungel gewalzt hatten, erstreckten sich einige Zuckerrohrfelder, auf denen Männer mit Strohhüten arbeiteten.

Er konnte sich nicht einmal an den Namen des Landes erinnern, in dem er sich gerade befand. Auf Bitten des Präsidenten, eines Oxfordabsolventen und Mozartfans, sollte er auf dieser kleinen Insel zwei Konzerte geben. Monatelang hatte der Mann seine Agentin bestürmt, Karl möge doch auf einer seiner Tourneen einen Zwischenstopp einlegen, und schließlich hatte sie nachgegeben. Nun würde Karl für ein beträchtliches Honorar eigens vom Präsidenten ausgewählte Programme spielen. Es sollte kein großes Publikum geben. Nur der Präsident und seine zwölf Geliebten. Das zweite Konzert sollte für die Hotelkette stattfinden, die seine Unterkunft sponserte. Man hatte einen der alten Kolonialpaläste in eine Luxusherberge für Gutbetuchte umgewandelt. Karl freute sich auf das Hotel. Da er die letzten zwanzig Jahre fast ständig unterwegs gewesen war, hatte er die Bequemlichkeit und die Anonymität von teuren Hotelzimmern schätzen gelernt. Sie waren eine kleine Welt für sich, bestehend aus Bädern, flauschigen, weichen, weißen Handtüchern und Minibars. Im Laufe seiner langen Karriere als Dirigent hatte er oft eine Affäre gehabt, so daß seine Liebschaften wie ein Netz die ganze Welt überzogen. Klassische Musik verfügte genau wie Rockmusik über eine treue Fangemeinde. Musiker stellten eben für viele Frauen eine Verlockung dar. Und Dirigenten – nun ja, manchmal fragte sich Karl, ob bei der Verehrung für Dirigenten nicht unbewußt der Gedanke an Masturbation oder Fingerfertigkeit im weitesten Sinne mitspielte. Wann immer er wollte, waren sie da, warteten hinter der Bühne oder beim anschließenden Empfang, diese atemlosen, aufgeregten jungen Frauen mit ihren strahlenden Augen, die darauf brannten, einen Prominenten zu berühren.

Ihn. Karl Pope. Den berühmten Dirigenten und Pianisten. Dessen Aufnahmen in den meisten Plattenläden erhältlich waren.

So war es gelaufen – bis Katherine gekommen war.

Das Taxi schlingerte, und der Fahrer, ein riesiger Schwarzer, brüllte einer im Weg stehenden Ziege, die seinen zornigen Blick ungerührt erwiderte, unanständige Flüche zu. Karl wurde plötzlich übel. Die Erniedrigung, die er am vergangenen Abend erlitten hatte, lag ihm wie ein Kloß im Magen. Bis zu diesem Moment hatten der Schock und der Flug die Erinnerung an die Schmach, die er hatte erleiden müssen, gnädig verdrängt. Katherine. Sie besaß all die Eigenschaften, die er immer bei einer Partnerin gesucht hatte. Sie war hochintelligent, witzig und musikalisch – übte die Musik jedoch glücklicherweise nicht professionell aus. Außerdem war sie fünfzehn Jahre jünger als er und eine wirkliche Schönheit. Doch sie strich diese Schönheit nicht heraus, sondern quittierte sie eher mit einem Hauch von Verärgerung, als würde sie ihre Kommunikation mit anderen behindern. Sie machte sich Sorgen, daß die Leute sie wegen ihrer blendenden äußeren Erscheinung nicht ernst nähmen. Diese Marotte hatte er an ihr immer besonders anziehend gefunden. Wie auch die Tatsache, daß sie ihm nie mit Ehrfurcht begegnet war. Sie hatte sogar noch nicht einmal gewußt, mit wem sie es zu tun hatte, als sie sich das erste Mal trafen. Deshalb hatte Karl geglaubt, daß sie ihn um seiner selbst willen liebte. Und es *war* Liebe gewesen ... Eine Liebe, wie er sie mit seinen zweiundfünzig Jahren noch nie erlebt hatte – oder vielleicht nur nicht erkannt hatte.

Liebe. Das war die Seite, die ihr Sexualleben immer besonders erregend gemacht hatte. Sie wurden nicht durch die ausschweifende sexuelle Gymnastik erregt, die er vor ihr gewohnt gewesen war (Katherine war sogar ziemlich konservativ, wie er hatte feststellen müssen), sondern durch Spiritualität. Es ging nur um eins: in sie einzudringen und sich mit ihr zu vereinigen. Zum ersten Mal in seinem Leben hatte er sich sicher gefühlt, erdverbunden.

Ein scharfer Schmerz zog sich durch seine Brust. Das Crescendo des Konzerts hallte plötzlich in seinem Kopf wider. Er hatte gerade den Baß einbringen wollen, als er erklungen war – der Laut einer Frau, deutlich zu hören und in seiner Bedeutung eindeutig zu erkennen. Und er sah sich nun selbst, wie er sich mit erhobenem Taktstock umgedreht hatte, um herauszufinden, was die Aufführung gestört hatte. Dann – wie in Zeitlupe – hatte er aus dem Augenwinkel das Aufblitzen von nackter Haut und langem, rotem Haar wahrgenommen.

Warum hatte sie das getan? Zweifellos hatte sie mit diesem Benehmen auf sich aufmerksam machen wollen. Vielleicht war sie seine Seitensprünge leid. Dabei hatten sie dieses Thema ausgiebig diskutiert – immerhin konnte er von ihr nicht verlangen, daß sie ihn ständig auf seinen Tourneen begleitete. Als Illustratorin von Kinderbüchern war sie sehr erfolgreich. Als sie das Thema damals besprochen hatten, hatte sie ganz vernünftig geklungen und selbst behauptet, Monogamie sei in der heutigen Zeit und unter ihren besonderen Lebensumständen absurd. Solange du mir das Gefühl gibst, geliebt zu werden, ist es mir gleich. Ich will es nur nicht erfahren. Das hatte sie gesagt, bevor sie ihm das Versprechen abgenommen hatte, jedesmal brav Kondome zu benutzen. Warum also diese plötzliche Rebellion? Karl fühlte sich plötzlich sehr alt. Zu allem anderen, was ihm plötzlich zweifelhaft erschien, zweifelte er jetzt auch noch an seinen Qualitäten als Liebhaber.

Das Taxi hielt vor dem Hotel. Es war ein riesiger Palast aus dem frühen neunzehnten Jahrhundert, der im britischen Kolonialstil erbaut worden war. Der Architekt hatte sich seine Ideen offensichtlich bei den weißen Palästen der Raj geholt.

Als Karl aus dem klimatisierten Taxi ausstieg, schlug ihm die Feuchtigkeit wie eine Ohrfeige ins Gesicht. Er bat den Fahrer, sein Gepäck zur Rezeption zu tragen, dann lehnte er sich, den Panamahut tief ins Gesicht gezogen, an den Wagen und zündete sich eine Zigarette an. Er hatte das Rauchen eigentlich vor einem Jahr aufgegeben, weil Katherine ihn darum gebeten hatte, doch nun rauchte er schon die fünfte seit gestern abend. Ein Touristenbus hielt neben ihm,und verschiedene Reisegruppen stiegen aus: nervöse Japaner mittleren Alters; eine Truppe Amerikaner aus dem mittleren Westen, wie er vermutete; ein Grüppchen kichernder, sehr hübscher britischer Schulmädchen. Und eine einzelne Frau. Eine Australierin. Sie hatte etwas Verletzliches an sich, das ihn irgendwie berührte.

Sie war Anfang dreißig, klein und hatte dunkles Haar. Sie wirkte auf eine besonders anmutige Art zerbrechlich. Und sie war allein. Sorgfältig drehte er ihr seine fotogenere Gesichtshälfte zu als sie ihren Koffer nahm und an ihm vorbeiging. Doch sie würdigte ihn keines Blickes. Dieser Mangel an Aufmerksamkeit steigerte Karls Frustration. Er war es nicht gewohnt, ignoriert zu werden. Der Taxifahrer pfiff, um seinen Fahrgast zu etwas mehr Eile anzutreiben, was Karl ärgerte. Die Tage, wo der Kunde ein König war, vor dem man Respekt hatte, waren wohl definitiv passé.

Die Eingangshalle mit den hohen Marmordecken war großzügig angelegt. Es war kühl. Sein Koffer stand vor der Rezeption. Der Portier, ein gutaussehender junger Mischling, plauderte gerade mit flirtendem Unterton mit der Australierin, die ihren Rucksack ganz ungezwungen auf der Theke abgestellt hatte. Der große Mulatte, der – ungewöhnlich bei seiner Hautfarbe – wundervolle grüne Augen hatte, wie Karl voller Bitterkeit bemerkte, sagte etwas, das ihr ein lautes Lachen entlockte.

»Versalzung ist mein Gebiet.«

»Versalzung? Soll das heißen, daß Sie in Australien Probleme mit dem Niederschlag haben?«

»Es gibt Dürre, ja, aber auch Mißwirtschaft, Kaninchen und was weiß ich.«

»Auf dieser Insel haben wir keine Probleme mit dem Regen. Sie ist sehr fruchtbar.« Auf charmante, typisch karibische Art betonte er die Konsonanten, während er sich gegen die Theke drängte, als wolle er dem Gast seine eigene Fruchtbarkeit nahelegen. Karl konnte nicht umhin, den üppigen Wuchs dichten braunen Haars auf dem Kopf des Dunkelhäutigen zu bemerken. Eingedenk seiner sich ausdünnenden Haarpracht wurde er von Neid erfaßt.

»Besteht die Chance, heute noch einchecken zu können?« Er haßte es, sich selbst so reden zu hören, aber er konnte es nicht ändern.

»Ich kümmere mich noch eben um die Lady, Sir.« Der Portier reichte der Australierin einen Schlüssel. Karl bemerkte, daß er ungewöhnlich große Hände hatte. Wahrscheinlich bestückt wie ein Pferd, sinnierte Karl schlechtgelaunt, während ihn Zweifel bezüglich seiner eigenen Ausstattung beschlichen.

»Nummer sieben, eine Glückszahl.« Das Lächeln des Portiers hatte etwas Aufforderndes, und sie erwiderte das Lächeln auch noch. Karl fand, daß es an der Zeit war einzugreifen.

»Karl Pope.« In Erwartung der üblichen Reaktion richtete er sich gerade auf; sicher würde die Australierin sich jetzt zu ihm umdrehen und ihn – seine Prominenz – zur Kenntnis nehmen. Doch sie ging einfach weg. Ignorante Landpomeranze, schoß es ihm unwillkürlich durch den Sinn.

»Ah, Sie sind der berühmte Klavierspieler, der uns unterhalten wird. Herzlich willkommen.« Der Charme des Portiers erstreckte sich, wie Karl feststellte, auch auf Männer.

»Zimmer sechsunddreißig. Das ist die Penthouse-Suite.«

Das Zimmer war traumhaft. Das riesige Himmelbett hatte

Seidenvorhänge, und die auf antik gebeizten Möbel waren nicht nur elegant, sondern auch gemütlich. Neben dem Bett stand ein kleiner Tisch, auf dem sich Fax, Telefon und die Fernbedienung für den riesigen Fernseher befanden, der gegenüber dem Bett aufgebaut war. Karl trat an den kleinen Kühlschrank und zog ihn auf. Er fand Erdbeeren und Mangos, seine Lieblingsfrüchte, die er auf einer Tournee immer im voraus bestellte. Zum ersten Mal seit vierundzwanzig Stunden lächelte er. Er legte sich aufs Bett und blickte in die Seidenvorhänge, die, wie er jetzt feststellte, auch als Moskitonetz dienten. Karl schloß einen kurzen Moment die Lider, nur um sofort wieder das Bild der halbnackten Katherine, die aus dem Fenster des Aufnahmeraums hing, vor seinem inneren Auge zu erblicken.

Sie hatte ihm nicht einmal eine vernünftige Erklärung für ihr Treiben geben können. Nun hatte auch er nicht gerade vernünftig reagiert. Aber was sollte man von ihm schon erwarten? Betrogen zu werden ist unangenehm genug – und dann auch noch in seinem »Allerheiligsten«... Sie mußte gewußt haben, was sie da tat, welche Konsequenzen es nach sich ziehen würde. Schließlich war er bei seinem Orchester nicht besonders beliebt, was ihn enorm schmerzte. Und je mehr er versuchte, sich beliebt zu machen, desto weniger gelang es ihm. Er war ein Perfektionist und erwartete, daß die anderen genauso besessen waren.

Wie konnte er sich jemals wieder in der Konzerthalle blikken lassen? In den Zeitungen hatten sie ihn bestimmt niedergemacht.

Seine Agentin war natürlich der Meinung, daß das Ereignis vom Vorabend eine wundervolle Wende bringen würde. »Ehrlich gesagt, bist du keine Sensation mehr«, hatte sie ihm mitgeteilt. »Wir brauchen so etwas Aufregendes, um das

Interesse der Medien wieder zu wecken. Dirigent von Gattin im Aufnahmeraum betrogen – das ist wunderbar! Du wirst sehen: Die Kasse wird wieder klingeln.«

Er drückte den Knopf der Fernbedienung. CNN schaltete sich ein; Bilder von einem Erdbeben und vom Besuch eines Ministers im Katastrophengebiet flackerten stumm über den Bildschirm. Er schaltete das Fernsehen wieder aus und griff in das Nachttischschränkchen, um die Broschüre hervorzuholen, die in jedem Hotel auslag und von schwedischen Masseuren bis zum First-Class-Begleitservice alles Erdenkliche zu bieten hatte. Nach der Qualität des Papiers zu urteilen, schien sich sogar auf dieser kleinen Insel eine florierende Tourismusindustrie entwickelt zu haben. Die meisten Prostituierten waren schwarz und schön. Er überflog die Fotos mit den Begleittexten in verschiedenen Sprachen. Der Kick, für Sex zu bezahlen, war für ihn längst schal geworden. Gelegentlich, wenn der Streß unerträglich geworden war, hatte er eine Nutte für bizarre Wünsche engagiert; einmal hatte er sich beispielsweise unter dem Klavier einen blasen lassen, während er eine Sonate von Skrjabin spielte. Das war gut gewesen, doch die mechanische Natur des bezahlten Aktes brachte ihm außer körperlicher Erleichterung keine Befriedigung. Was er jetzt brauchte, waren Liebe und Katherines trockener Witz, um seinen paranoiden Vorstellungen und seinem Pessimismus etwas entgegenzusetzen. Katherine. Würden sie sich jemals wieder lieben?

Er griff nach dem Telefon und rief die Rezeption an. Keine Nachrichten für Monsieur Pope. Keine einzige. *Pas un seul.* Was ihn bei diesem Bild des Schreckens, das er ununterbrochen vor Augen hatte, wirklich wurmte, war – wie er sich allmählich eingestehen mußte –, daß der Mann, den Katherine sich für ihren Seitensprung ausgesucht hatte, so auffällig jung gewesen war. Vielleicht war er tatsächlich zu alt für sie. Gerade Karl kannte die unglaubliche Verführungskraft von jugendlicher Haut. Immerhin war er ein Ästhet, wie er im Buche stand. Er rieb sich mit der Hand über die Stirn. Zwischen und über den Augenbrauen hatten sich längst Falten eingegraben. Sein Kinn, das ihm einst zu einem markanten Profil verholfen hatte, war nun definitiv schwammig. Und dann war da noch sein Bauch. Er spielte zwar Tennis, aber sechs Stunden täglich am Klavier zu üben, das trug nun mal nicht gerade zur Fitneß bei. Was wäre, wenn er versprechen würde, sich an eine Diät zu halten, eine längere Zeit in einem Land zu bleiben, endlich die Koffer auszupacken und mindestens zwei Monate am Stück mit ihr zusammen zu verbringen? Aber so etwas hatte er seit zehn Jahren nicht mehr hingekriegt! Doch die Liebe war, wie er durchaus wußte, nun einmal kein Musikstück, das man immer wieder in verschiedenen Interpretationen spielen konnte. Liebe erforderte bereits während des Spiels Improvisation – und Gott allein wußte, wie sehr er Jazz verabscheute! Er befürchtete nur, daß er ein bißchen spät zu diesem Schluß gekommen war. Vielleicht war es schon zu spät.

Die Nacht war hereingebrochen; draußen zirpten die Grillen, und gelegentlich quakte ein Frosch. Er trat ans offene Fenster. Der Geruch des Meeres war gerade noch unter dem Duft von Jasmin und Orangenblüten wahrzunehmen. Doch weder das eine noch das andere konnte ihn aufmuntern; vielmehr verstärkte die Schönheit der Nacht seine Melancholie nur noch, die einherging mit der hilflosen Wut, betrogen worden zu sein. Er war zu alt für solche Dinge. Dieser bittere Gedanke gab ihm den Rest; er knallte das Fenster zu und beschloß zu duschen. Zeit, ins Bett zu gehen, Mr. Pope!

Frisch gewaschen und mit dem blauen Seidenpyjama

bekleidet, den Katherine ihm zu seinem zweiundfünfzigsten Geburtstag geschenkt hatte, kletterte er wenig später ins Bett. Es war immer noch sehr heiß. Er überlegte, ob er den Ventilator anlassen sollte, entschied sich aber dagegen, denn er würde bei dem surrenden Geräusch nicht schlafen können. Also schaltete er das Gerät aus und legte sich flach aufs Bett, ein dünnes Laken bis über das Gesicht gezogen. Nach einer Weile tastete seine Hand nach seinem Penis, der schlaff an seinem Oberschenkel lag. Tröstend. Wie ein Freund, der einen auf einer langen, anstrengenden Reise begleitet. Im erigierten Zustand war er sein faltenfreistes Körperteil. Normalerweise war er darauf stolz und benutzte die Feststellung gerne, um eine Frau anzumachen, doch heute fand er die Vorstellung nur deprimierend. Katherines Bürschchen hatte bestimmt mehr zu bieten gehabt. Er war überzeugt, daß sie sich insgeheim nach großen, dicken Schwänzen gesehnt hatte. Er empfand sich plötzlich als verwundbar und hatte Mitleid mit seinem Penis, der sich in seiner Hand so weich anfühlte. Er war immer der Meinung gewesen, daß sein Schwanz respektable Dimensionen besaß und ein treuer, aufrechter Geselle war. Nun mußte es wahrscheinlich in den Vorruhestand treten, sein armes Glied. Das arme, vernachlässigte Glied.

Himmel, wie er sich nach ihrer Berührung sehnte! Er sehnte sich nach ihren Lippen, danach, wie sie seinen Schwanz auf diese hektische Weise liebkoste, die ihm verriet, daß sie kurz vor dem Höhepunkt stand. Er wurde steif. Plötzlich tauchte das Bild von einer Katherine, die einen fremden Schwanz im Mund hatte, vor seinem inneren Auge auf und brachte einen scharfen Mißton in seine Phantasien. Augenblicklich erschlaffte sein Schwanz wieder. Er kramte krampfhaft in seinem Gedächtnis, konnte sich aber an keine Geliebte erinnern, die sich über die Größe seines Schwanzes beschwert hätte – und er hatte über hundert Frauen gehabt! Vielleicht war sein Glied mit dem Alter geschrumpft. Es ging doch ohnehin alles den Bach runter. Zum Beispiel seine Karriere. Hatte nicht dieser andere Pianist, dieser attraktive junge Kerl, wahrhaft hymnische Kritiken für ein Stück bekommen, für das er, Karl Pope, berühmt war? Die Jugend war ihm auf den Fersen, sie stahl ihm das Rampenlicht, seine Musik, seine Frau. Er fühlte sich vollkommen erschöpft.

Er wälzte sich ruhelos im Bett herum und überlegte, ob er eine Schlaftablette nehmen solle. Dann fiel ein Lichtstrahl aus dem Zimmer schräg gegenüber in seine Suite, die damit zur Bühne für ein Schattenspiel mit geheimnisvollen Umrissen wurde. Er stützte sich auf einen Ellenbogen auf und spähte hinüber. Am anderen Fenster konnte er die Australierin sehen, die sich bettfertig machte. Eine Sekunde lang blieb sie, nur mit BH und Slip bekleidet, im Lichtkegel stehen. Sie hatte eine gute Figur und Beine, die ihn an jemanden erinnerten. Nicht an Katherine, wie er hämisch feststellte. Das Licht erlosch, und sie verschwand in der Dunkelheit. Karl streckte sich wieder auf seinem Bett aus und schlief schließlich ein. Er sank in einen Tiefschlaf, der ihm endlich Vergessen schenkte. Er träumte, er sei von riesigen roten Locken an einen Klavierhocker gefesselt worden und könne sich nicht rühren, während sich immer mehr rote Haarsträhnen wie Fangarme um ihn schlingen. Aus irgendeinem Grund besteht die einzige Chance, sich zu befreien, darin, daß er das gesamte Konzert, das er für den Inselpräsidenten spielen soll, fehlerlos vor sich hinsummt. Je lauter er summt, desto mehr Fangarme schrumpfen in sich zusammen wie erschlaffende Penisse und ziehen sich schleifend über den Parkettboden zurück. Langsam, aber sicher dringt zu ihm durch, daß das Summen nicht von ihm stammt, sondern von draußen kommt. Es existiert außerhalb seines Traumes – dieses Summen, das immer lauter wird, bis es beinahe wie ein Grollen klingt.

Mit einem Schlag war er wach. Eine Woge von Übelkeit schwappte durch seinen Körper. Das Geräusch war immer noch da, ein kehliges Brüllen, das durch die Wand hinter dem Fernseher hereindrang und das Karl als die Laute einer Frau bei einem heißen Liebesspiel identifizierte. Er warf sich auf die Seite und drückte sich ein Kissen auf das freiliegende Ohr.

Es nützte nichts. Auf die Schreie folgte ein Stöhnen, dann ein tiefes Knurren. Karl knipste die Nachttischlampe an. Der elektrische Wecker verriet ihm, daß es drei Uhr nachts war. Wütend dachte er daran, daß er um vierzehn Uhr sein Konzert geben mußte. Er stand stets um sechs Uhr auf, um zu üben. Er konnte nicht richtig spielen, wenn er zu wenig Schlaf bekam. Etwas rumste gegen die Wand, dann ertönte wieder ein Grollen. Es klang wie phantastischer Sex. Und plötzlich überkam ihn das Gefühl, als hätte sich die ganze Welt gegen ihn verschworen, als hätte jeder Sex, während nur er allein und verlassen in seinem Bett lag, verwelkte und seine letzten guten Jahre vergeudete.

Die Frau nebenan begann tief und kehlig, ein wenig heiser zu stöhnen. Sie klang so, als sei sie wunderschön und dunkelhäutig. Das tiefe Wimmern hatte eine leicht rasselnde Note; anscheinend befand sie sich im Zustand höchster Lust. Resigniert legte sich Karl aufs Bett zurück. Der Mann besorgte es ihr offenbar sehr gut. Wahrscheinlich geschickt mit der Zunge, zweifellos ein erfahrener Mann, der genau wußte, wie man die kleinen Streicheleinheiten, die kurzen Bisse und das Saugen perfekt aufeinander abstimmt. So muß es sein, dachte Karl und stellte voller Selbstmitleid fest, daß es ihm nie gelungen war, einer Frau solche Laute zu entlocken. Ihr Atem ging heftiger, war jetzt so unglaublich laut, daß es den Anschein hatte, als beule er die Wände aus und lasse sie pulsieren. Sie mußte sehr groß sein, bestimmt über einsachtzig, überlegte Karl, und prächtige, volle Brüste haben. Exzesse aller Art hatten etwas an sich, das Karl, dessen Sinne durch Überreizung abgestumpft waren, schon immer fasziniert hatte. Wenn man mit einer solchen Frau schlief, dann war das sicher so, als sei man ganz von Möse umgeben, dachte er. Purer Sex, nur Lust und keinerlei Gedanke. Ein plötzlicher Schrei, beinahe ein Grollen, ließ ihm die Haare auf seinem Körper zu Berge stehen. Das war nicht nur ein Orgasmus, das war ein rauschhafter Höhepunkt. Warum hatte Katherine nie viel Lärm gemacht? Vielleicht war sie zu britisch. Aber wieso war sie dann in dem Aufnahmeraum so laut gewesen? Hatte sie ihm etwa die ganze Zeit nur etwas vorgespielt? War das vielleicht der Grund, warum sie sich einen anderen Lover gesucht hatte? Ich sollte in der Lage sein, eine Frau derartig zum Schreien zu bringen. Gott weiß, daß ich genug Erfahrung habe. Vierzig Jahre Praxis, um es genau zu sagen.

Wieder ein Brüllen, diesmal gefolgt von einer Reihe dumpfer Laute, als würde der Mann die Frau an einen anderen Ort zerren. Karl fühlte sich immer elender. Wie viele Orgasmen kann eine Frau denn in einer Nacht haben? Er hatte es eigentlich immer als langweilig und enervierend erlebt, wenn er mit einer Frau die Nacht verbrachte, die den Höhepunkt weidlich auskosten konnte, da er ständig darauf warten mußte, bis sie fertig war. Doch vielleicht hatte ihm bisher keine Frau genug bedeutet, um sich ernsthaft mit weiblichen Bedürfnissen zu beschäftigen. Hatte er etwa seine Beziehung zu Katherine – eine Beziehung, bei der es sich, da war er sicher, wirklich um Liebe handelte – durch Nachlässigkeit verdorben? Durch Nachlässigkeit und, eingedenk der Geräusche, die von nebenan zu ihm herüberdrangen, durch Inkompetenz?

Es lag daran, daß er zur falschen Generation gehörte, überlegte er säuerlich. Als er jung gewesen war, hatte er keine Vorbilder gehabt, und als die sexuelle Revolution ausgebrochen war, war er schon zu alt gewesen. In seiner Jugend war Sex mit der Furcht vor einer ungewollten Schwangerschaft und dem Gedanken an Sünde verbunden gewesen. Das konnte einen Mann sogar impotent machen. Seine ersten sexuellen Erlebnisse waren ausgesprochen unbefriedigend verlaufen, sie hatten ihn und das jeweilige Mädchen wund, genervt und vollkommen enttäuscht zurückgelassen. Er hatte vierundzwanzig Jahre alt werden müssen, bis er Sex genießen konnte, ohne sich schuldig zu fühlen.

Die Frau nebenan kam erneut in einem Schwall tiefer grunzender Laute zum Höhepunkt. *Maestoso.* Vielleicht konnte er morgen früh ihren Lover vor der Tür abfangen und sich ein paar Tips geben lassen? Karl hatte Respekt vor jedem, der sein Handwerk perfekt beherrschte. Und er war sich nicht zu schade, von anderen Meistern Lektionen anzunehmen.

Lektionen. Die Gruppe Schulmädchen, die er vorhin gesehen hatte, fiel ihm wieder ein. Er könnte sich vor all den jungen Dingern eine Lektion von einer lüsternen Lehrerin erteilen lassen. Sein Schwanz wurde steif. Karl konstatierte mit einer gewissen Befriedigung und neu erwachendem Selbstbewußtsein, daß er vielleicht *doch* nicht mit dem Alter geschrumpft war. Und schon driftete Mr. Pope in eine Phantasievorstellung ab, in der zehn Schulmädchen, eine dreißigjährige Blondine, einige Lederriemen und ein altes hölzernes Pult eine Rolle spielten.

Er wartete vor der schweren Tür seines alten Klassenzimmers in der Grundschule. Der Flur roch nach Desinfektionsmitteln und Sägespänen. Beides kippten die Lehrer auf den Boden, wann immer sich jemand versehentlich im Klassenzimmer in die Hose machte. Warum das Bestandteil einer seiner erotischen Phantasien war, wußte er auch nicht. Er befand sich nun in den frühen 50er Jahren. Er saß auf einer niedrigen Bank und trug nichts außer seinen Schuhen und Strümpfen. Er wußte, daß er etwas Ungezogenes getan hatte – und jeden Augenblick würde man ihn in den Klassenraum rufen. Das Stöhnen der Frau nebenan verzerrte und verschob sich, bis es sich anhörte wie der Spitzname, den man ihm als Kind verpaßt hatte: Popee! Popee! Er stand auf und stellte fest, daß er eine gewaltige Erektion hatte. Keine Chance, sie zu verbergen. Er versuchte, den Ständer mit den Händen niederzudrücken, aber er federte zurück. Glühend vor Scham, betrat er den Raum.

Die zehn Schulmädchen beugten sich alle eifrig über ihre Bücher. Keines von ihnen schaute auf, als die Lehrerin, eine kurvenreiche Blondine in einem engen Lederoutfit, ihn heranwinkte und anwies, sich vor ihr Pult zu stellen.

»Nun, Mädels, ist es Zeit für die Biologiestunde.«

Zehn Augenpaare richteten sich auf ihn, und alle starrten auf seinen Schwanz. »In unserer ersten Lektion geht es darum, wie man aus dem männlichen Organ so viel Lust herausholt, wie es menschenmöglich ist.«

Er verabscheute die gestelzte Sprache seiner Phantasiecharaktere, die vermutlich damit zusammenhing, daß er Englisch als Fremdsprache gelernt hatte. Die Lehrerin tippte mit einem Zeigestock auf seine Penisspitze. Als Reaktion zitterte das Organ. Peinlich berührt, senkte er den Blick.

»Es gibt viele Möglichkeiten, den Penis zu genießen: in der Vagina, im Mund, beim sanften Streichen über die Haut. Man kann ihn ganz unterschiedlich sehen: Er ist ein stumpfes Folterinstrument, ein Werkzeug der Lust, ein Aspekt der männlichen Sexualität und ein Fortpflanzungsorgan.« Sie streichelte ihn ganz leicht. Ein glitzernder, klarer Tropfen bildete sich an seiner Spitze. »Nun stellt euch in eine Reihe, damit ihr ihn euch ansehen könnt.« Gebieterisch klopfte sie mit dem Stock auf das Pult. Er hüpfte wie ein kleiner Junge hinauf und legte sich auf den Rücken. Sie spreizte seine Beine, streckte seine Arme über den Kopf und zog sie fest zurück. Dann fesselte sie ihn an das Pult. Die kichernden Schülerinnen, so hübsch mit ihren knospenden Brüsten und den langen, schlanken Beinen, stellten sich brav in einer Reihe auf. Das erste Mädchen – eine große, blasse Brünette – trat nervös vor. Die Lehrerin nahm die junge Hand und legte sie fest auf seinen Penis. Karl, den die Furcht und die Unsicherheit des Mädchens heftig erregten, stöhnte auf. Außerhalb seines Traumes stieß auch die Frau nebenan ein tiefes Stöhnen aus, das die Bodendielen zum Vibrieren brachte. Inzwischen begann die Brünette, deren Gesicht ihre Überraschung darüber zeigte, daß das häßliche Ding so weich war, behutsam den samtigen Kopf dieses unbekannten Ungeheuers zu streicheln.

»Du kannst daran lecken, er beißt nicht.« Schüchtern senkte sie den Kopf. Karl schaute in das Gesicht des Mädchens. Mit geschlossenen Augen streckte sie die Zunge heraus und fuhr damit vorsichtig über sein Organ. Dann drehte sie sich zu den anderen Mädchen um, die sie alle gespannt anstarrten.

»Das schmeckt salzig!« sagte sie erstaunt. Augenblicklich scharten sich die anderen Mädchen um das Pult und fingen an, ihn zu betasten und ihre Gesichter an seine Schultern, seine Hüften oder seinen Bauch zu schmiegen. Er wand sich in seinen Lederfesseln. Er wollte sie berühren, wollte seine Hand unter ihre Röcke, ihre gestärkten Blusen schieben, doch statt dessen mußte er ihr passives Opfer, ihr Sexsklave sein.

Die Lehrerin tadelte eins der Mädchen. Sie drehte die Brünette um und zog ihr den Rock hoch, unter dem altmodische Strumpfhalter und Strümpfe (ein Relikt aus der Zeit von Karls Pubertät, dessen Verschwinden er seit Jahren betrauerte) zum Vorschein kamen. Die junge Braunhaarige wimmerte leise, als die Lehrerin die anderen Mädchen vom Pult wegscheuchte, dann das Mädchen hochhob, seine Pobacken spreizte und es langsam, mit dem Rücken zu ihm, auf seinen erigierten Penis herabließ. Ahhh! Eng, naß senkte sie sich auf ihn. Sie stöhnte. (Oder ist er es? Oder die Frau nebenan?) Er unterbrach die Phantasie und spielte im Geiste drei aufeinanderfolgende Sätze von Skrjabins »Klaviersonate Nummer 9«, um sich zurückzuhalten. Ein kleiner Briefbeschwerer rollte über den Tisch und plumpste zu Boden, als die Frau nebenan gegen die Wand gerammt wurde. Karl schloß die Augen und kehrte in das Klassenzimmer zurück. Das junge Mädchen lehnte sich zurück, und ihr Gewimmer wurde zu lustvollem Seufzen, als die Lehrerin begann, an ihrer Klitoris zu spielen. Karl blickte an dem Mädchen vorbei und sah gerade noch den Kopf der Lehrerin, die die Schamlippen des Mädchens auseinanderzog und am Kitzler zu saugen begann, während er gleichzeitig in die enge Möse des Mädchens stieß. Die anderen Mädchen sahen mit staunend aufgerissenen Augen zu; einige berührten sich selbst, andere liebkosten ihre Freundin. Beinahe gleichzeitig ergriffen sie nun von seinen Zehen und seinen Fingern Besitz, und ein Mädchen setzte sich auf sein Gesicht. Seine gesamte Wahrnehmung war plötzlich auf die scharfen Gerüche und die glitschige Nässe jungen Fleisches reduziert, das über alle vorstehenden Körperteile – Nase, Schwanz, Finger, Zehen – rutschte und glitt. In seinem Hinterkopf ballte sich etwas Grelles, Blendendes zusammen, wuchs und geriet in Bewegung und zog aus jeder Pore seiner Haut Lust, während er überall auf seinem Körper, seinem Anus, seinen Eiern, seiner Magengrube, gleißende Finger spürte. Mit einem Aufschrei kam er und ergoß seinen Samen über seine Finger und das Laken.

Irgendwo in dem roten Backsteinflur seiner Phantasie klingelte die Schulglocke. Ende der Lektion. Doch das Klingeln wurde lauter und lauter, es wurde zum Brüllen und Knurren der Frau nebenan. Sie schien auf den außergewöhnlichsten Orgasmus, den er je gehört hatte, zuzusteuern. Mit schmerzendem und schrumpfendem Glied wurde er grob in die Realität zurückgerissen. Ein allumfassendes Gefühl der Unfähigkeit überschwemmte ihn. Selbstmitleid durchdrang ihn. Ein alter Mann, der zu einer Schulmädchenphantasie wichste. Er, Karl Pope, der weltberühmte Maestro. Niemals würde er ein so guter Liebhaber werden wie der Mann nebenan. Niemals würde es ihm gelingen, einer Frau solche Orgasmen zu verschaffen. Und Katherine würde natürlich bei dem jüngeren Kerl bleiben. Niemals wieder würde er sich an sie schmiegen, nachdem er ihr leises Wimmern gehört und das zarte Umklammern seines Schwanzes gespürt hatte – Katherines Reaktionen beim Höhepunkt. Nie wieder ihren so vertrauten, so tröstlichen Duft riechen, der für ihn allein bestimmt war. Es war vorbei.

Er trocknete sich mit dem Laken ab und stand auf. Draußen dämmerte es bereits. Die Vögel hatten ihr lautstarkes morgendliches Gezwitscher begonnen. Er blickte zum Fenster der Australierin hinüber. Zu seiner Verärgerung sah er den schlanken, muskulösen Portier, der gerade aus ihrem Bett steigen wollte, als sie ihn plötzlich noch einmal zu sich hinabzog. Die beiden gaben ein wunderschönes Bild ab – so jung, so lebendig. Kaffee mit Sahne.

• • •

Karls Bauch schwappte leicht, als er zum Badezimmer ging. Einen Moment lang überlegte er, ob er Selbstmord begehen sollte, doch dann stellte er sich die Reaktion seiner Agentin vor: »Ein gelungener Karriereschachzug, hätte zu keinem besseren Zeitpunkt kommen können, die CD-Verkäufe sind ganz ausgezeichnet, jetzt noch ein guter Nachruf...« Scheiß drauf. Sollten sie doch alle zur Hölle fahren! Einen Augenblick lang fühlte er sich besser, bis er auf seine Noten trat.

Im Frühstücksraum bestellte er fettarmen Joghurt und Obst, statt wie sonst schwarzen Kaffee und Croissants zu wählen. Ein Kellner brachte ihm Exemplare der *Times*, des *Guardian* und des *Observer*. Er zögerte noch damit, die Seiten umzublättern und sich den Berichten zu stellen, die, wie er wußte, die schlimmsten Kritiken sein würden, die er je bekommen hatte. Einer der Kritiker war ihm wegen einer Nacht Mitte der 60er Jahre immer noch spinnefeind: Damals hatte er sich, temperamentvoll, wie er in jenen Jahren war, in einer Bar mit dem Mann geprügelt, nachdem dieser ein Konzert von ihm richtiggehend bösartig verrissen hatte. Es hatte seine Agentin viele Essenseinladungen und Freikarten gekostet, um diesen Schuft wieder zu einer objektiveren Haltung zu bewegen.

Karl schnippte eine Weintraube vom Tisch. Er fühlte sich hundeelend. Seine Augen brannten vom Schlafmangel, und noch immer nagte die Angst an seinen Eingeweiden. Er würde so gerne mit Katherine sprechen. Am Tag danach war sie immer eine große Hilfe gewesen. Sie wischte seine Ängste einfach mit der Bemerkung weg, Kritiker seien doch bloß Eunuchen bei einer Orgie, und wies ihn statt dessen auf seine große Popularität und die hohen Verkaufszahlen seiner CDs hin. Vielleicht sollte er sie anrufen. Verzeih mir, Liebling, es ist alles verziehen. Komm zurück. Doch er konnte nicht. Durch sie hatte er sein Gesicht verloren, und das war unverzeihlich.

Die Schulmädchen in ihren gebügelten, sauberen Schuluniformen betraten den Frühstücksraum. Als sie an ihm vorbeigingen, lächelte er einer besonders hübschen Brünetten zu, doch sie merkte es nicht, war sie doch zu sehr damit beschäftigt, mit schüchtern gesenkten Lidern den Farbigen am Büffet zu beobachten. Es hatte keinen Sinn. Er mußte sich damit abfinden, daß er alt wurde. Eine Frau Ende Vierzig, die an einem Tisch gegenüber saß, lächelte ihm zu. Er senkte den Blick, nahm sich die oberste Zeitung und sprach ein stummes Gebet, bevor er die Kulturseite aufschlug.

Der *Observer* sagte es ohne Umschweife: »Maestro an die Wand gespielt – Gymnastik der Gattin unterhaltender als die Musik.« Die Kritikerin, eine frigide wirkende Blondine, die normalerweise zu seinen Bewunderern gehörte erging sich in einer Aufzählung seiner früheren Ehen und seiner spektakulärsten Affären, wobei sie Parallelen zu seiner Karriere zog. Sie deutete an, daß seine berühmt-berüchtigte Potenz möglicherweise mit seiner musikalischen Energie und Ausstrahlung zusammenhing. Von daher könne man auch eine Verbindung zwischen der schwachen Darbietung des Meisters und dem extremen Verhalten seiner Frau herstellen – die, wie das Blatt trocken feststellte, fünfzehn Jahre jünger war als er. Die Kritikerin setzte noch hinzu, daß sich die Schreie des Paares beim Höhepunkt ganz wunderbar in die verklingenden Noten der Blechbläser eingefügt hatten. Die *Times* war nicht besser: »Pope pöppt und floppt!« Auch hier bemängelte der Kritiker das Fehlen von Tempo und Klarheit und meinte, daß Mr. Pope die Streicher etwas schwerfällig handhabe – doch was sollte man von den sentimentalen Musikern Osteuropas schon erwarten? Um die erhoffte Unterhaltung hatte sich, laut *Times*, Mr. Popes junge Frau, die gefeierte Illustratorin Katherine Pope, geborene Handsworth, gekümmert. Ihre Gelenkigkeit und Bühnenpräsenz deuteten auf eine potentielle Karriere als Schauspielerin hin …

Karl konnte nicht weiterlesen. Als er die Zeitung hinlegte, zitterten seine Hände. Jetzt dachte er ernsthaft daran, sich umzubringen. Er war ruiniert. Und auch sein Vertrauen in seine eigenen Fähigkeiten beim Sex – dem Gebiet, auf dem er stets größtes Zutrauen zu sich selbst gehabt hatte – war diese Nacht durch die Schreie dieser verdammten Frau unterminiert, ja sogar vernichtet worden. Er sah keinen Ausweg mehr. Die Frau mittleren Alters lächelte ihm wieder zu. Sie hatte ihn erkannt. Offenbar angezogen von seiner Gleichgültigkeit, stand sie auf und trat an seinen Tisch.

»Mr. Pope. Ich liebe Ihre Musik. Sie sind mein Lieblingsinterpret, was Mozart betrifft. Ich kann mich noch gut an Ihr Konzert in Prag erinnern. Wundervoll!«

Er schaute sie an. »Wie viele Orgasmen können Sie in einer Nacht haben?« Die Frau starrte ihn befremdet an. »Letzte Nacht muß eine Frau im Zimmer neben meinem dreißig- oder vierzigmal gekommen sein. Also, *das* ist wahre Meisterschaft. Dagegen bin ich nichts. Erledigt. Verstehen Sie?«

Bevor sie etwas sagen konnte, war er aufgestanden und gegangen.

• • •

Der Portier an der Rezeption summt vor sich hin. Irgendeinen Rap über Rassengleichheit, wie Karl feststellte, jedenfalls nichts mit Stil. Der Mann strahlte eine gewisse Selbstzufriedenheit aus, die Aura eines Eroberers, der kürzlich Beute gemacht hatte, was Karl stark auf die Nerven ging. »Irgendwelche Nachrichten für mich?« In seinem momentanen Verfolgungswahn glaubte er, ein Aufblitzen von Mitleid in den Augen des Mannes entdecken zu können.

»Nein, Sir, tut mir leid. Erwarten Sie etwas von Ihrer Frau?«

»Nein, von meiner Agentin«, gab Karl zurück. Wenn er etwas verabscheute, dann war es Mitleid.

»Haben Sie gut geschlafen?« fragte der Portier.

»Nein. Ich lag die meiste Zeit wach. Das Paar nebenan hat, nun ja, Sie wissen schon ... Und sie konnte offenbar einfach nicht aufhören zu schreien, zu brüllen, gegen die Wand zu laufen und zu ...«

»Knurren?« Der Portier grinste von einem Ohr zum anderen.

.»Ja, jetzt, wo Sie es erwähnen ... es hörte sich auch nach Knurren an. Was sind das für Leute? Ich habe mich gefragt, ob ich den Mann ein wenig ausfragen könnte. Jemand der einer Frau solche Laute entlockt, muß etwas Besonderes sein.«

»Oh, das ist er, etwas sehr Besonderes.« Und plötzlich brach der Farbige in lautes Gelächter aus, was Karls Verärgerung noch steigerte. Machte sich der Typ über ihn lustig? Wütend wandt er sich ab.

»Nein, nein, Sie mißverstehen mich. Ihr Zimmer liegt neben dem Privatzoo des Präsidenten.«

»Zoo?«

»Ja, Sir. Das waren Jezebel und ihr Partner Elijah, die Sie diese Nacht gehört haben. Es sind zwei Löwen. Sie grollen und knurren fürchterlich, wenn sie Babys machen.«

»Sie meinen, ich habe eine Löwin gehört?«

»Ja. Aus Nordafrika. Sie ist wunderschön.«

Zum ersten Mal seit zwei Tagen blickte Karl etwas optimistischer in die Zukunft.

Die zweite Haut

Candy Perkins schließt einen Moment die Augen, als der riesige schwarze, etwas klebrige Penis an ihre Wange stößt. Sie kniet, ihre Hände sind hinter ihrem Rücken zusammengekettet, und ihr Haar ist kunstvoll auf »zerwühlt« frisiert worden. Der Penis schwebt einen Augenblick lang vor ihrem Gesicht, dann zwängt er sich behutsam zwischen ihre Lippen. Sie lutscht begeistert und flattert aufgeregt mit den Augenlidern, um Ekstase zu simulieren. Dabei überlegt sie, was sie heute abend kochen soll.

Steak mit Pilzsahnesoße. Doug, ihr Mann, mag ein anständiges Stück Fleisch – und das ist, anders als zu Hause, hier in L.A. nicht leicht zu bekommen. Der Penis wird aus ihrem Mund herausgezogen, streift ihre beiden Brustwarzen und wandert herum, um sich zwischen ihre Arschbacken zu schieben. Sie hofft, daß sie diesmal daran gedacht haben, ausreichend Gleitmittel zu nehmen. Sie wird auf das imitierte Leopardenfell geschubst, während sich zwei Finger in sie bohren.

Sie kann Doug direkt hinter den Scheinwerfern stehen sehen. Er starrt sie an, mit glühendem Gesicht. Seit kurzem sieht er immer öfter so aus. Er wirkt für ihren Geschmack zu erregt. Und das bereitet ihr Sorgen.

»Schnitt! Verdammt! Ständerproblem!« Winston, ein großer, schüchterner Medizinstudent, der wegen der horrenden Studiengebühren und aufgrund seines athletischen Körpers in der Branche gelandet ist, hat Schwierigkeiten, seine Erektion zu halten. Die Make-up-Assistentin hüllt Candy in einen weißen Morgenrock, während der *Fluffer* sich alle Mühe gibt, Winstons Schwanz wenigstens annähernd in die Waagerechte zu bekommen. Candy langweilt sich. Die Besetzung, die an launische Glieder gewöhnt ist, zieht sich hinter die Kameras zurück und beschwert sich über die Tariflöhne.

Doug vergewissert sich, daß die Klappe richtig beschriftet ist, dann hastet er zu seiner Frau. »Du bist toll, Liebling, echt scharf.«

»Haben wir noch Pilze im Tiefkühlfach?« fragt sie, um nicht von ihrer Arbeit auf dem Set sprechen zu müssen.

Es ist erst drei Jahre her, seit sie Tocumwal verlassen haben. Exotische Tänzerin sei sie, hat sie ihrer Mutter erzählt, die verständig genug war, die Schecks einzureichen und keine Fragen zu stellen. Schließlich war Cheryl alias Candy mit Doug zusammen, und Doug war zwar nicht gerade der Hellste, aber loyal und verläßlich wie eine Bulldogge. Ihrer Cheryl konnte also nichts passieren.

Erst hatte sie in Canberra ein paar Filme gemacht, hauptsächlich Low-Budget-Produktionen. Man hatte in leerstehenden Bürohäusern mit einem provisorischen Set und dem obligatorischen Bett gedreht. Ihr zweiter Film, *Gone with the Whip*, war in Amerika plötzlich in die Charts gekommen und hatte ihr einen Titel als zweitbester Hintern der Branche eingebracht. Das war ihre Fahrkarte in die Staaten gewesen. Außerdem hatte ihr ihr amerikanischer Co-Star erzählt, daß man in den USA nicht nur mehr verdienen könne, sondern auch besser angesehen sei. Und das fand Candy überaus erstrebenswert. Sie war eine überzeugende Darstellerin, die stolz auf die kleinen Tricks und die Feinheiten ihrer Gestik war, die sie im Laufe der letzten Jahre herausgearbeitet hatte. Doug hatte das nie gekümmert. Dabei war er derjenige gewesen, der ihr den Vorschlag gemacht hatte, zu den Castings zu gehen. Beide waren zu Beginn ihrer Ehe begeisterte Pornofilm-Konsumenten gewesen, und Candy hatte sich immer damit gebrüstet, daß sie es besser machen könne als diese schmollenden, drallen Blondinen, die immer ein wenig gelangweilt wirkten. Mit dieser Einschätzung hatte sie recht gehabt.

»Okay, laßt uns das Meisterwerk in den Kasten kriegen!« verkündet der Regisseur, ein gescheiterter Dokumentarfilmer, während er – vergeblich – mit den Armen wedelt, um der sinkenden Moral seiner Mitarbeiter neuen Auftrieb zu geben. Alle schlendern wieder an ihre Plätze, und Candy legt sich auf das niedrige Sofa.

• • •

Schwanz gleitet anmutig in Arsch. Nahaufnahme Gesicht, Schweißperlen auf der Stirn, volle Lippen geschürzt, Mund halb geöffnet, Zunge herausgestreckt, Schwenk, Schamlippen gespreizt. Nahaufnahme der anderen Frau. Blond, große Brüste, glänzend, unnatürlich gerundet, anscheinend Silikon, perfektes Stöhnen. Ton lauter. Das ist es. Das ist gut. Stöhn lauter.

»Kommst du ins Bett?«

Doug sieht sich in dem kleinen Wohnzimmer ihrer Behausung Videos an. Candy steht im Türrahmen, in der Hand die benutzten Teller, auf denen noch die Reste der Pilzrahmsoße zu sehen sind. Doug macht sich nicht die Mühe, sich vom Bildschirm abzuwenden.

»Später«, murmelt er geistesabwesend. Candy sieht sich selbst, wie sie die Blonde leckt, während sie von zwei Männern gefickt wird – von einem in den Arsch, von dem anderen in die Vagina. Sie erinnert sich noch daran, daß sie in dem Moment an das Meer gedacht hat. An einen Traum, in dem das Meer um sie herum ausgetrocknet war. Und am seltsamsten war, daß sie ihr Hochzeitskleid trug. Sie blickt auf das Plakat an der Wand. Sie hatten es in letzter Minute auf dem Flughafen gekauft, als Gag. »Entdecken Sie die Wunder von Tocumwal« lautet die Headline. Darunter ist ein Schnabeltier zu sehen, das an einem Flußufer hockt. Manchmal vermißt sie ihr altes Zuhause. Sogar die langweiligen Stunden um den einzigen Billiardtisch des Ortes an der Tankstelle, wo die Kids immer herumhingen. Dort hatte sie auch Doug zum ersten Mal getroffen. Er war den Highway hinaufgefahren, um für seinen Onkel eine Lieferung zu erledigen, und er sah gut aus. Sie würde heute nicht mehr behaupten, daß es Liebe auf den ersten Blick war, aber damals hatte sie es dafür gehalten. Ein Hubschrauber, der über ihre Wohnanlage fliegt, holt Candy wieder in die Realität zurück.

Doug rutscht von der Couch und kriecht auf den Bildschirm des Fernsehers zu, ohne seine Frau einen Moment aus den Augen zu lassen. Auf dem Video zieht die Blonde gerade ihre Hinterbacken auseinander, so daß der Schwanz zu sehen ist, der heftig in ihr Arschloch stößt, während der zweite zwischen ihren Beinen verschwunden ist. Doug betätigt die Fernbedienung und spult den Film zurück, während der Lärm von Candys vorgespieltem Orgasmus von der niedrigen Zimmerdecke widerhallt.

»Du weckst noch die Nachbarn auf.«

Er gibt keine Antwort. Candy zuckt die Achseln, bringt die Teller in die winzige Küche und stellt sie in die Spülmaschine. Die Spülmaschine. Ihre Mutter hatte sich immer eine gewünscht, und dieses Gerät war das erste gewesen, das sich Candy von ihrer Gage für ihren ersten US-Film, *Candy does Randy,* gekauft hatte. Bescheuerter Titel, aber Randy, ein Veteran der Branche, Ende Vierzig und berühmt für seine oralen Künste, war ein netter, lustiger Typ. Er hatte Candy zum Lachen gebracht, wenn er den jungen, frisch von der Akademie kommenden Regisseur, der so verzweifelt bemüht war, einen Hauch von Kunst in sein Machwerk einzubringen, verspottet hatte.

»Candy, verdien, soviel du kannst, und steig dann rasch aus. Werd nicht wie ich – in erster Linie ein Schwanz und erst dann auch ein Mann. In dieser Branche kannst du existieren, aber nicht leben.«

Randy war auch derjenige gewesen, der ihr Interesse für Wörterbücher geweckt hatte. Zwischen den Aufnahmen vertiefte er sich immer in ein Wörterbuch. »Um mein Vokabular zu vergrößern«, hatte er ihr mit einem Augenzwinkern erklärt. Dann hatte er ihr Fremdwörter wie »hexagonal« oder »delektabel« an den Kopf geworfen, die er genüßlich artikulierte. Candy hatte fasziniert zugesehen, wie er, splitternackt, jeden Vokal mit einem kurzen Hüftkick illustrierte, wobei sein Schwanz auf- und abwippte und seine Hände in der Luft gestikulierten. Randy hatte sie süchtig gemacht.

»Mumifizierung.«

»Nicht jetzt, Liebes, ich sehe fern.« Er dreht sich nicht einmal um. Doug ist nie ein großer Redner gewesen. Jahrelang hat Candy einen kompletten Wortschatz in seine Grunzlaute interpretiert. Und jahrelang hat sie sich damit zufriedengegeben. Bis jetzt. Das Wort »Depravation« schießt ihr durch den Sinn. In den letzten sechs Monaten hat sie sich vom Webster, der Büroausgabe in zwei Bänden, bis zum ungekürzten Oxford-Wörterbuch vorgearbeitet. Doch es ist ihr nie gelungen, Doug für die Sprache zu begeistern, nicht mal für die knappsten, prosaischsten Adjektive. Die Möglichkeit, ihr neu gelerntes Vokabular auch zu verwenden, erregt sie. Erregt sie sexuell.

Sie schaltet die Geschirrspülmaschine an und lauscht einen Moment auf das Wasser, das durch die Rohre rauscht. Ihre Füße schmerzen von den hohen Pumps, ihre Möse ist wund, und sie vermißt ihre Mutter. Das Knallen einer Peitsche dringt aus dem Wohnzimmer. Doug ist offenbar bei der S/M-Szene angekommen. Eine naive junge Gräfin heiratet einen grausamen Adligen, der sie zwingt, bizarre sexuelle Spiele mitzumachen. Oder war es der Streifen mit dem weiblichen Vampir? Candy kann sich nicht mehr erinnern. Es war ihr vierter oder fünfter Film; und da die meisten in nur einer Woche abgedreht wurden, gelang es ihr recht gut, die Einzelheiten nach getaner Arbeit zu verdrängen und nicht mehr an die Geschichte zu denken. Im übrigen brauchte sie nur Doug zu fragen, falls sie Szenen durcheinanderwerfen sollte. Er hatte jeden ihrer Filme mindestens zehnmal gesehen, was Candy überraschte, da er bei allen Streifen auch beim Dreh dabeigewesen war. Doug Perkins: Assistent/Klappe. Eine Klausel, auf der sie in jedem ihrer Verträge bestand. Aber in letzter Zeit ... Voluminös, metamorphosieren, Deprivation – sie läßt die Vokale über ihre Zunge rollen. Allein die Wörter stumm zu artikulieren macht sie geil.

Sie stellt den Kessel auf den Herd und wirft einen Blick durch die offene Tür ins Wohnzimmer. Doug sieht zu, wie seine Frau an metallenen Fesseln baumelt. Ihr langes braunes

Haar fällt wie ein Wasserfall auf das Tierfell herab. Ein großer Mann mit einer Henkerskapuze, dessen Bauch über seinen erigierten Penis quillt, hebt die Hand und schlägt Candy mit einer kleinen Peitsche auf den Hintern. Doug stöhnt, ohne es zu bemerken. Candy setzt sich auf die Couch und wühlt ihm liebevoll durchs Haar.

»Eugenik«, flüstert sie verführerisch in der tiefen Stimmlage, die sie eigentlich für Filmszenen reserviert. Deutlich verärgert, kriecht er auf den Bildschirm zu. Sie versucht, ihre Zehen über seinen Rücken gleiten zu lassen. »Inguinal, Synergie, pianissimo.« Doug dreht sich nicht einmal um. Auf dem Video wippen ihre Brüste.

In dem kleinen Wohnzimmer schmiegt sich Candy, die längst abgeschminkt ist und ihr bequemstes Hauskleid trägt, in die Kissen auf der Couch und fragt sich, wann sie sich zum letzten Mal richtig unterhalten haben. Sie kann sich nicht erinnern. Er sieht sich dauernd die Videos an.

Sie starrt auf seinen Hinterkopf. Ein kurzer Dialog wäre nett; etwas wie »Sonorität«, »oskulieren« oder »Viskosität« würde schon ausreichen, damit sie kommt. Danach ein bißchen kuscheln. Das ist eigentlich am schönsten, findet sie, einfach nur in den Armen gehalten zu werden. Seit kurzem braucht sie es wirklich dringend. Sie streckt sich, dann steht sie auf.

»Bis später.«

Er grunzt und sucht im schnellen Vorlauf den filmischen Höhepunkt, bei dem Candy von einem Mann gefickt wird, während sie einem anderen einen bläst. Sperma spritzt über ihre Brüste und ihr Gesicht. Das bringt Geld.

Viel später, als Candy immer noch wach und allein in ihrem Wasserbett liegt, das Doug als Sonderangebot gekauft hat, stellt sie fest, daß sie sich nicht einmal daran erinnern kann, wann Doug sie zum letzten Mal geküßt, geschweige denn mit ihr geschlafen hat.

Durch die Wand hört sie ihn stöhnen, als sich Candy und Randy miteinander und mit der Peitsche beschäftigen und schließlich ihr gespielter Orgasmus erklingt. »Hyperhedonismus«, flüstert sie in die Stille hinein und wiegt sich, das Kissen an ihre Brust gepreßt, leicht vor und zurück.

Die Promiskuität der Fledermäuse

Sie waren insgesamt zehn: fünf Männer und fünf Frauen, die noch rasch ihre Einkäufe getätigt hatten. Es war Heiligabend, und alle zehn hatten ihre Geschenke auf den letzten Drücker besorgt. Stacey und Deidre waren die letzten, die den Aufzug im sechzehnten Stock, der Abteilung Kurz- und Haushaltswaren, betraten. Beide hatten die Hände voller Tüten. Stacey schleppte sich mit zwei Truthähnen, den Zutaten für den klassischen weihnachtlichen Plumpudding und einer Super-8-Kamera für Jock ab. Sie blickte sich um. Der Lift war brechend voll, so daß Körperkontakt zu den anderen unvermeidlich war.

Sie bemerkte eine kleine Blondine, die etwa im fünften Monat schwanger sein mußte. Neben ihr, in eine Ecke gedrängt, stand ein großer, hagerer, ein wenig verwahrlost wirkender Mann um die Dreißig, dessen Modegeschmack sich anscheinend noch an den Vorbildern seiner Pubertätsjahre orientierte. Die Art und Weise, wie er mit dem Kopf nickte, legte nahe, daß er taub war. Seitlich von ihm stand ein attraktiver pockennarbiger Mann, der eine Rolle Leinwand umklammert hielt. Dahinter hatte sich eine Frau Ende Dreißig, die in ihrer europäischen Kleidung sehr elegant wirkte, in die Kabine gequetscht. Stacey überlegte, ob es sich wohl um eine Touristin handelte, denn sie hielt ein Konzertprogramm in der Hand. Die Frau hatte einen selbstgefälligen Zug an sich, den Stacey nicht mochte. Sie sprach mit einer stattlichen Blondine Mitte Vierzig, die einen sehr selbstbewußten Eindruck machte. Bei der Eleganten stand ein attraktiver älterer Mann, dessen Kleidung auf ein gutes Einkommen schließen ließ. Er sah aus wie ein Europäer, und aus der besitzergreifenden Geste, mit der er die Hand der Frau hielt, schloß Stacey, daß es sich um ihren Ehemann handeln mußte. Die Blondine wandte sich an ihre Gefährtin.

»Fledermäuse. Wir haben eine ganze Kolonie auf der Baustelle. Offenbar haben sie überall in der Stadt ihre speziellen Paarungshöhlen. Typisch, ausgerechnet ich muß eine davon auf meiner Baustelle haben.«

»Paarungshöhlen?«

»Richtig. Und, weißt du, Fledermäuse sind alles andere als monogam. Ich habe mich genau erkundigt, es ist faszinierend. Natürlich ist ihr Verhalten von Art zu Art verschieden. Auf meiner Baustelle handelt es sich bloß um stinknormale, kleine Exemplare. Aber bei den großen Flughunden fliegen die brünstigen Männchen in eine Höhle voller schlafender Weibchen und stoßen laute Schreie aus, um sie auf sich aufmerksam zu machen. Sie schreien also und geben immer schrillere Laute von sich, während sie gleichzeitig aufgeregt mit den Flügeln flattern. Mitten in diesem Tohuwabohu packt das Männchen plötzlich ein Weibchen, hüllt es mit seinen Flügeln ein und nimmt es von hinten.«

»So etwas kenne ich von Männern.«

»Verhalten wir uns nicht alle so?« mischte sich die Schwangere ein.

Die zwei Männer, die hinter Stacey standen, brachen in lautes Gelächter aus. Sie schaute sich um. Der eine, der größere, schien – wenn man sich an seinen erdigen, rauhen Händen orientierte – ein Gärtner oder ein Arbeiter zu sein. Er grinste den Mann neben sich an, den Stacey beruflich nicht einzuordnen vermochte. Er trug einen Karton unter dem Arm, der mit dem Etikett »Eishörnchen – 100 Stück« beschriftet war, aber was ein Mann wie er mit hundert Eishörnchen vorhatte, konnte sie sich beim besten Willen nicht vorstellen.

»Zum Höhepunkt der Brunftzeit kann der Schrei einer einzelnen Fledermaus alle anderen männlichen Fledermäuse sexuell erregen, so daß sich – bevor man sich versieht – die ganze Höhle in eine kreischende Orgie verwandelt.«

»Klingt wie ein gelungenes Basketballspiel«, sagte Jerome, der Eismann, mit einem schelmischen Grinsen zu Dee.

»Oder wie Krieg«, warf Humphrey trocken ein, womit er die anderen Männer überraschte, die ihn sogleich als arrogant einstuften. Deidre, die unter leichter Klaustrophobie litt, deutete mit einer knappen Kopfbewegung in Richtung der grinsenden Männer. Karl sah hinüber. Australische Männer können so kindisch sein, dachte er und dankte im stillen Gott für den kultivierten Stil der Europäer.

»Oder einfach wie zu viel Testosteron«, meinte Sandra, die Blondine, mit einem Blick zu Deidre. Sie waren etwa gleich alt, doch Sandra hätte die andere als eine Frau eingestuft, die ihre sexuelle Befreiung noch vor sich hatte – wenn da nicht der feuerrote Schal gewesen wäre, der unter dem ausgesprochen konservativen Kostüm hervorlugte. Womit sich wohl wieder einmal bestätigt, daß das Äußere täuschen kann, dachte Sandra. Ihre Freundin Katherine konnte mittlerweile nicht mehr umhin, Humphreys Interesse an ihr wahrzunehmen; seit sie den Lift betreten hatte, hatte er seinen Blick nicht ein einziges Mal von ihrem Körper abgewandt. Früher hätte sich Katherine über so etwas geärgert; doch da sie und ihr Mann sich in letzter Zeit ziemlich auseinandergelebt hatten, waren die verschiedenartigsten emotionalen und sexuellen Beziehungen zum Bestandteil ihres Lebens geworden. Sie war überzeugt, daß sich unter all diesen Paarungen irgendein spirituelles Muster verbarg, gleichsam eine wundersame Botschaft. Wenn Sie doch nur den Code entschlüsseln könnte! Sie erwiderte Humphreys Blick, mußte jedoch bald wieder wegsehen. Sie konnte diesem Mann nicht lange in die Augen schauen, ohne eine sexuelle Erregung zu verspüren, die sie verlegen machte.

Jodie wollte sich nur noch setzen. Das Baby drückte auf ihre Blase, und ihr taten die Füße weh. Nächstes Jahr konnte sich Adrian um die Weihnachtseinkäufe kümmern – sie würde dann mit dem Kind zuviel zu tun haben. Neben ihr versuchte Quin verzweifelt, die Botschaften all der lächelnden Münder und Lippenbewegungen zu entziffern. Ihm gefiel das Aussehen der großen, nicht mehr jungen Blonden. Sie erinnerte ihn an seine ehemalige Geliebte; er mochte reifere Frauen, und diese Frau hier roch auch gut. Die Taubheit hatte seine anderen Sinne geschärft, und er nahm unter ihrem Parfum einen schwachen Duft von Sex wahr. Nach seinen Berechnungen mußte sie vor etwa einer Stunde mit jemandem geschlafen haben. Zur Lunchzeit.

Und dieser gutgekleidete Mann im mittleren Alter. Er kam Quin irgendwie sehr vertraut vor – als handle es sich um einen alten Freund, den er schon lange aus den Augen verloren hatte. Er blickte auf die Hände des Mannes; sie waren sehr gepflegt und eindeutig die Hände eines Musikers. Quins Blick kehrte zu seinem Gesicht zurück. Und dann wußte er es plötzlich. Mit einem Schlag erkannte er Karl Pope. Er hatte eine seiner frühen Aufnahmen auf Platte: Carnegie Hall, 1973. Er wünschte sich plötzlich nichts mehr, als normal sprechen zu können, denn er traute sich nicht, etwas zu sagen, da er wußte, daß die Worte aus seinem Mund laut und mißtönend klangen. Doch da er diesen Mann und sein Werk liebte, bereitete es ihm einen Moment lang Freude, die Gegenwart der berühmten Person zu spüren.

Quin blickte zur Schalttafel des Aufzugs hinauf, die anzeigte, daß sich der Fahrstuhl zwischen dem fünfzehnten und dem vierzehnten Stock befand. Irgend etwas hatte sich an der Abwärtsbewegung der Kabine geändert – er hatte es unter seinen Füßen spüren können. Er war hochsensibel für Vibrationen. Das galt nicht nur in Bezug auf Gegenstände, sondern auch für Schwingungen zwischen zwei Menschen. Voller Staunen hatte er festgestellt, daß sich die Anziehungskraft zwischen Personen durch winzige Temperaturschwankungen oder eine kaum wahrnehmbare, plötzliche Beschleunigung der Luftströme bemerkbar macht. Er konnte zum Beispiel eine deutliche Wärmeentwicklung zwischen der Freundin der großen Blondine und dem Mann mit der Leinwand wahrnehmen. In diesem Moment blieb der Lift leicht rüttelnd stehen.

Stacey blickte zu Humphrey hinüber, der Katherine ansah, die wiederum zu Sandra aufschaute. Katherine gab sich alle Mühe, nicht in Panik zu geraten; es befanden sich zu viele Menschen in dem Aufzug, als daß man sich wohl fühlen konnte, selbst wenn einer dabei war, den man überaus attraktiv fand. Sandra war eine Art Rettungsanker für sie. Ihre Freundin verkörperte in ihren Augen eine derart vernunftgeprägte Lebenseinstellung, daß Katherine schon die Vorstellung lächerlich fand, ihre Freundin könne jemals in irgendeiner kompromittierenden Lage ertappt werden. Nicht einmal, wenn sie auf so kleinem Raum mit anderen zusammengepfercht war.

Dees Blick glitt zu Jeromes Schritt, dann hinauf zu seinem Mund, der mit seinen vollen Lippen unverhohlen sinnlich wirkte und darum zu betteln schien, Verderbtes zu tun. Dees Hände schlossen sich fest um die vier Champagnerflaschen, die er an seine Brust gepreßt hatte. In seiner Jackentasche steckten zehn Ecstasy-Tabletten. Wieder wurde sein Blick von Jeromes Mund angezogen.

Jerome war daran gewöhnt, sowohl von Männern als auch von Frauen angestarrt zu werden, und erwiderte deshalb Dees unverschämten Blick offen. Dee wirkte nicht wie ein Homosexueller; seine Haltung hatte nichts Feminines, sie drückte nur eine sinnliche Neugier aus, die Jerome faszinierte. Besonders gefielen ihm die Hände. Die langen rauhen Finger ließen darauf schließen, daß sein Beruf etwas mit Erde oder Boden zu tun hatte. Er hatte noch nie einen Mann gehabt, aber durchaus schon mit dem Gedanken gespielt; außerdem hatten sie beide eine gewisse körperliche Ähnlichkeit, die den Narzißten in ihm reizte.

Deidre fing an zu zittern. Der Aufzug hing nun schon über eine Minute fest, und Mischa wartete unten im Parkhaus auf sie. Das Ergebnis des Bluttests befand sich in ihrer Handtasche: Sie war endlich schwanger. Deidre tastete nach ihrem Handy. Wenn sich nicht bald etwas tat, hatte sie immer noch etwas, um Hilfe herbeizurufen. Der Lift ruckte einmal, glitt dann ein paar Meter abwärts und kam mit einem metallischen Kreischen erneut zum Stehen. Jodie schwankte und hielt sich entsetzt an Quin fest, der sie mit einem verlegenen Grinsen stützte. »Danke«, sagte sie. Als er als Antwort wild gestikulierte, begriff Jodie, daß er taub war.

»Hoffentlich nur ein vorübergehender Stop«, kam es trokken von Sandra, die sich mittlerweile mit der Schulter an die Wand lehnte. Schweigend warteten sie weiter; die Sekunden dehnten sich wie kleine Ewigkeiten. Es war Sommer, und die meisten trugen leichte Sommerkleidung. Humphrey sah deutlich Katherines Brustwarzen unter ihrer Seidenbluse; das rote Haar ließ ihre blasse Haut noch durchscheinender wirken. Er wollte sie zum Erröten bringen, wollte sehen, wie das Blut in diese bleichen Wangen stieg. Er überlegte, wie es wäre, ihr den Hintern zu versohlen, wie sich die Haut wohl an seiner Handfläche anfühlen würde. Er hatte plötzlich das dringende Bedürfnis, ihr den Slip herunterzuziehen, um sie vor all diesen Leuten zu demütigen.

Dee bot Jerome eine Zigarette an, die dieser lächelnd annahm.

»Rauchen verboten«, fauchte Deidre, die kurz vor einer Panik stand. Wenn sich der Aufzug nur endlich wieder bewegen würde! Dee zuckte mit den Achseln, und Jerome konnte nicht anders, als die Finger, die das Päckchen umschlossen, zu bewundern.

Der Lift erzitterte, dann fiel er abrupt einige Meter abwärts. Einen Moment lang hielten alle gleichzeitig die Luft an, um sie dann snychron wieder auszustoßen.

»Wir hängen fest. Der Lift hängt fest«, stellte Humphrey unnötigerweise fest.

»Machen Sie sich nicht lächerlich.« Deidres Stimme klang angespannt. Dee drückte den Rufknopf, doch es kam keine Antwort. Katherine versuchte, die Situation durch Humor aufzulockern. »Und? Wie lange werden wir warten müssen, bis es offiziell ist?«

»Verzeihung.« Humphrey schob sich an ihr vorbei, wobei ihre weichen Brüste ihn streiften und ihm einen Schauder über den Rücken bis zu seinen Lenden jagten.

»Bloß jetzt keine Erektion, bitte«, beschwor er sich stumm. Sein Schwanz kümmerte sich jedoch nicht um die Stimme der Vernunft, sondern richtete sich auf und drückte gegen seine Hose.

»Wenn ich an das Paneel in der Decke komme, kann ich den Aufzug vielleicht wieder aktivieren. Ich hab' vor vielen Jahren mal als Elektrikerlehrling angefangen«, sagte Humphrey verlegen. Dee erbot sich, ihn zu stützen, und während sich die anderen an die Wände des Aufzugs drückten, ging Dee in die Hocke, und Humphrey kletterte auf seinen Rücken, um die Luke in der Decke zu öffnen. In derart exponierter Stellung war Humphreys Erektion deutlich sichtbar, was bei den Frauen einigen Anklang fand – insbesondere bei Katherine, die etwas für große Glieder übrig hatte.

Humphrey schraubte das Paneel mit Hilfe eines Schlüsselrings los, schob es zur Seite und starrte auf ein Gewirr farbiger Kabel. Die Verbindungen schienen keinem logischen Prinzip zu folgen. Er hatte eben geblufft; die pulsierende Lust, die er für den eleganten Rotschopf empfand, hatte ihn größenwahnsinnig gemacht. Er würde sie alle retten, hatte er sich ausgemalt, und zum Dank würde sie sich auf die Knie sinken lassen, ihren Kopf in seinem Schoß vergraben und vor Erleichterung schluchzen. Er spähte hinab: Ihr Mund befand sich in der Tat verführerisch nah an seinem Schritt. Sein Schwanz schwoll noch mehr an, was die Zuschauerinnen mit einem sehnsuchtsvollen Seufzen beantworteten. Dee, der auf allen vieren kniete und zu Boden starrte, fragte sich, was da vor sich gehen mochte, während Quin eine deutliche Veränderung im Luftdruck wahrnahm. Humphrey zog ein wenig fester an den Kabeln, und plötzlich war es stockdunkel.

• • •

Die Schreie und keuchenden Laute erstarben. Stacey fing an, die Dramatik der Situation zu genießen. Gelassen wühlte sie in ihrer großen Umhängetasche nach der Weihnachtskerze, die sie vorhin gekauft hatte, und zündete sie mit dem Feuerzeug an, das Jock ihr als Glücksbringer geschenkt hatte. Die kleine Flamme beleuchtete die Gesichter der festsitzenden Aufzuginsassen.

»Das sollte eine Weile ausreichen«, verkündete Stacey und hielt die Kerze hoch. Groß, wie sie war, und mit der Kerze in der Hand wirkte sie auf die anderen wie ein Engel, der über sie wachen würde.

»Hallo? Hallo?« Eine dünne Stimme mit indischem Akzent drang aus der Sprechanlage an der Wand.

»Hier spricht ein Vertreter des Verwaltungsbüros. Wir möchten Ihnen mitteilen, daß wir alles unter Kontrolle haben. Unsere Techniker arbeiten daran, und innerhalb der nächsten halben Stunde wird die Stromversorgung wiederhergestellt sein. Bitte, bleiben Sie ruhig, und geraten Sie nicht in Panik. Wir werden Ihnen nun entspannende Musik einspielen, um es Ihnen leichter zu machen.«

Das Geräusch von Brandungswellen, durchzogen mit Aufnahmen von Walgesängen, durchflutete den Lift. Jodie ließ Quins Ellenbogen los und glitt, mit einer längeren Wartezeit rechnend, resigniert zu Boden. Dee dagegen fühlte sich gut; er hatte die Dunkelheit ausgenutzt, um seine Hand über Jeromes Hose gleiten zu lassen, und war nicht weggestoßen worden. Vielmehr hatte Jerome seine Hand genommen und an sich gedrückt, und Dee hatte gespürt, wie der Penis sich unter seiner Berührung versteifte. Nun standen sie eng nebeneinander und starrten in die Dunkelheit. Langsam nahm ein Plan in Dees Kopf Gestalt an. Er tastete seine Tasche ab – die Ecstasy-Pillen waren noch immer da.

»Wie wäre es, einen Schluck zu trinken? Wenn wir hier noch mindestens zwanzig Minuten ausharren müssen, können wir es uns auch gutgehen lassen, oder?« Seine Stimme klang warm und einladend. »Ich habe Champagner bei mir. Französischen natürlich.«

»Klingt gut.« Sandra brauchte einen Drink; der von der Kerze beleuchtete Aufzug, die Flamme, die sich hundertfach in den polierten Chromwänden spiegelte, das Flöten und Pfeifen der Wale – all das erinnerte sie immer mehr an die Fledermaushöhlen. Auch die anderen fanden, Champagner zu trinken sei eine ausgesprochen gute Idee. Sogar Deidre gab sich schließlich der aufgekratzten Atmosphäre hin und gestand sich ein, daß sie Karl anziehend fand; sie hatte schon immer was für europäische Typen und manikürte Hände übrig gehabt.

Karl begann ein Duett aus der *Zauberflöte* zu summen, das wunderbar anmutig und melodisch klang. Quin, der die schwachen Vibrationen auffing, klopfte dazu den Rhythmus an die Wand.

»Stacey. Ich bin Marketingchefin bei J.P. Motherwell's.«

»Humphrey. Ich bin Künstler.«

»Sandra. Architektin. Verheiratet. Zumindest war ich das, bevor ich im sechzehnten Stock zugestiegen bin.« Gelächter.

»Katherine.«

»Meine Frau. Karl. Dirigent.«

»Er ist zu bescheiden. Weltberühmter Dirigent und Pianist.«

Dee öffnete die Champagnerflaschen. Dann fischte er lautlos die Tabletten aus der Tasche und ließ jeweils zwei in eine Flasche Champagner gleiten.

»Jodie. Ich arbeite in einem Schönheitssalon und bekomme im April mein erstes Kind.«

»Deidre. Eine Freundin von Stacey und Börsenmaklerin ihres Mannes.«

»Jerome. Ich verkaufe Eis an kleine Kinder und hungrige Mütter. Und unser Champagner-Wohltäter?«

Dee drehte sich um und lächelte. Die Ecstasy-Kapseln in den Flaschen waren jetzt alle aufgelöst. »Ich? Landschaftsgärtner und ewiger Außenseiter.« Er nahm einen Schluck Champagner und reichte die Flaschen an Sandra weiter, die zehn kleine Plastikbecher mit Weihnachtsmannaufdruck hervorgezaubert hatte.

Jodie sprach für Quin. »Und dies ist ... Ich weiß es nicht, weil er taub ist, aber er ist total lieb!«

Katherine wandte sich um und übersetzte, an Quin gewandt, die Frage in Zeichensprache. Stockend nannte er seinen Namen. Jodie sprach ihn laut nach, und alle erwiderten unwillkürlich das herzliche Lächeln des ungelenk wirkenden Mannes, der ihnen heftig zunickte.

Humphrey hob seinen Becher. »Wir sollten einen Toast aussprechen. Auf beengte Räumlichkeiten und die Promiskuität der Fledermäuse.« Dann tranken alle hastig, denn die Hitze hatte sie durstig gemacht.

• • •

Zwanzig Minuten später hat sich der Aufzug noch immer nicht bewegt. Katherine fühlt sich entspannt, sehr entspannt. Sie lehnt an der Wand und überlegt, ob sie sich ausziehen soll. Die Luft ist zwar warm, aber nicht abgestanden, und ein leichter Luftzug weht durch die offene Luke über ihren Köpfen in die Kabine. Alle kommen ihr ungewöhnlich freundlich vor. Katherine erklärt sich das damit, daß sie alle auf engem Raum zusammengepfercht sind. Denn sie hat einmal irgendwo gelesen, daß solche Erlebnisse einen stark bindenden Effekt haben können. Stand in jenem Artikel nicht auch etwas über eine aphrodisische Wirkung? Sie wendet sich an Sandra, um sie zu fragen, verstummt jedoch, als sie entdeckt, daß Quin Sandras Beine massiert; seine Hände reiben geschickt ein Öl auf ihre Waden.

»Das ist das Massageöl, das ich für Brian gekauft habe. Ich dachte, man könnte es ja schon mal ausprobieren.« Sandra kichert, und Katherine erwidert das Lachen. Irgendwie kommt es ihr ganz normal vor, daß Sandra sich von einem Fremden die Beine mit dem Weihnachtsgeschenk für ihren Mann einölen läßt. Katherine streift sich die Seidenbluse über den Kopf und setzt sich. Karl bemerkt es kaum. Er ist vollauf damit beschäftigt, Deidre zu erklären, wieviel Sinnlichkeit Mozarts Werken innewohnt. Eine seiner Standardverführungsnummern, wie Katherine weiß, und normalerweise würde sie sich darüber ärgern. Nun jedoch freut sie sich einfach für ihn. Und die Vorstellung, wie Deidre mit aufgelöstem Haar kurz vor dem Orgasmus steht, hat für Katherine durchaus etwas Erotisches. Allerdings findet sie im Moment auch die Chromwände des Aufzugs erotisch.

Humphrey sitzt ihr gegenüber in einer Ecke. Seine Augen kann sie zwar kaum erkennen, aber sie spürt, daß sie auf sie gerichtet sind, als seien seine Blicke tastende Finger. Es gefällt ihr, daß er sie so offensichtlich attraktiv findet. Sie läßt ihre Hand zu ihrem Spitzen-BH sinken und entblößt eine Sekunde lang eine Brustspitze. Niemand sieht hin, abgesehen von ihm, doch er regt sich nicht. Sie will ihn unbedingt, will, daß er sie anfaßt und ihr den Schwanz zeigt, dessen Umrisse sie vorhin so deutlich hat sehen können.

In der metallenen Wandfläche hinter Humphrey spiegeln

sich Jerome und Dee. Sie sind in ein so lebhaftes Gespräch über die Aussichten der Chicago Bulls vertieft, als wollten sie sich ihrer Männlichkeit versichern. Dees Hand liegt auf Jeromes Schenkel und wandert langsam weiter, während er sich detailliert über die Sportverletzungen von Michael Jordan ausläßt. Jeromes Schwanz ist hart. Sehr langsam, kaum wahrnehmbar, öffnet Dee den Reißverschluß und holt Jeromes Glied heraus, verbirgt es jedoch hinter seiner Handfläche.

»Man muß aber zugeben, daß er trotz aller Verletzungen ein toller Spieler ist«, murmelt Jerome mit geschlossenen Lidern, ganz in den Genuß versunken, den Dees Berührung ihm bereitet. Dee blickt sich im Lift um. Im flackernden Kerzenlicht macht er Karl aus, der Deidres Brüste massiert, und Quin, der Sandra mit der Hand befriedigt, während sie leidenschaftlich von Jodie geküßt wird. Humphrey hat seinen Kopf unter Katherines Rock geschoben, die breitbeinig an der Wand steht, während Stacey erregt und mit glühenden Wangen Jocks Kamera richtig einzustellen sucht.

»Hoffentlich hat sie einen Lichtsensor«, sagt Dee, bevor er sich auf die Knie sinken läßt und Jeromes Schwanz in den Mund nimmt. Der Sound aus dem Lautsprecher verwandelt sich in das Paarungslied der großen Buckelwale; zehn Versionen derselben klagenden Tonfolge, der Hit des Jahres 1986; zehn Bearbeitungen der Gesänge von zehn einsamen Walbullen, die damals im Atlantik herumdümpelten.

Den Mechanikern, die etwa zehn Meter oberhalb des Aufzugs arbeiten, fällt auf, daß es plötzlich ziemlich still ist, während vorher Gesprächsfetzen und Lachen durch den Schacht zu ihnen hinaufgedrungen sind.

»Die Party muß vorbei sein«, murmelt der eine.

»Oder sie sind erstickt«, konstatiert sein Kumpel. Beide

sind nicht gerade davon erbaut, Heiligabend einen Notruf erhalten zu haben.

• • •

Unten im Aufzug erlischt die Kerze, und das gedämpfte rote Licht der Notbeleuchtung verwandelt die Szene in eine bacchantische Orgie, während die silbrig glänzenden Wände das Bild von gespreizten Gliedern, wehenden Haaren und verrutschten Kleidungsstücken tausendfach reflektieren. Deidre ist schon vor geraumer Weile zu dem Schluß gekommen, daß es sich um einen Traum handeln muß. Sie hat das Gefühl, sich in einer anderen Zeitzone zu bewegen, und dadurch wird für sie ihr eigentlich unfaßbares Tun etwas akzeptabler. Im Moment hockt sie auf allen vieren auf dem Boden wie die Wölfin, die Romulus und Remus nährte. Karl liegt unter ihr und saugt an ihren Brüsten. Am seltsamsten ist, daß nichts, was hier vorgeht, ihr irgendwie dekadent vorkommt; alles scheint ihr ganz normal und natürlich zu sein. In ihrem Kopf existiert nur noch die Wahrnehmung eines unwahrscheinlichen Kitzelns, das von ihrer Brustwarze ausgeht und direkt zu ihrer Klitoris strömt. Karl seufzt und fährt ihr mit der Zunge über den Bauch. Ihr voller Körper und ihr Duft erregen ihn enorm. Er glaubt, jeden Moment kommen zu können, obwohl sich niemand um seinen harten, steifen Schwanz kümmert. Er legt den Kopf zurück und verdreht die Augen, bis er Katherine sehen kann. Der Kopf des Künstlers befindet sich noch immer unter ihrem Rock.

Humphrey taucht mit glühendem Gesicht unter dem Stoff auf, erhebt sich und preßt sich gegen die stehende Katharine, wobei er mit seinen großen Händen ihre Brüste umfaßt. Karl ertappt sich bei dem Wunsch, zu sehen, wie Katherine durch die Berührungen dieses Mannes zum Orgasmus kommt. Er hat das Gefühl, als sei der Körper des fremden Mannes eine Verlängerung seines eigenen, als sei er durch ihn mit ihr verbunden.

Sandra liegt derweil in der Mitte des Aufzugs und fühlt sich wie in einer anderen Welt, umgeben von Höhlungen und Schwellungen. Quin kniet über ihr, fährt mit seinem Schwanz an der Innenseite ihrer Schenkel entlang und dringt dann in sie ein. Ihre Beine, die über ihren Schultern in die Luft ragen, werden von Jodie gehalten, deren Möse sich über Sandras Gesicht befindet. Fasziniert spreizt Sandra die Schamlippen der jüngeren Frau, betrachtet die blonden Schamhaare und das Fleisch, das sich dunkler färbt, als Sandra ihren Finger daran entlanggleiten läßt und schließlich in die Nässe eintaucht. Jodies Schenkel beben vor Lust, als Sandra ihr einen Finger ihrer anderen Hand in den Anus steckt. Sie zieht Jodies Geschlecht zu ihrem Mund und stellt erstaunt fest, daß ihre eigene Erregung sich steigert, als sie es berührt, so als würde es sich um ihren Kitzler handeln, der liebkost wird. Quin, der beobachtet, wie Sandras Mund das Geschlecht der jüngeren Frau leckt und lutscht, merkt, daß auch er kurz vor dem Höhepunkt steht.

Jerome greift in Dees Haar und drückt ihn fester auf seinen Schwanz. Dies ist etwas anderes – Dee macht es grob, aber auf eine Art und Weise, wie Jerome es mag. Als Mann weiß er genau, welche Stellen mit der Zunge liebkost werden müssen. Dees Hintern bewegt sich im gleichen Rhythmus wie sein vor- und zurückschnellender Kopf. Jerome hat noch nie mit einen Mann gevögelt, aber hier, in diesem scharlachroten Traum mit den seltsamen gespiegelten Gestalten, will er gleichzeitig beides sein: der, der genommen wird, und der, der nimmt. Vor ihm kniet Jodie über dem Gesicht einer anderen Frau und biegt vor Lust den Rücken durch. Sie denkt an nichts als an ihre geschwollene Möse und den Mund, der sie liebkost. Impulsiv beugt sich Jerome zu ihrem geröteten Gesicht herunter und stößt seine Zunge tief in ihren Mund. Sie hebt die Arme, flüstert »Bitte, bitte« und legt seine Hände auf ihre Brüste. Ohne seine Lippen von ihren zu lösen, zieht er Dees Kopf von seinem Schwanz weg. Er dreht ihn um. Hart packt er Dees Pobacken und stößt in sein Arschloch. Zunge und Schwanz sind nun von enger Hitze umschlossen.

Stacey hat einige Mühe, die Kamera richtig zu bedienen. Nicht so sehr wegen mangelnden technischen Verständnisses, sondern eher infolge der wachsenden Erregung, die sie beim Anblick der ineinander verschlungenen Arme, Beine und Genitalien verspürt. Aus dieser kurzen Distanz füllen sie den Sucher mit einer pornographischen Montage aus, die Stacey immer mehr anmacht – sie ist geil. Sie versucht, die Kamera mit einer Hand ruhig zu halten, während sie die andere in ihren Slip gleiten läßt, um ihr nasses Geschlecht zu berühren.

Die Masse aus Körpern wiegt sich und wabert, sie atmet immer heftiger; jeder nimmt das Keuchen und das Stöhnen der Personen neben sich wahr, jeder wird durch die Lust der anderen angestachelt. Dee ist derjenige, der als erster mit einem Aufschrei den Höhepunkt erreicht. Die Vibrationen seines Schreis durchdringen Quin, dessen tiefe Grunzlaute sich zu einem schrillen Crescendo steigern, als er, heftig zukkend, in Sandra kommt. Und wie die Karten eines Kartenhauses, das zusammenstürzt, kollabieren sie alle gleichzeitig in einem gewaltigen Orgasmus, dessen Schreie wie das kollektive Kreischen eines Schwarms brünstiger Fledermäuse klingen.

Auf dem Höhepunkt der Kakophonie erzittert der Lift und

stürzt dann plötzlich im freien Fall abwärts. Lust wird zu Entsetzen: Arme umschlingen einander, leise Gebete werden gemurmelt, und laute Schreie bekunden unbändigen Lebenswillen. Plötzlich kommt der Aufzug mit einem heftigen Ruck zum Stehen. Wie zum Hohn gleiten die Türen fast lautlos auf, und die Masse aus Leibern offenbart sich einer Gruppe ängstlich wartender Lebensgefährten.